跨度新美文书系

Kuadu Prose Series

跨度新美文书系
Kuadu Prose Series

分界

柳邦坤 ◎ 著

中国文史出版社

目　　录

第一辑

第 二 辑

第三辑

第四辑

序

吴光辉①

古人云："言为心声，文如其人。"阅读柳邦坤先生的散文，就如同和他本人进行心灵的对话。他所有的文字都是那么的斩钉截铁、简洁明快，犹如他东北人的性格，爽快直接，根本用不着绕弯子兜圈子。

我和邦坤是多年的文友，相识的起源自然是因为散文。记得在十多年前，他还在黑龙江的一个地市级的电视台担任副台长，因为散文创作上的交流我们有了联系，也就成了没有见过面的文友，经常通过短信、邮件表达各自的创作体会。后来，因为我所在的城市一所高校需要像他这样新闻经验丰富的人才，他便被"引进"来到了南方，担任新闻学院的教授。此时，他已年过不惑，之所以最后决定远离故土而来，其中有一个重要的因素，就是我对他反复推介这里的四季分明，人杰地灵。当然，我也向他介绍了这里是中国散文史上的一个重要作家枚乘的故乡。因而他下决心南来工作，我们便在大运河畔第一次见面，并从此得以经常往来了。这次他出版《分界》请我为他写序，因为这样的关系，我便欣然提笔。

纵观《分界》，给我最为真切的感觉和最初的认知，便是精短而坦诚了，他所进行的心灵简史般的书写，是一种简练式的叙述，还有直击

---

① 作者为中国作家协会会员、中国散文学会理事、江苏省作家协会理事、江苏省报告文学学会常务副会长，国家一级作家、教授。

式的白描，以及不加掩饰的抒情。这样散文的一种写作方式，正是我这些年一直倡导的“微散文”的文体目标。因为这种简洁精短的文本本身的自由度与开放性，它从不被模式所拘囿，亦可无限制地叙写真实和抒发真情。

仔细品读，究其文风产生之缘由，也就是这部散文集的主要特色，恐怕有以下三个方面：

一、从新闻学院教授这个视角来看邦坤先生的这部散文集的写作特色，可以鲜明地表达出对新近发生事件的抓拍式叙事，没有经过“美颜”后的追捧和渲染。他的这些精短作品，我觉得是特点鲜明，也是作者个性的一种自然流露，尤其是他的“时鲜”意识和现实主义精神，而这些正是他新闻从业的素养所致。

微散文是相对于当下流行的大散文、长篇散文而言的，是从散文的字数篇幅上下的一个定义。我国当下的散文越写越长，动辄几万字甚至几十万字，而短小精悍的散文似乎淡出了散文界，大有不入流的趋势。因此，我们很有必要将微散文作为一种固定的文体格式加以倡导。因为当今的时代是一个散文多元发展的时代，散文需要有长篇巨制，也需要有短小精悍。读者群体中有需要通读长篇散文，去了解和感受社会发展和变革过程中的重大事件的全过程，也需要阅读短散文、微散文，去了解和欣赏我们社会的某一瞬间发生的生活细节。而后者正是微散文的历史使命，也是微散文的生存价值，这种阅读使读者感到更快捷、更迫切。

邦坤先生的这部散文集便是在微散文创作上做出了很好的探索，特别是在对现实生活的瞬间发生的事件，进行迅速及时的叙事，从而将作者的新闻素养和散文创作较好地结合在随笔的写作之中，通过一系列精短、即兴、快速的现实采写，从而寻找到属于自己的散文创作的视角，在现场式的事实叙述中进行剖析、追问、描述、赞美、鞭笞。

全书共选入作者的散文作品近九十篇，每篇作品平均不过一千余字，较短的只有五六百字。就第一辑中的作品而言，《好一朵美丽的茉莉花》只有六百字，放在全书的开篇，这很能表明作者对微散文的一种自觉的文体追求。其他的篇什如《工作着是美丽的》《给广场雪雕做创意》《南方供热是否有可行性》《桃花艳开春已至》《清明时节》《万紫千红总是春》《夏至日》《夏夜喜雨》《菊花香》等篇，也全都是在千字以内。

就这些作品的选材而言，亦是作者新闻学院教授从业素养的自然体现。就以上所列篇目可见，其中兼具新闻性的作品就有《好一朵美丽的茉莉花》《工作着是美丽的》《给广场雪雕做创意》《南方供热是否有可行性》等篇，就是选择现实中涌现出来的人物和事件进行快速表达，迅速创作，使用具有一定文学性、随感性的笔调，将其一挥而就，迅捷成章。

我很推崇《给广场雪雕做创意》这一篇，作品将他独具的新闻素养、文学描写和精短叙事很好地融合在了一起，也使这篇作品成为这部散文集中比较优秀的一篇。这篇微散文全文不到千字，简洁明了地叙述了自己在离开黑龙江之前应友人之邀，帮助策划了一个广场的雪雕设计创意的经过，写自己对故乡的热爱，写自己将这种热爱融进了雪雕的策划，突出了故园情浓的主题。最后又写了第二年，这位友人再度找自己做策划时，自己已经调离了故乡，再用“只是雪雕艺术品受天气制约，天一暖和，雕塑就一点点地融化，最后荡然无存了”，写出了作者的淡淡的乡愁。

二、微散文这种散文文体早在先秦、唐宋时期就大量出现了，并且涌现出许多名家名作，《左传》中的《曹刿论战》只有两百二十一字，《战国策》中的《邹忌讽齐王纳谏》也只有三百四十字，陶渊明的《桃花源记》只有三百一十八字，韩愈的《获麟解》只有一百八十八字，范仲淹的《岳阳楼记》只有三百七十字。到了晚明以后至清代，更是形成一股小品散文创作的潮流，清代散文大家龚自珍的《病梅馆记》仅有两百七十四字。到了现代，林语堂、周作人等人创作的一大批小品散文也都只有三五百字。因此，微散文在我国散文发展史上有着优良的传统。

当然，微散文除了字数上、文体上的要求外，我认为还有几个鲜明的特点："精短"是从篇幅上说的，也是微散文的一个最为显著的特征；"文本"是从散文的文体要求上说的，要求将微散文写得更加灵活，更"散"，更无固定模式；"真情"是指微散文必须突出的情感表达要求，就这么几百字如果再搞伪情感、假情感、虚情感，读者也就不会去读了。就此而言，邦坤的这部散文集中的许多篇目，便是很好地实践了微散文文体的这些主要特征。

这部散文集除了精短之外，另一个十分显著的特征便是在抒情上的真情实感。在《北疆的年味儿》中开头写道："记忆中，童年时的年味儿特别浓郁。"最后又回应道："年味儿是一种民俗，更是一种文化。对于孩子，年味儿是天真无邪、自由自在、快乐开心的时光；对于大人，年味儿更是团团圆圆、美满幸福、其乐融融的亲情。"中间写了贴门对、放鞭炮、做年饭，满纸都是抒情的年味儿。《倾城鼎沸闹秧歌》则是充满了对家乡故土的眷念，特别是对瑷珲这个地方："试想若不是1900年的'庚子俄难'，瑷珲也许仍会是一个大城市。瑷珲是又一个庞贝城，庞贝城的消逝是因天灾，火山喷发淹没了庞贝城；而瑷珲城的衰落则是由于人祸，沙俄匪徒的疯狂屠戮和纵火使瑷珲城夷为废墟。"作者写出了对家乡瑷珲的特殊情感。

从全书而言，在情感表达上，作者十分明显地抒发了一个远离故土的游子对家乡的无限眷恋之情和关爱之情，《给广场雪雕做创意》《为世纪广场壁画做创意策划》《黑河因何而名》《黑河宜建中国人口分布线园》《五大连池矿泉水何日走出"深闺"》等作品最为突出。除此而外，《中国朗诵诗的先驱者：高兰》书写的是现当代文化名人，而《好一朵美丽的茉莉花》《工作着是美丽的》《师者吴宝三》等篇，则是对现实生活中的人物的描写，都饱含着作者的真情实感。

三、近些年来，散文创作出现了虚构的现象，这是对传统散文真实性的极大挑战。我们读现在的散文，感到虚构的东西在增加，就如同在猪肉里不断地注水。出现这种现象的主要原因是模糊了散文和小说的文体界限，更重要的原因是作家缺乏反映现实的勇气。所谓的散文真实性，长期以来被认为是散文的本质特征，如果注入了虚构的成分，作品的身份就很可疑。我认为文体有核心元素和非核心元素之分，“真实”是散文的核心元素，就像“虚构”是小说的核心元素一样，这是不可突破的，一旦突破，将导致文体本身的消失。

邦坤的散文便是很好地坚守着散文的这道底线，真实而准确地表现着当下的社会生活和人间万象，绝无虚构、注水的成分，也无美颜、夸张之修饰，因此让读者坚信不疑。这自然就是散文这种文体存在的价值，也是散文的文体力量。《分界》之所以能够打动读者，最主要的就是依靠这种真实的力量。

这部散文集中有十多篇字数在三五千字，但绝大多数的篇什仍然坚持微散文的创作理念。在这些从体量上分出长短的散文中，集子里长篇散文不多，但《一个人的话剧史》《参观电影馆随想》《我在大森林里认识的上海知青》《读〈远去的黑龙江〉想到的》等几篇长篇散文写出了年代感。篇幅短的是其主要构成，我对比较短小的那些篇目还是情有独钟的，不能说这些精短的散文篇篇都是精品，却也有许多让人称道，而这些精短散文之所以能成功，便是作者对真实的坚守。

《回家的路有多远》《苍天洒泪》写的分别是汶川、玉树地震，《有一种感动常使我泪流满面》写的抗击非典，通过这些真实事件的叙写，表达了作者对灾区人关爱之情，对勇敢自信的中国人的赞颂之情。

真实的事件、白描的手法、没有任何的修饰、精短而干练的篇幅，都给邦坤的散文增添着真实的阅读效果，也就使这部作品集中的《好一朵美丽的茉莉花》《记者节随感》《都柿野果酸又甜》《北红玛瑙映边城》《乔迁之累》等等，成为作者真实叙事习惯的代表作品。

作者的几篇有关文化方面的随感杂谈《分界线随想》《春晚就该这么办》《学学山东的节文化》《鄂伦春文化面临挑战》《听余秋雨谈城市文化》《诗人：一个城市的名片》《什么样的栏目是好栏目》《看世界杯

琐记》《“疫”起读书》等，有深入思考，也给人们启迪，其写作缘起同样离不开真实事件、真实人物。

特别需要指出的是，邦坤是一个生态作家，之前的几部散文集多围绕自然生态环境来抒写。本文集中的《都柿野果酸又甜》《兴安野菜最清纯》《人类还有没有净土》《家园》《我的后花园》《花乡，花香》等篇章，依旧看出他对自然生态和谐的持之以恒的关注、观察与反思，但这些作品也都是精短之作。

总之，微散文是邦坤先生的这部散文集的主体，也是这部散文集的精华所在。正是因为这批微散文的精短、真情、写实的创作风格，才使邦坤的散文有了能够感动读者的力量；也正是这批散文对真实性的文本坚守，才使邦坤的散文能够在散文界有着无可争议的一席之位。

第 一 辑

好一朵美丽的茉莉花

这是一首歌的歌词，这也是一个响彻中华大地的名字。

张丽莉，一个普通的中学教师，她却让千千万万人为她叫好，为她担忧，为她祝福。

看电视新闻，她的一位中学老师讲起她上学时自我介绍时说：我叫张丽莉，记得美丽的茉莉花就记住了我的名字。

记住了她的名字：美丽的茉莉花。

她的确是一朵美丽的茉莉花。茉莉花，朴素洁白的小花，普普通通，不引人注意，却芬芳四溢。

张丽莉，在危急时刻能显身手，源于她的善良，她的热情。她美丽的外表下，还有一颗美丽的心灵。她平时对学生如爱自己孩子一般，正因为有爱，才能在关键时刻，挺身而出。她对学生的爱是无私的，正所谓无私才能无畏。

张丽莉虽然不是正式在编教师，虽然她的收入不高，但是，她爱岗敬业，认真教书育人，关爱学生，对有困难的学生伸出援手。无论对事业还是对家庭，对学生、同事还是对家人，都热情如火。

张丽莉生活和工作的城市——黑龙江省佳木斯市，本来就是一个英雄城。四十多年前，解放军战士刘英俊为救儿童舍生忘死拦惊马，英勇牺牲。今天，张丽莉为救学生，自己被碾在车轮下，失去双腿。她仍旧躺在医院重症监护室，从北京选派的最好的专家、医护人员正对她进行全力以赴的救治。无数的人为她祈祷，为她祝福，期望她尽早脱离危险，祝福她早日康复。

人们送给她“最美女教师”的称号，张丽莉当之无愧。

一位大妈在接受采访时说：她不是一下子好的。意思是，她平时就是一个好人，她能在危难时刻伸出援手，是与她平时的积累分不开的。

她就像茉莉花，花开时不事张扬，却给人间带来芳香。

张丽莉，好一朵美丽的茉莉花。

工作着是美丽的

对于一个有强烈事业心的人来说，没有什么比工作着更为美丽、快乐和幸福的了。优秀新闻记者闫阿红挚爱新闻事业，对于选择记者这一职业梦寐以求，对于从事记者工作无怨无悔。一心扑在新闻采编上的阿红是美丽的，美丽动人的阿红始终如一地工作到生命的尽头。

阿红是十分敬业的。大学毕业后她回到家乡，在阿城电视台开始了电视新闻工作者生涯。她对新闻记者工作一腔热血，全身心地投入。瘦弱的阿红浑身上下有使不完的劲儿，每当她的工作与家事或个人的事发生冲突时，她总是那一句话作答："等我写完这篇稿再说，好吗?"有一年，台里还有三十篇对上报道任务没有完成，而时间只剩三个月，阿红在危难之处显身手，马不停蹄地采访，废寝忘食地编辑，只用一个月时间出色地完成了任务，而美丽的阿红却累了、瘦了。

阿红是甘于奉献的。阿红立志做一名平民记者，她关注着平民，报道着平民，也无私地帮助着平民。贫家女儿赵红霞考上了大学，却为学费发愁，阿红与同事一道边采写报道，边向社会呼吁，终使赵红霞圆了大学梦，而阿红采写的《爱心是盏明亮的灯》电视片播出后也产生了强烈的反响。如今赵红霞已毕业走上工作岗位，阿红的精神将烛照她一生。阿红通过采写的报道颂赞收养三个无家可归儿童的老汉，并呼吁为他捐款捐物。当老汉住房翻建时，阿红与同事一道帮老人联系木材、水泥。阿红还不顾严寒和危险，只身带车到山里去拉建房用的木材。体重只有四十公斤的阿红有着男子汉的性格，身体瘦弱、单薄的阿红有着博大的胸襟和宽广的胸怀。

阿红是无私无畏的。正值生命勃发的季节，病魔肆虐地侵掠着阿红的身体，但坚强的阿红与命运抗争、与生命抗争。手术出院后，她又走上了工作岗位，她采写了一个又一个观众喜闻乐见的报道，依旧贴近群众、贴近生活、贴近实际。第二次住院的前一天，她还撰写了后来获哈尔滨市好新闻一等奖的作品。第三次住院后，她开始考虑生与死的问题，已将生死置之度外的阿红异常坦然，异常决然。她做出了一生中最重要的一次也是最后一次抉择——捐献眼角膜。她说："把你的眼睛，能看见光明的眼睛，捐献给那些看不见光明的人，让他们能看见祖国的大好河山，去享受光明，那是多么美好的一件事。我想，这样，我就没有死。"阿红成为黑龙江省眼库第一个捐献眼角膜成功的人。走完了三十四年短暂春秋的阿红，用她的眼角膜使一位老人和一位贫困大学生看到了光明。阿红的遗愿实现了，阿红的精神不死。

阿红因工作而美丽，美丽的阿红工作到生命的最后一息。美丽的阿红依旧活着，她的精神激励着每一个新闻工作者。

记者节随感

今天是记者节，是广大新闻工作者自己的节日。作为一名曾从事十多年新闻工作的记者，去年没过这个节日，但今年和学新闻专业的“准记者”一同过了这个节日。我几次建议在我们学院开展庆祝记者节的活动，后被采纳，昨天上午院里举办了庆祝记者节暨好新闻、DV 作品颁奖大会，我也参加了会议，并指导模拟电视台同学拍摄新闻。

有同事问我这个曾经的记者，记者节有什么来历，是怎样一个节日，我还真的说不清。于是到网上去搜索，找到了一位曾在全国记协工作的人写的回忆文章，了解了设立记者节的相关背景。

1999 年 9 月 21 日 19 点，中央电视台在《新闻联播》中播出了这样一条消息：国务院颁布朱镕基总理第 270 号令，发布《全国年节及纪念日放假办法》。《办法》中第五条规定：“二七”纪念日、“五卅”纪念日、“七七”抗战纪念日、“九三”抗战胜利纪念日、“九一八”纪念日、教师节、护士节、记者节、植树节等其他节日、纪念日，均不放假。第二天，从中央到地方的各级各类传媒纷纷刊登和播出了这条新闻。记者节和教师节、护士节并列，成为我国三大职业节日之一。

记者节的具体日期定在了 11 月 8 日，因为 11 月 8 日是中华全国新闻工作者协会的前身中国青年新闻记者协会的成立日。1937 年抗日战争爆发，中华儿女迅猛觉醒。“八一三”以后，上海许多年轻的新闻工作者，以笔做武器，毅然投身于抗日斗争的烽火中，为民族解放而战。当时周恩来同志在上海代表党中央领导南方党的工作。他十分重视抗日民族统一战线的新闻宣传工作。他向在上海负责党的文化和宣传工作的胡愈之、夏衍等同志传达了党中央的指示：广泛团结爱国新闻工作者，组织统一战线，为民族解放贡献更大的力量。在周恩来同志的倡导和支持下，经胡愈之、夏衍、羊枣等同志的酝酿，确定在新闻工作者比较集中的上海，成立新闻工作者统一战线组织。并推举优秀新闻工作者范长江、羊枣、恽逸群等同志负责这一组织的筹备工作。1937 年 11 月 4 日，范长江、羊枣、恽逸群、袁殊、邵宗汉、朱明等考虑到当时的国内形势，把即将成立的组织定名为“中国青年新闻记者学会”。1937 年 11 月 8 日，中国青年新闻记者学会（中国记协的前身）在上海宣告成立。1949 年，中华全国新闻工作者协会筹备委员会同全国总工会、全国妇联、共青团中央等十五个全国性人民团体及民主党派一起发起了全国人民政治协商会议。凭这一点就足以表明，中国记协是在中国共产党领导下的全国新闻工作者的唯一有代表性的人民团体。几十年来，特别是新中国成立以来，它积极开展了大量的工作和活动，为团结我国广大新闻工作者，推动我国新闻事业的发展，以及在开展国际新闻界友好往来等方面做出了显著成绩，在国内外都有较大的影响。

将“记者节”定为中国记协成立日的另一个理由是：中华全国新闻工作者协会是由中央级新闻单位，全国各省、自治区、直辖市和新疆生产建设兵团新闻工作者协会、各专业记协及其他新闻机构、新闻从业人员联合组成的全国性人民团体，代表着全国七十万新闻工作者，以其成立日作为“记者节”的日期，有着广泛的代表性。

从 1999 年开始正式确定 11 月 8 日为记者节，到今年的 11 月 8 日，正好是第十个记者节。

过第一个记者节时，我已从有线电视台调任电视台，当时分管总编室、新闻中心、社教部、文艺部、专题部，包括所有的采编人员。台里在一个叫鸿雁宾馆的地方举办了庆祝酒会，全台员工参加。酒会上，我还给正在赴外地采访的记者李庆波等人打了电话，代表台里向在路上的记者表达了慰问之情。因为是第一个，因此印象深刻。

十年后，我到了培养未来记者的学府工作，我想对学习新闻专业的同学说一点期望的话。新闻专业的大学生，是新闻记者的预备队，因此重任在肩。在学校庆祝记者节，就是为了增强同学们对新闻记者这一职业的认同感，树立职业意识，培养职业情感，对将来可能从事的记者工作有更多的认识和了解。新闻记者工作光荣而又艰巨，需要从业者有较高的能力、素质和修养。能力方面，要具备察觉异常的能力、创新思维的能力、沟通协调能力、驾驭语言文字和勇于探索实践的能力；修养方面，要加强作风修养、道德修养、知识修养、技能修养、情感修养、体质修养和公关修养；素质方面，除了业务素质外，还要求具备政治素质、理论素质、文化素质、道德素质。这里我特别强调政治理论素质，一个优秀的新闻工作者，必须是一名坚定的马克思主义者，必须在政治上合格，否则，就不能担当重任，在大是大非面前经受住考验。

作为一名“准记者”，从现在起，就应该对自己从严要求，加强修炼，以范长江、穆青等老一辈优秀新闻工作者为榜样，时刻牢记记者的职业责任，坚持记者的职业操守，弘扬记者的职业精神，努力争做一名合格的记者。应从一点一滴做起，积极参加学院、专业组织的各种实训活动，多创作优秀的新闻文字作品、视频作品、摄影作品，以及广告设计作品等，多练笔，勤动手，打牢基本功，为将来应对激烈的竞争做好充足的准备。

实训工作，历来被高等院校新闻专业重视。要注重打牢功底，培养动手能力，力争在有限的时间内，掌握采写编评摄的基本功，为将来投身记者职业打下坚实基础。我所在的专业，领导们积极创造条件，加强实验室建设，使同学们足不出户就能接受各种新闻业务的学习和实践，创办了学院网页、《新记者报》、模拟电视台、模拟广告公司等，给同学们搭建了院内新闻实践平台。今后一年一度的记者节将成为检验成果的时日，坚持举办好新闻大赛、DV 作品大赛、新闻摄影大赛、广告作品大赛等活动。

“长风破浪会有时，直挂云帆济沧海。”未来的传媒界，必将是人才会集之地，我们要努力准备着，多练一番身手，适应需要，走向成功！

爱，首先意味着献给

生活中常常见到这样的人，把某个伟人或名人的话工工整整地抄写在日记本的扉页上，放在写字台的玻璃板下，书成条幅悬挂在墙壁上，借以激励自己、鞭策自己、提醒自己。这话常常是含义隽永、言简意赅的，给人启迪、叫人自省、催人奋进。

人们把这样的话称为座右铭，比如周总理就把“为人民服务”当作自己的座右铭，的确，他的一生正是这五个字的写照，鞠躬尽瘁，死而后已。中外名人是有很多让人深思的座右铭的，革命导师马克思的座右铭是“思考一切”；我国著名气象学家竺可桢的座右铭是“一丝不苟”；著名美术家徐悲鸿的座右铭是“人不可有傲气，但不可无傲骨”。徐悲鸿一生努力实践自己的诺言，有一次蒋介石让徐悲鸿给他作画，徐悲鸿坚决不从，被蒋介石记恨，但徐悲鸿没有屈服。生物进化论的创立者达尔文的座右铭普通而又平常，“老老实实，简单明白”，表明他人生的信条；叶挺的座右铭是“三军可夺帅，不可夺志”；著名国画大师齐白石的座右铭是“不教一日闲过”，他每天作画，即使患病不能画，待病愈后一定要补上；著名数学家华罗庚又是个诗人，他的座右铭便是两句诗：“见面少叙寒暄话，多把学术谈几声”；当代科学巨人爱因斯坦的座右铭是：“对真理的追求要比对真理的占有更可贵”；曲啸把陶铸的一句诗“心底无私天地宽”当作自己的座右铭。

不同的信仰、不同的追求，便会有截然不同的座右铭。只有胸怀远大目标的人，只有心地纯正的人，他的座右铭才会闪烁出夺目的光辉，给所有的人以启迪。有的人的座右铭只有一个字“勤”“韧”等，却震慑人心，有着不可估量的警策力。鲁迅在三味书屋上学时，便在他的书桌上刻上一个“早”字，用以督促自己。

青年人的座右铭总是变换的，因为青年人天真、单纯，富于幻想，因此他们的座右铭也常常笼罩一层浪漫色调。今天，他的座右铭是憧憬爱情，明日可能又换成对生活的探求。只有目标专一、思想成熟的人，座右铭才能固定下来。

我有一位朋友，同时也是我的领导，还是我事业的领路人，他是一个雄心勃勃、热情豁达的人，他的座右铭充满着感情色彩——“爱，首先意味着献给”。这句话是苏联著名教育家苏霍姆林斯基在给儿子的一封信中说的，意味深长，蕴含着丰富的哲理。

苏霍姆林斯基说的爱是广义的，单就狭义的情爱而言，不是有很多人说“爱情是给予而不是索取”吗？毫无疑问，这爱情是纯洁的、高尚的、无私的，马克思和燕妮的爱，孙中山和宋庆龄的爱，毛泽东和杨开慧的爱，周恩来和邓颖超的爱，许广平和鲁迅的爱，该是这种爱情的典范。广义的爱，如对祖国的爱、对事业的爱、对工作的爱、对学习的爱……爱是一个人进取的源泉，是一个人的动力，但爱的出发点是献给，酷爱事业，是要献身于事业，而不是向所从事的事业索取酬劳。只有肯于牺牲个人利益，具有忘我献身精神，才能使爱升华，才能有所作为。八十年代的雷锋——朱伯儒牺牲个人的一切，为他人服务，为社会服务，赢得了人们的爱戴和赞扬。战斗在南方保卫战前线的边防战士为了祖国和人民的安危，而赴汤蹈火，勇于献身，从而使社会上的一些人改变了对解放军的偏见，而亲切地称他们为“新一代最可爱的人”，赢得了全国人民的敬爱。边防战士说：“人生的价值不是索取，而是对祖国的奉献。”流传在边防前线的一首诗更能反映边防战士的精神和情操：“牺牲不要紧，只要主义真。亏了我一个，幸福十亿人。”解放前，有许多身怀报国之志的科学家由于无用武之地，只得流落异国，当听说中华人民共和国成立的消息后，他们便毅然放弃在国外优厚的生活待遇和先进的工作条件，投身祖国的怀抱，李四光、华罗庚、钱三强、钱学森……便都是这样出类拔萃的科学家。美国的空军元帅说："我宁可放走一个师，也不能放走钱学森。"但报效祖国的心是任何人也扼杀不了的，纵然是把他投进监狱，他的心始终向着东方，向着华夏大地。数学家陈景润刻苦攻读、研究，如醉如痴，在数学王国里流连忘返，研究哥德巴赫猜想终有所成。文学新人郑九婵献身文学事业，经历了一次次失败，习作装满了三麻袋，终以短篇小说《能媳妇》在文坛打响，走上了文学之路。"牧马人"曲啸关于"爱的本质"的名言正是他一生经历的写照。他说："爱的本质是给予而不是获得。如果你热爱党，那就应该把自己的一切献给党，这才叫真诚的爱。"他大学毕业几天就被打成"右派"，送去劳动教养，妻离子散，后来到嫩江农场放马。"文革"开始，一夜之间他又变成了"牛鬼蛇神"，被批斗，挨打，受尽凌辱，最后被打成"现行反革命"，判有期徒刑二十年。当 1979 年为他落实政策，宣布无罪释放后，组织上问他有什么要求，他没有因受了二十余年不公正的待遇而抱怨，向党伸手，向组织索取，而是诚恳地说："请组织审查我这二十年来的表现，如果确认我没有做过违反党的利益的事的话，请接收我为中国共产党党员。"多么崇高的境界，多么无私的追求！曲啸说："青年男女在处理爱情的问题上，也有个给予还是获得的问题，光想到获得，没想到给予，你还不真正懂得爱情。"他平反以后，很多人劝他再成立一个家庭，但曲啸没有那样做，他到农村找到了冯玉兰并把她接了回来，组成了五个姓的六口人家庭。曲啸的爱情经历表明："衡量一个人的爱是否真诚，就要看他是否把自己的一切，无私地献给他所爱的人。"

让我们的思绪还是重新回到"爱，首先意味着献给"的作者身上吧。最近读了瓦·亚·苏霍姆林斯基著的《给儿子的信》，感受到了一个父亲爱儿子的拳拳之心，让我尤为感动的是苏霍姆林斯基的生平事迹。苏霍姆林斯基在《我把心献给儿童》这部著作中写道："什么是我一生中最主要的？我将毫不犹豫地回答，倾注于儿童的热爱。"的确如此，苏霍姆林斯基几十年如一日，呕心沥血，孜孜不倦。他每天早晨四五点起床，然后离开住处来到狭小的办公室，一直工作到八点钟——主要是思考问题和写作。正是出于对孩子们的爱，对事业的爱，他身体力行，亲自上课，连续十年担任一个班的班主任。他花了一二十年的时间跟踪观察和研究了许多不同的家庭的学生，在童年、少年、青年时期精神发展问题，先后为三千七百名左右的学生做了观察记录。正如他自己所说："三千七百页笔记记载了我的全部教师生活。每一页我都献给一个人——我的学生。"他晚间用来整理听课笔记和观察记录，并思考一天工作中遇到的问题。

正是在此基础上，在致力于教育工作的同时，他长期坚持教育科研。在短暂的一生中，他写了四十多部书，六百多篇论文，一千多篇童话、故事、小说，给后人留下了极其丰富的教育遗产。

苏霍姆林斯基十七岁就成了一所农村小学教师，后来参加了卫国战争，身负重伤，伤愈后到一所中学当校长。他的家庭在战争期间遭到极大不幸，妻子和一个刚刚出世的孩子被法西斯匪徒残暴杀害。他忍受失去亲人的痛苦，献身教育事业，先后担任中学语文教师、教务主任、中学校长、区教育局长等，后来他要求免去自己局长职务，继续到中学工作，1947 年他被任命到一所农村普通中学当校长。二十多年来，他没有离开这所学校，没有离开教学一线，直到 1970 年去世。他把毕生精力献给了孩子们，献给了教育事业。苏霍姆林斯基领导的那所农村普通中学，后来成了二十世纪世界上著名的实验中学之一。

只有多给予、少索取的人，才能得到生活的厚爱，才能得到命运女神的垂青。

朋友，你的座右铭是什么？你又是怎样理解爱与给的关系的呢？在这里，我也把苏霍姆林斯基的这句名言转赠给你：

"爱，首先意味着献给……"

第十五届中国国际广告节观感

我们几位带队老师与2006级广告专业同学，一大早乘坐大巴，经过五个小时的雨中行程，到了合肥。进入城区，就直奔安徽国际会展中心，参加第十五届中国国际广告节。

我们赶到时，开幕式已经结束，大概是刚刚结束不久。雨还在下，会展中心广场人流不断，到处可见彩旗飘扬，彩色气球飘动。移动电视车上的大屏幕正热闹地播出一些电视台的形象广告，音乐很响，让我们感受到了广告节的热烈气氛。

我们先来到A区，看到了举办开幕式的现场，这是在广场临时搭建的大舞台，有人正把用鲜花制作的花篮搬到台两侧，也有当地市民把鲜花摘下拿走。

进入A区大厅，我们先到楼上找举办论坛的会议室，适逢中国汽车品牌建设与传播论坛正在进行中，但室内早已座无虚席，我们站着听了一会儿。来到1、2号馆，首先被江淮汽车展区的车模及一款款新车吸引。带照相机的人对着车模一通狂拍，车模也向拍照者不停地摆出pose。

相邻的是报纸展区，主要是晚报和都市类报纸，党报好像就两家参展，一个是《广州日报》，再有就是江苏的《新华日报》，其旗下全国晚报发行量最大的《扬子晚报》也亮相展会，另有《今晚传媒》《郑州晚报》《辽沈晚报》等颇有声势，安徽得地利之便，有《新安晚报》《合肥晚报》参加。我感到亲切的是看到了《生活报》的展位，这可是家乡最有影响的一张报纸了，让我有他乡遇故知之感，但遗憾的是只有展位，没有人前来宣传，当然也就没有人发放宣传资料了，因此无人问津，显得很冷清。第二天，再来 1、2 号馆，《生活报》展区还是没有一个人。

走下一层楼梯，便是广播电视及新兴传媒的展区，这部分令人振奋，我也最流连忘返。那些最有影响力的媒体几乎都赶来了，自然中央电视台投放的力度最大，当然代理中央电视台广告的广告公司也纷纷前来，如未来广告。倒是几个独立频道在公关方面尽显身手，电影频道最引人注意，“打开电视看电影”让人过目不忘；农业电影电视中心也不甘示弱，积极推介《乡约》等栏目。主持人陆梅也在展位上做宣传，她从北广播音系毕业上班，第一次去外地录制《乡约》节目，就是到北疆黑河，同行的还有编导王阿丽及摄像。那次我受市委宣传部之命负责安排他们录制节目，记得他们坐火车在去黑河的路上，火车还出了一点意外，还好，有惊无险。我本想和陆梅打个招呼的，无奈人太多，在展馆转了好一会儿再回到农业频道展位，问过其中一位，告知陆梅出去了，第二天再去，也未见到她的身影，错失良机了。湖南卫视、四川卫视、浙江卫视、上海文广、中国教育电视台、重庆卫视、山西卫视、广州电视台等，也各自登台亮相，宣传各自的优势和特色。当然，声势最大的还是东道主，安徽卫视、合肥电视台以及各频道，广播电台各频率，都各显身手，如安徽卫视有主持人现场“忽悠”参观的人，齐声喊“安徽卫视最好”之类的言语，并散发小纪念品。电台的一档直播节目也搬到展馆来做。

最让我感慨的是一些新兴媒体的宣传攻势和意识，如新浪的展位很醒目；第一网吧传媒，展位安放十几台电脑，让观众现场体验；兆讯传媒、华风气象、力臣国际传媒广告、龙拓互动、巴士在线等都各显其能，如做移动电视的扮作卡通人物在馆内游动宣传，还有媒体雇用飞艇在天空巡回宣传……

午餐用过盒饭，全体师生进入 3 号展厅，观摩世界优秀广告作品展，这是学广告专业的同学大开眼界的一个好机会。这里有法国戛纳广告节获奖作品、美国纽约广告节获奖作品、英国伦敦广告节获奖作品、日本电通获奖作品、2008 中国艾菲（EFFIE）奖获奖作品、亚太广告节获奖作品，还有本届举办的中国广告长城奖、中国公益广告黄河奖作品展，特别是 2007 中国大学生广告艺术节学院奖获奖作品展，对同学们有更多的启示，我校有同学作品入围该奖项。展厅内参观的人，学广告和广告设计专业的学生大概占了一大半，我就碰到来自成都和福州高校的师生，其中福建工程学院就来了一百名学生。和广告作品展相邻的展区是广告技术设备及影像器材、LED、霓虹灯应用技术展。从 3 号厅可直接进入 4 号厅，这里是“徽风皖韵”展区，展示的是安徽地方名优特产品。

这期间，还举办了多次传媒论坛、广告奖颁奖典礼等活动，由于我们不是注册参会代表，这些活动便无缘参加，但在几个展厅漫步、观赏，也很开眼界，颇有收获，觉得不虚此行。尤其给我启发的是：新兴媒体生机勃发，传统媒介面临的挑战益发严峻。但也给传媒人带来诸多机遇，比如就业的机遇，展现自我价值的机遇等等。我想对学新闻和广告专业的同学进言，就业也不一定非去报社、电台、电视台，也可以到那些新兴媒体去工作，去传媒公司，去创业。如兆讯传媒是以火车站为传播平台，以过往旅客为传播对象，是很有发展前景的新兴媒介；天极传媒旗下拥有六家网站，设有新闻中心，也做评论、访谈、专题等节目。到这样的传媒机构工作，照样有用武之地，关键是看你的知识储备是否充足，专业能力是否过硬。

这届广告节的主题是：推进、推广、推动。系里组织学生去合肥观摩，出发点也是希望对他们的学习有推进，对他们如何面对将来的就业竞争有推动。

给广场雪雕做创意

离开北疆前一年的冬天，本土画家孙庆军承包了世纪广场的雪雕制作工程。他找到我，让我为他搞一个策划创意，盛情难却，就应承下来，不过这个策划是无偿的。我为其做的策划创意主要还是凸显北疆特色与边地风情。

黑河，是一个有着悠久历史和灿烂文化的地方。黑河，这个位于黑龙江畔并因这条江得名的城市，是著名的边境口岸，与俄罗斯的布市一江之隔，两地正联手打造“双子城”。黑河有鄂伦春族、达斡尔族、满族等少数民族聚居，民族风情独具。黑河，因山川秀美、自然生态独特而成为旅游休闲的好去处。黑河民风淳厚，黑河人古道热肠。

雪雕以“美丽的黑河我的家”为主题，以大型作品和小品表现黑河的美丽和神奇。表现手法以写实和抽象相结合，注重观赏性和实用性，作品视觉冲击力强，让人赏心悦目，是艺术品，又有实用功能，给市民提供了一个游乐的地方。

雪雕由下列几组作品构成：《黑龙江的传说》，讲述秃尾巴老李的故事（黑龙大战白龙）。《鄂伦春小唱》，由大型撮罗子、图腾柱及一组鄂伦春人物（男背枪、女挎悠车、老人唱山歌、少年跳舞构成）。《雪国童话》，一座具有黑河特点的、白雪覆盖的农家院，里面塑有大雪人、大红灯笼、磨盘、马拉俄式爬犁、车老板等，表现塞北风、雪乡情。《富饶宝地》，以一排樟子松表现浩瀚林海，林中有狍子、黑熊等，反映森林资源富集；以一台工作的挖掘机，表现矿产资源的丰富。《魅力家园》，魁星阁反映丰厚的历史文化遗存和深厚的历史文化底蕴；迷宫般的仙女洞和白龙洞反映4A级旅游区五大连池的神奇，表现黑河丰富的旅游资源。雪洞还可供孩子捉迷藏、探险。《银鼠迎春》，机警、灵巧的老鼠造型表现鼠年来临。《共建双子城》，雕塑中俄少年手拉手的场景，表现黑河与布市联手建设“两国一城”，实现合作共赢。《儿童天地》，一组俄罗斯套娃、着民族服装的俄罗斯孩子以及奥运福娃。

孙庆军是其大名，都叫他孙大军，他按照我提出的这一策划创意，完成了2008年冬天的雪雕创作。雪雕占了广场很大的空间，让小城的冬天有了童话的意境。听说第二年的初冬，他还要找我为其雪雕策划创意，其实我早在春天就南下去高校工作了，平时也很少联络，他也不知道我离开的消息。这是我离开家乡前，也算是通过雪雕创作者给家乡人献上的一份礼物，只是雪雕艺术品受天气制约，天一暖和，雕塑就一点点地融化，最后荡然无存了。

为世纪广场壁画做创意策划

边城黑河，黑龙江畔带状公园叫黑龙江公园，公园有一座世纪广场，广场上邻近江堤建有周末大舞台，是大型演出活动的举办地。在周末大舞台的两侧，耸立起两幅巨大的壁画长卷，它吸引着众多中外游人驻足观看。

壁画分上下两卷，材料采用汉白玉和锻铜，由国内顶尖的设计公司上海创超展示设计有限公司设计，中国工艺美术协会展示艺术设计专业委员会荣誉理事长费钦生任总设计师。

倡导与推动兴建壁画的市委宣传部，时任市委宣传部副部长夏重伟先生找到我，让我为壁画做文案策划，然后把创意文稿提供给设计公司。我按照宣传部的意思，开始查阅资料，之前写过《带你游黑河》一书，对黑河的风土人情也算是了解。

我策划壁画的上卷，以表现黑河物华天宝为主题。黑河是个美丽的地方，它位于黑龙江畔，并因黑龙江而得名。

我策划壁画的开篇就是讲述黑河人家喻户晓的秃尾巴老李的故事。这个传说是美好的，表达了人们的美好期冀。黑龙江，这条北方民族的母亲河，她孕育了灿烂而又辉煌的黑水文明；她哺育了勤劳、智慧的黑河人。壁画由黑龙江作为一条线将黑河的美丽、富饶贯穿起来。

黑河是个资源富集的宝地。这里的土地、森林、矿产、水利、草原资源异常丰富。落成的壁画以形象生动的手法向人们展示了黑河资源的富饶。

黑河有肥田沃土，大型农机具在黑土地上耕耘。黑河是全国闻名的麦豆主产区，是国家重要的商品粮基地。由于这里土质好、纬度高、日照时间长、降水量充足，是生产绿色无公害农产品的宝地。“千里黑龙江金镶边”，是形容这里的黄金储量丰富。采金船，它是开采沙金的机械，黑河自己就能生产。黑河是黄金主产地，曾为共和国贡献了大量黄金。

黑龙江上游森林资源丰富，黑河曾是重要的木材集散地，借助黄金水道黑龙江，木材从上游流送到黑河岸边。黑河在二十世纪三十年代，有多家大型木材加工厂，专门放排的人就有好多。

如今黑河仍然是全省三大林区之一，森林覆盖率达 47. 3%，中草药、可食用野生植物、野生浆果、可食用真菌等异常丰富。森林里遍布着熊、驼鹿、野猪、狍子、鹿、雪兔等野生动物。黑河的矿产资源异常丰富，黑河有全国储量排第二位的大铜矿，有黑宝山——木耳汽煤田，西岗子——三吉屯煤田。还有储量居全国第一的关鸟河大理岩矿、铁矿等。黑龙江流域水资源丰富，黑河境内已建成多家水电站，黑龙江干流河段水能蕴藏量 1500 万千瓦，可发电 600 亿度，内河装机容量 67 万千瓦。黑河草原水草肥美，草原面积 1479 万亩，是重要的牛、羊生产基地和畜牧产品生产加工基地。

这都是文案的内容，但在壁画上如何表现出来这些内容，是设计者的智慧，设计者在壁画上设计了黑龙江上放排的情景，壁画上放有挖掘机，当然更有采金船，这些元素最能表现黑河资源的富饶。

具体承担设计的是一位上海大学学设计的硕士生，刚刚毕业加盟公司的李媛媛。我把经过宣传部审定过的创意文案发给她，她根据我的创意文案进行壁画设计，她的艺术创意非常好，比如让富饶美丽的黑龙江贯穿整幅壁画，汉白玉材料就是来表现黑龙江的。

周末大舞台的西侧，是壁画的下卷。我策划下卷时，自然就是表现地灵人杰这一主题了。

黑河市是鄂伦春人的主要聚居地，鄂伦春人的狩猎习俗、生活习俗具有独特的魅力。还有满族、达斡尔族的独特民俗，在我文案里都有详尽介绍。

黑龙江及支流沾河、库尔滨河、法别拉河、逊别拉河等江河漂流，惊险、刺激，是难得的人生体验，游人还可垂钓冷水鱼。黑龙江及支流里盛产著名的“三花五罗”、鳇鱼、鲟鱼等。其中鳇鱼和鲟鱼是上古时期遗留下来的物种，有“活化石”之称。漂流过沾河的人，无不为大自然的奇美景色所陶醉。黑河市区附近的卧牛湖远东国际滑雪场、新生鄂伦春族乡、胜山游猎繁育场、爱辉森林公园，都是冬季旅游观光的好去处。

五大连池在全国乃至世界都有影响，火山地貌奇观和世界三大冷矿泉之一的矿泉水，可以说是五大连池的双重瑰宝，她曾相继荣获世界地质公园、国家重点风景名胜区、中国旅游胜地四十佳之一等桂冠，并积极申报世界自然遗产。五大连池可以说是黑河旅游的看家之宝，被誉为“天然火山博物馆”“打开的火山教科书”。几乎所有置身其中的人，都被她的美丽神奇所震撼。火山、石海十分壮观，由于火山爆发形成的火山矿泉——五大连池矿泉水更加神奇，通过饮、浴，可治疗多种疾病，被人们称为“药泉”“神水”。五大连池矿泉水含有人体必需的几十种微量元素，具有医疗和保健作用。我在文案里特别细致地介绍了五大连池的美丽与神奇。

策划文案不能见物不见人，我想到黑河新政权第一任领导人，想到转业官兵，想到成千上万的知青，想到新一代献身边疆创伟业的青年……在黑河这片神奇的土地上，曾有无数热血男儿为之奋斗、为之牺牲。如果没有他们就不会有黑河今天的美丽、和平与安定。

黑河人不会忘记新生政权的第一任领导人，心中永远铭记先烈们可歌可泣的事迹。王肃等无数先烈为黑河的解放事业献出了宝贵的生命。他们的英魂永存，永远光照千秋。黑河人要继承先烈们的遗志，沿着先烈的足迹，不怕艰难险阻，为建设好黑河、建设好家乡而不懈努力。

我的创意文案的结尾就是展现黑河学院的大学生的风采，通过他们的形象表现黑河美好灿烂的明天。他们，是希望；他们，是未来。黑河人勤劳敬业，黑河人自强不息。一百七十五万黑河儿女正以昂扬的斗志、百倍的热情，投身到全面建设小康社会的热潮中，高举中国特色社会主义的伟大旗帜，与时俱进，拼搏创新，共同来描绘黑河更加美丽神奇的画卷，共同吟唱黑河更加高亢嘹亮的颂歌。

设计者在壁画的下卷表现了少数民族生活习俗，还有五大连池火山等内容。壁画有很多处表现鄂伦春族以及满族的生活习俗、狩猎场景、篝火晚会、欢歌起舞等。壁画精雕细刻了漂流、垂钓、滑雪者的形象。在壁画上，有五大连池十四座火山的雄姿。壁画给观众呈现了以王肃为代表的北疆沃土上优秀儿女的风采。壁画的最后是一组意气风发的年轻人。

为了在壁画里更逼真地再现黑龙江沿岸特有的俄式爬犁，我请名画家姜荣慧老师给画出来，然后提供给设计者。我也为设计者提供了与策划文本里的内容有关的图片等资料。

其实，我是第一次为壁画做文案策划，并不十分了解设计者的需要，但凭着对家园的爱，当然也包括对家乡地域风情的熟稔，我如期完成了策划。设计者基本上完全采用了我的创意，为家乡的一道文化景观也尽了绵薄之力。

南方供热是否有可行性

由三九天的寒冷想到供热应向南推进，建议长江流域也应开展集中供热，对节能减排是利大于弊的。今晚江苏城市频道的名栏目《零距离》恰巧就做了这个内容的节目，也算是不谋而合吧。

《零距离》节目采访了好多南京市民，进行了民意调查，人们都希望能住上有暖气的房子，武汉也有小区进行了集中供热。我觉得，南方江淮之间、长江流域，冬天也是很难熬的，应该至少在12月、1月、2月三个月进行集中供热，可让这一带的住户“寒士俱欢颜”，冬天不受冻。另外，如果细算一笔账，会节省好多电，减排也会相当可观。有了暖气，冬天即可不开空调、电暖气等，节省电力，降低碳排放。我想这是利国利民的，是百年大计。

当然，南方没有集中供热的基础条件，比如供热管道的敷设，需要在城市的马路上开膛破肚，需要建设换热站，还要把供热管网通到家家户户，工程也是蛮大的，因为此前城市规划并没有这一项目，运作起来难度是相当大的。但如果确实必要，又功在当代利在千秋，还是应该考虑的。有关部门可进行认真调研，充分了解民意，好好算算账，进行科学论证。

过去国家有规定，大概就是以淮河为界，淮河以北的城市，建造楼房时就安装暖气，公职人员还有国家发放取暖费进行补贴，淮河以南就没有这个待遇。供热南下过淮河，已经有淮安等城市推进，受到居民的欢迎，看来还有过长江的必要，南京居民也是翘首以待，其实就是上海，冬天也是不好过的。如能实行集中供热，可以让多少台空调停下来，会极大地改善大气环境。

保护环境，改善民生，从集中供热开始。

“疫”起读书

春天，万物勃发生机，正是百花盛开的季节，各种鲜花次第绽放，真是锦绣河山，绚烂世界！校园亦如是，彼花谢了此花开，春意融融，活力四射。本来我们是在春季开学，现在，转眼就快进入夏季了。花开烂漫好读书，欣逢夏日宜读书。如果说春天是播种的季节、秋天是收获的季节的话，那么夏天则是自然万物生长的时候。夏天，天气转暖，到处郁郁葱葱，也是我们读书学习的好时节。

由于新冠肺炎疫情，让我们遇到了史上最漫长的寒假，不管是继续在家里上网课，还是有的同学已经返校，在世界读书日到来之际，老生常谈，和同学们聊一聊读书。线上教学也好，回归校园也好，课堂学习以外的时间安排，还是以读书为要，特别是疫情还没有彻底终结前。

为什么读书？

宋代欧阳修有诗云：“至哉天下乐，终日在书案。”法国伟大的启蒙思想家孟德斯鸠说：“喜爱读书，就等于把生活中寂寞无聊的时光换成巨大享受的时刻。”英国散文家、哲学家培根谈道：“读书足以怡情，足以博采，足以成才。”俄国作家赫尔岑说：“不读书就没有真正的学问，没有也不可能有欣赏能力、文采和广博的学问。”当代作家陈四益言：“读书使人不轻信。”读书可以充实自己，所谓“腹有诗书气自华”，读书可以改变命运，这样的例子古今中外，不胜枚举。读书不仅涉及个人，也关乎家国和江山社稷，周恩来少年时代就立下了“为中华之崛起而读书”的志向。读书的重要性无须多言。读书可以拓宽我们的知识面，读书可以提高我们的认识能力，读书可以让我们不盲从、不人云亦云，读书可以教我们在驳杂的信息里做出正确筛选、做出正确判断，读书能让我们与时俱进，不被时代淘汰。

因为疫情耽误了正常的校园学习这么久，上好网课后，抓紧时间，利用课余时间勤奋攻读。即便是正常的校园学习，也要靠自身多读书来丰富自己的知识储备。学生时代的“修行”，应该首先从读书开始。

去过一些知名学府，看到过校园里读书的景象，有的学生在林荫道上，在校园里的公园里，专注读书，这样的画面每每都打动我、触动我，校园里这样的情景应该是常态。在我们学校的镜月湖畔，我也经常见到读书的同学，多数是一个人，静静地坐在椅子上看书，那是一幅和谐、美丽、感人的画面，那是校园最美的风景线。宁静的校园氛围，优美的校园环境，适宜读书学习。崇尚“坚守朴实，追求崇高”的淮阴师范学院，亦是埋首读书佳处。我校校友、中科院院士祝世宁说过：“淮师是读书学习的好地方!”回归校园，希望看到更多这样的读书画面；居家读书，那也是一道亮丽风景，虽然旁人看不到。

读书，应该是我们的生活常态，学生尤其如此。在这个浮躁的时代，不为功名，只为素质提升、修养提高，静心坐下来读书已经是很难的事了，我们要把鲁迅的话常挂心头：“即使艰难也还要做，愈艰难就愈要做。”

读什么书？

学生先要把教科书读好。发给我们的教科书，每门功课的课时有限，课堂上老师的讲解只是起到引领、点拨、提纲挈领的作用，消化理解、深入探究还要靠个人自修，所谓“师傅领进门，修行在个人”。读与课程、专业紧密相关的书，如新闻学、传播学、广播电视新闻学、影视学等方面的教材、著作。读与我们的专业大体相关的书籍，比如文学、艺术学、美学、文化学、历史学、地理学、政治学、经济学、社会学、心理学、人类学、民族学、宗教学等人文社科方面的著作，也读一些自然科学方面的著作。不能只读本专业的书，要读跨学科的书、交叉学科的书，读古今中外的书，要涉猎广泛，博览群书，博采众长。

要多读经典，多读名著，多读原著。尤其是在读屏时代，阅读变成了“快餐式”“囫囵吞枣式”的碎片化阅读。要能静下心来，沉得住气，敢读“大部头”，敢啃硬骨头，比如经典作家的代表作，比如那些影响人们思想、改变人类进程的作品；读一些哲理书籍、励志书籍，比如那些给我们启发、催我们奋进的作品；读一些文艺书籍、人物传记，比如那些陶冶情操、能得到审美愉悦的作品。也要翻一翻杂书、闲书，有时也会有收获或获得意外之喜。

当然知识浩如烟海，书籍也琳琅满目，我们毕竟还有那么多的事情要做，毕竟我们的时间有限，这就涉及选择，涉及规划。选择很有必要，美学大师朱光潜说过：“许多书都没有一读的价值。多读一本没有价值的书，便丧失可读一本有价值的书的时间和精力，所以须慎加选择。”要选对阅读的书，这也和选对人生目标一样，这样才能减少盲目，不浪费时间，我们倡导读书是要多多益善，但也要精挑细选，分清主次。读书，不盲目跟风，媒体、出版社、书店，包括老师推荐的书目，可供参考，最终还是要根据自己所学专业、今后想要干什么、个人兴趣爱好、人生理想追求等，科学合理地制订自己的读书计划。可以规划一下自己的读书生活，想清楚读书的意义，明确读书的目标，注重读书的效果。根据规划，把自己的读书时间安排好，可以按年度、按学期、按星期、按天，制订读书学习的计划。养成阅读好习惯，坚持下去，必有所成。要学会每天有一定的时间放下手机，摒弃碎片化阅读，不能只读屏，要读纸质书，变浅阅读为深阅读。

怎么样读书？

一是边读边想，也就是读书与思考结合。读书要和思考结合，子曰“学而不思则罔”，只读不想，浅尝辄止，书看了就看了，看过就和没看差不多。特别是我们读名著、读经典作家的经典作品、读学术著作时，一定要善于思索，思索方有助于我们对书籍内容的消化理解。我们在阅读的同时，就要思考书籍的内容、观点给我们带来哪些启迪，思考作者表达怎样的思想、抒发怎样的情感，要学会读书时触类旁通，举一反三。比如新冠肺炎疫情来袭，我们可以借机读一读关于人类战胜疫情的经典之作，结合当下，引发一些思考。

二是边读边问，也就是读书和质疑结合。在读书的过程中，多问为什么。专业书籍、经典作品要深读、精读、细读，读的过程中，发现问题，提出问题，寻找解决问题的办法，在反复追寻、质疑中，发现真谛，有所悟，有所感，有所启发。其实追问和疑惑，这也是思考。读书过程中，有困惑的问题，也可以问老师，问同学，查百度，问知乎。有的书，需要我们排除干扰，静心阅读；有的书，需要与相关人员交流、讨论，在质疑中争论，得出正确的认识、自己的判断，正所谓“真理越辩越明”。有时参加读书讨论组（或通过在线讨论组），就可以在询问、讨论中，提升自己的水平。

三是边读边记，也就是读书和记录结合。养成阅读时坚持做笔记的好习惯，做摘录、索引，写读后感，好记性不如烂笔头，可以继承传统，记和写在纸质笔记本上。在无纸化时代，当然也要善于在电脑、手机上记录，直接录入记事本或文档上，建文件夹保存。可以抄录式记录，即把重要的、词汇、语句、段落甚至文章全文抄下来，过后反复阅读、体悟；可以归纳式记录，即把读过书的内容按段落、章节、全书进行内容归纳、观点归纳。可以写读后感，可以围绕某一主题来写。

四是边读边写，也就是读书和创作结合。不能说读书是为了创作，但读书却是创作不可或缺的首要前提，书读多了，作者遣词造句的方法、如何炼句与炼意、写文章的笔法，以及写作技巧、写作风格等，都会给我们带来影响。通过读书，可以找到语感；通过读书，掌握结构、方法，可以帮助我们谋篇布局；通过读书，引发联想，可以让我们下笔千言。也会如古语所言，“熟读唐诗三百首，不会写诗也会吟”“读书破万卷，下笔如有神”。读书的同时，养成做笔记、写札记的好习惯，本身就是练笔的一种好方法，能经常坚持，自然提高文字表达能力，天长日久，日积月累，必会成功。书读得多了，眼界不一样，认知不一样，写作水平也会水涨船高，正如清代小说家蒲松龄所言：“书痴者文必工，艺痴者技必良。”

五是边读边做，也就是读书和实践结合。不能读死书、死读书，要做到理论与实践结合，要读有字的书，也要“从无字句处读书”，比如学广电、广告、广编等专业，不能“天桥把式，只说不练”。不能只读书不参加实践，要把书本学到的知识应用到实际中，在实践中发现自身缺失，再回到书本“补课”。除了读纸质书、电子书外，还要读人生这本奇书、社会这本大书。古人云“读万卷书，行万里路”，是说知与行、诗和远方的关系，要做到知行合一，要读诗也要追寻远方。

我们都是追梦人，让我们在书籍的海洋里遨游，在阅读中升华自己，实现自己的梦想。

夏日迟迟，书香四溢；读书正好，发奋当时。

分界线随想

我自小生活在中国高纬度地区，有近二十年时间工作、生活在中国纬度最高的地级市，这个城市叫黑河。它紧邻大界河黑龙江，与俄罗斯远东城市海兰泡隔江相望。城市很小，也许与地处偏远、冬季时间较长有关，吸引外来人少，本地人又有一定流失，城市人口与市域人口没有增长，十多年前市域人口为172万，十多年过去，人口变成159.3万。

当然，这不能说明城市就没有吸引力。这座城市，是有鲜明特色的，有许多独特的标签，如“中俄风情之都”“汽车高寒试验城”，历史上曾经是著名的“黄金城”，境内还有著名的五大连池火山，还是享誉中外的。边贸火的那几年，提到黑河，知道的人还不少。

但也有许多人把黑河误认为漠河，漠河曾经是黑河地区的一个县，后来开发大兴安岭，把它划出。我曾遇到好多人，问我：“黑河是不是漠河？”可见在内地，特别是在南方，漠河的知名度更高一些，这也许与漠河地处神州北极，有白夜奇观，能看到北极光有关吧。

其实，黑河曾经在历史上享有盛名，当然更为知名的主要是爱辉这个名字，这个名字曾经写成瑷珲，瑷珲城也叫过黑龙江城，是管辖黑龙江流域的最高行政、军事机关驻地。瑷珲城有旧城与新城之分，旧城已为俄占，新城现为瑷珲镇。

许多人了解瑷珲比黑河更多，除了因为瑷珲城曾是黑龙江流域最大的城市外，更重要的原因是这里亦是耻辱之城，是不平等的《中俄瑷珲条约》签订地。这是中国近代史上一次性割让领土最多的条约。该条约让中国失去了黑龙江以北、外兴安岭以南的60万平方公里的领土。瑷珲，这是个让人心痛、令人泣血的名字。

此外，瑷珲还为人所知的原因，就是1935年地理学家胡焕庸提出了划分人口密度的对比线："瑷珲—腾冲线"。后来因为1956年改瑷珲为爱辉，又改称"爱辉—腾冲线"。再后来，区划调整，改爱辉县为黑河市，又被称为"黑河—腾冲线"。虽然后来区划再度调整，黑河地区改为黑河市，县级黑河市不复存在，市改为区，称为爱辉区，也许改来改去，把人改糊涂了，胡焕庸线没有再改回去，"黑河—腾冲线"恐怕得到了确认，只是有点不对等。胡焕庸提出这条线时，起点为瑷珲县，终点是腾冲县，两个都是县，如今只能地级市对县级市了。

这是一条神奇、重要的分界线。胡焕庸把中国两个分别地处东北边陲和西南边陲的县城大笔一画，连成一条直线，于是，奇迹出现了。如果把地图按植被覆盖标出颜色的话，直线以东多为绿色覆盖，而西部则以黄褐色色调为主，这也说明西部荒凉，土地贫瘠，东部繁荣，土地肥沃，这样给后来的西部大开发埋下伏笔。近代发现的400毫米等降水量线，是我国半干旱区与半湿润区的分界线，该线与胡焕庸线基本吻合，这也告诉我们气候与人口密度是紧密相关的。

"瑷珲—腾冲线"的提出，是胡焕庸对地理学、人口学做出的重要贡献，是他，揭示了我国人口分布的规律。这条直线的东南半壁36%的土地供养了全国96%的人口；西北半壁36%的土地仅供养4%的人口。我国94%的人口居住在线以东，西北部人口仅占全国人口的5.6%。

由于这条线几易其名，现在的中学地理教科书采用的是现地级市的名字，"黑河—腾冲线"，这也正是新生代知道黑河的原因。

我较早关注了胡焕庸线资源的开发，建议把其打造为提高城市知名度与发展特色旅游的品牌。我曾于2009年撰写博文呼吁，在起点城市建人口分布线纪念园。彼时我刚刚离开黑河不久，也许是因为故乡情结，建议得到一定反响。曾做过市委宣传部副部长、报社社长兼总编辑、县委书记等职的伟刚先生予以肯定，留言“雀雀之情，拳拳之心，可敬可亲”，并说“下载转报”，也不知报纸是否刊发。省报高级记者汉科先生也推送博文，还有留言把建议转给市委书记、市长看。扔出的小石子激起波浪，后来通过大众媒体知晓家乡高层开始关注人口分界线资源的开发，市里领导带队去腾冲考察、衔接。后来回故里省亲，也看到城市的入口、公路旁，立起高高的宣传胡焕庸线的广告牌。

南下又来到一个位于分界线上的城市，这条分界线为“秦岭—淮河线”，是我国南方与北方的地理分界线，俗称南北分界线。如果说胡焕庸线是人口分界线，这条则是气候的分界。南北分界线是我国800毫米等降水线，线南与线北，无论自然条件、农业生产方式，还是地理风貌、居住及饮食、文化特色、生活习俗，都有明显差异。比如我在古淮河畔的城市淮安居住，就感受到南北文化、风俗的差异。古淮河穿城而过，河南的淮安区、清江浦区喜听偏温婉的淮剧；河北的淮阴区等地则乐闻淮海戏以及偏粗犷、豪放的淮海琴书。在饮食上，河南岸居住的人，较少吃面食，过年一般都不吃饺子，而食糕团；河北岸居住的人，过年吃饺子。

我到淮地工作不久，即赶上城市在古淮河上建了一座南北分界线标志，是利用一旧桥造了一座人行的廊桥。在南面，游龙状的廊桥为暖色调，红色；北面则为冷色调，蓝色。由红到蓝，渐变过渡，桥中间是一半红、一半蓝的大圆球，作为南方与北方在此分界的标志。标志建成后，《扬子晚报》刊发了消息并配发了图片，然后网络转发，小编还在文后提出问题，发起讨论，于是引起热议。有认为南北分界线标志建在淮安，有道理，是实至名归；有认为南北分界线是线，不是一个点，凭什么你那里就是南北分界线的标志地？在淮河畔的城市蚌埠、信阳更表示不服，认为标志地应该是他们那里。一时间沸沸扬扬，好不热闹。我认为此事件，淮安成为最大赢家，因为淮安城市自漕运衰落以来，城市知名度较低，这一炒作，倒是一下子把淮安形象传播开来。这也是一次不花钱的广告，是一次成功的城市营销，就是在大家跟帖热议中，让更多的人知道了淮安。

后来，这件事儿还真有了结果，淮安被国家有关方面正式批准为南北分界线标志地。

其实，分界线的确是线不是点。后来，淮安联手淮河之滨的城市蚌埠、信阳，提出建设淮河生态经济走廊，后来名称改为淮河生态经济带，并争取上升为国家战略，这就体现了协作精神，是着眼于线性资源的保护、传承与利用。这样的线性开发与廊道经济的发展还有很多，如丝绸之路经济带、长江经济带、大运河文化带。

当然线性开发还是离不开点，因为正是一个个“点”，才使“线”串联起来。淮河生态经济带，也是把淮安、蚌埠、信阳列为三个重要节点城市而着力打造。大运河文化带建设也是如此，正是由于像明珠一样散落在大运河畔的一座座城市，才能让大运河文化带熠熠生辉。

我来自胡焕庸线的起始地，如今在南北分界线标志地也生活了多年，对分界线有了一些感性认识，也对分界线资源的开发进行了粗浅的思考，提出过建议。我觉得当下发展旅游业，这是最具独特魅力的旅游景观，倾力打造人口分界线起始地文化园、南北分界线标志园，是有意义有价值的。当然，胡焕庸线如何破以及如何进行淮河生态经济带建设，才是需要引起重视的大问题。

桃花艳开春已至

没南来前，知道桃花，是在古诗词里，《诗经》的“桃之夭夭”，李白的“桃花潭水深千尺”，陆游的“桃花落，闲池阁”，还有崔护的“人面桃花相映红”，等等，特别是陶渊明的《桃花源记》:“忽逢桃花林，夹岸数百步，中无杂树，芳草鲜美，落英缤纷。渔人甚异之，复前行，欲穷其林。”让人对桃花印象深刻。北疆难见桃花，只有小桃红等为数不多的品种。虽知道“桃红柳绿”这个词，但真的到了江淮之地，才切实感受到这个词汇的不寻常。在古淮河畔、在桃花坞、在瘦西湖，见到了桃花与柳树和谐搭配的美妙。桃花是早春最为艳丽的花，她绚美、娇媚。桃花不仅有红色，也有粉色、白色，听说开得娇艳的桃花全是嫁接的，主要是用来观赏，古代诗人无缘见到这般五色缤纷、绚丽多姿的桃花，若眼前的花开在古时，那会流传下来多少吟咏桃花的佳句啊!

开始以为这些观赏桃花是梅花，因为颜色、形状都很相似，请教了专家，方知是桃花。因桃花盛开时，梅花已经凋谢，桃花是梅花的继任者，如果说梅花是凌寒独自开的寂寞男儿的单曲，那么桃花则是和煦春风里的活泼少女的合唱。与桃花为伴相继开放的还有梨花和杏花，更不必说那让人炫目的油菜花了。桃花盛开时，粉的、红的、白的，是一张张明朗的笑脸，是一簇簇欢舞的火焰，是一层层飘飞的雪片。没有人说桃花是报春花，但她也是春天的信使，桃花明艳的季节，恰是春意盎然时。观赏桃花，很能让人心花怒放，神清气爽。

写了两首吟咏桃花的诗，一首是："桃花艳开春已至，大地回暖正当时。佳人巧笑泻芳菲，陌上惊见杨柳枝。"另一首是："灼灼盛放叹美佳，朵朵祥云朵朵霞。若问香国谁绚丽，当说陌上寿星花。"

想起曲调欢快的阿牛的歌《桃花朵朵开》，通俗、上口，是一首借桃花比兴的情歌（桃花的花语恰巧也是关于爱的，是"爱情的俘虏"，人们把得到爱情称为交"桃花运"）："等着桃花开时你回来，一起看那桃花开。"桃花开时，是一个约定，是一个盼望，也是一个期许。桃花开了，天气暖了，到处弥漫着春回大地的气息，到处洋溢着难以忘怀的思绪。

清明时节

清明到来之际，我参加了市社科类组织的全市社科理论界专家学者本土历史文化调研活动，去了三个县区，我们去的几个县区恰巧都有伟人、革命先烈的纪念地，适逢清明，我们深切缅怀过世的伟人、为祖国献身的英烈。

楚州区（现称淮安区），是周总理的故乡，周恩来在此出生，度过了童年时光，一直到十二岁离开这里。现有周恩来故居免费向游人开放，另建有周恩来纪念馆。我已是第四次参观周恩来故居、第五次参观周恩来纪念馆。在周恩来纪念馆主馆，我们一行人向周总理汉白玉坐姿塑像敬献了花篮。之后，参观了周总理铜像广场，仿中南海西花厅。我们遇到了无数游客和中小学生来此缅怀周总理，尤其是建湖县实验小学学生乘坐十几辆大巴车前来缅怀伟人。

盱眙县黄花塘，曾是新四军军部所在地，现建有新四军军部纪念馆，是江苏省重点文物保护单位和爱国主义教育基地。新四军十年战斗的历程里，军部暨中共中央华中局在此两年又八个月。我们参观了纪念馆、陈毅旧居，重温了老一辈无产阶级革命家在这里运筹帷幄、指挥抗战的艰苦、难忘的岁月，缅怀了先烈们为驱逐入侵者抛头颅、洒热血的可歌可泣的精神。

在淮阴区刘老庄八十二烈士纪念陵园，我们向长眠在这里的八十二烈士敬献了花篮。导游员说，连日来，有成千上万的党政机关干部、解放军指战员、大中小学生及社会各界人士前来缅怀“惊天地而泣鬼神”

的抗日英雄。随着导游员的讲解，我们了解了八十二烈士的壮举：1943年3月18日拂晓，新四军三师七旅十九团二营四连八十二名指战员，为了打破日军的“铁壁合围”，为了保护我抗日根据地党政军领导机关和人民群众的安全转移，在连长白思才、指导员李云鹏的率领下，以壕沟为阵地，以血肉为长城，与装备精良、数十倍于我军的日寇进行了殊死搏杀，打退了敌人的一次次进攻，战斗持续了十多个小时，毙敌一百七十多人，伤三百多人，终因寡不敌众，全连八十二名指战员全部壮烈殉国。这就是著名的刘老庄战斗。导游为我们背诵了前苏皖边区主席李一氓同志在烈士牺牲三周年时撰写的墓碑记，碑文写得充满感情，如诉如泣，让人不禁心潮起伏，热血沸腾。著名作曲家贺绿汀曾创作了《刘老庄连歌》。纪念馆的烈士名单只有十几位，导游说，其余的人都没有留下名字，这让我感慨系之，那么多的人用鲜血写下了壮举，却连名字都没有留下，成为真正的无名英雄，为了抗击来犯之敌，为了共和国的成立，又有多少英勇牺牲的无名英烈啊！

清明时节，让我们永远铭记那些为国捐躯的有名和无名的先烈们。

清明踏青记

清明节当天，与邻居一起去了与我家只一道之隔的桃花坞，之后又去了离桃花坞不远的柳树湾踏青。

桃花坞是官方名字，市民都称桃花岛，叫着顺口，也形象。园中有引自古黄河的水，形成了人工湖，湖中的确是有一座小岛。这是一处以观赏桃花为主的公园，从我住的小区过马路就是。清明节这天进园，桃花坞游人如潮，桃花开得正是时候。各种品种、各种颜色的桃花，绚丽多姿，让人赏心悦目。桃分果桃和观赏桃，我想，那些花开得艳丽的一定是观赏桃，因为她不结桃，所以要把花开得漂亮，开得光彩夺目。而果桃要呈现给人们累累硕果，开花只是个过程，花的颜色好看赖看倒是其次，重要的是结果。

桃花坞的名字虽比桃花岛拗口，却蛮有诗意，好像叫这个名字的，江南还有，比如苏州的桃花坞，不知名字是不是和唐伯虎有关，唐有“桃花坞里桃花庵”的诗句。离我最近的桃花坞，园子虽不是很大，但也还算精巧，除了盛开的桃花外，园内还有海棠、紫荆等，也姹紫嫣红地开着。桃花有状如梅花的红桃，有佳人一般粉色的，有纯如雪花一样白色的，有白里透红或白中带粉的，还有的一棵树上开着一半红花一半白花。真的是千张面孔，万种姿态。

园内有一湾碧水，水上有划船者、戏水者，更有垂钓者，而且钓者中不乏女钓迷，倒是颇觉惊奇。

相比桃花坞的热闹，柳树湾寂静得多，也许是我们到达时已近黄昏之故，园内游人不多。桃花坞与柳树湾同为古黄河生态民俗园，是全国农业旅游示范点，都在古黄河右岸，中间有西安路相隔。游柳树湾，当然要看柳树，柳树长在河畔，此时，嫩芽初绽，绿烟迷蒙，正是“春堤杨柳发”“春风柳上归”的早春意境。观水、赏柳，当走河中浅水区的栈桥，栈桥曲曲弯弯，一直伸展很远，绿柳掩映处，桥上会佳人，此乃恋人谈情说爱的好去处。绿的柳树再配以红的桃花，更是别有一番情致，“红入桃花嫩，青归柳叶新”。河堤的右侧，栽种的是水杉，枝头也是嫩芽初上，由于水杉都长得挺直、俊朗，远观看不到叶子，只能看到绿烟笼罩树冠。我住的小区亦有水杉，有的已经有几十年的历史，高大、粗壮，我每天即可在阳台眺望她，这些天，她静悄悄地发生变化，那就是逐渐醒来，复苏。柳树湾也有湿地，就在古黄河旁，踏青的人中，有到湿地采野芹菜的，不用太久，就能采得一大把。

这个季节，柳树湾最让人心动的是梨树开花，景区内栽有树龄近五十年的上万株梨树，这也是我第一次走进梨园，“千树万树梨花开”是眼前景致的最好写照。遒劲、黝黑的树干上，盛开着洁白如雪的梨花，梨树下，又生长着金黄色的油菜花，这是一幅画！高超的画家也恐难描绘这春天的胜景。梨花绽放，疑是雪花飘落。柳树湾内梨的品种有十多种，有砀山梨、皇冠梨、杏水梨、莱阳梨等，梨成熟时，游人可以尽享采摘的快乐。

清明踏青，桃红柳绿入眼来，心旷神怡荡情怀。

万紫千红总是春

春天不知不觉就来了，随着柳树绽出新叶，绿草冒出新芽，各种鲜花次第开放，春天正一天天向我们走来。

报春的花，最先盛开的自然是被称为“东风第一枝”的梅花，茶花也是最先绽放，然后早到的应是玉兰花。玉兰有白色、粉色和紫色，盛开的花状如朝天吹奏的喇叭，有一种白色的玉兰花，花开放的状态如同飞翔的白鸽。梅花和玉兰开始凋谢，连翘、迎春绽开金黄的笑脸，接下来是海棠花，有粉红和白色，状如铃铛的小花开满树。红叶李的小花虽不起眼，却也满树芬芳。紧接着五色缤纷的桃花、雪白的梨花粉墨登场，然后是紫荆花、绣球花悄悄开放，与此同时，缀满枝头的樱花占领春天的绚丽和繁华。紫藤是姗姗来迟的使者，她是叶子与花几乎一同报到。

晚春绽开的有泡桐花，那是不能近观的花，因为泡桐树都很高大，花开在树冠上，只能远远地仰视。原来不知道这有伟岸身躯的树是什么树，花是紫色，虽距离远，却也吸引人。一年春天在少林寺，与一位同在一个旅行团的海南的团友一同好奇，问了景区的保洁人员，方知这是大名鼎鼎的泡桐树，看穆青等撰写的著名通讯《县委书记的榜样——焦裕禄》，知道了泡桐树，为了治理兰考的沙害，焦裕禄带领大家种植泡桐树。现在终于看到了与焦裕禄息息相关的树木，原来泡桐树不光能防风治沙，还是很好的绿化树种，树形美观，花也漂亮。

我住的小区临近淮海西路，这是种植紫荆花的街道，临近的南北向路是西安路，路两旁种植的是樱花，而另一条临近的南北向路北京路的春花品种是海棠花。春天里走在这些马路上，就是在一条花街徜徉，那是怎样的一种惬意！春花伴着你前行，你行进在铺花的马路上，时时处处都能感受到春天的气息。

这个季节，到桃花岛看“桃花朵朵开”，到柳树湾赏“千树万树梨花开”。暮春时节，杜鹃花、芍药花、月季花、蔷薇花、石榴花，也都次第开放，和我们一起走进夏天。

看樱花，到师院校园，还能看到白色的、硕大的绣球花和白色的琼花。而金黄的菜花则是无处不在的，花期也长，那是春天最为普通、平实和灿烂的花。

春天真是一个大花园！正是：蜂飞采蜜酿甜忙，早有春华映粉窗。油菜花香桃李绽，林园烂漫扮新妆。

月季花开夏日临

此地季节变换的确异常分明，到了立夏节气，就进入炎热的夏天了。好像刚刚春暖花开还没有几天，春天的鲜花还没看完，夏天就悄悄走近。这几天气温超过了三十度，昨天南京更是达到三十五度，气温相当于北疆六七月的天气。突然热起来，还真有些不适应。

冬天落叶的水杉树，此时已经绿意婆娑。春天盛开的许多花都凋谢了，月季花却在这时粉墨登场。月季花是这个城市的市花，到处可以看见她的身影，除了公园、街头的绿地种植月季花外，许多居民在院子里、家门口也种植月季花。现在盛开的多是那种花瓣为单片的品种，再过些时日，花瓣重重叠叠多层的品种就盛开了，而且次第绽开会一直到初冬。从晚春初夏时节绽放，经过一个酷热的夏天，一直开到冬天来临，唯有月季花有这么长的花期。

以前我分不清月季和玫瑰，觉得都差不多。也的确易于混淆，都是蔷薇科；都有刺，当然月季花的刺少些或近乎无刺；叶子也相似，都是羽状复叶，但玫瑰的小叶多几片；都是夏季开放；都是很大、很艳丽的花朵，但玫瑰花单生，而月季花数朵同生；都有淡香或浓香，玫瑰花可提制芳香油，是高级香料，有香气的月季花可以供食用的香精；原产地都属于中国，有上千年的历史，久经栽培，供观赏；花及根都可药用但功效不同。另外一些不同之处，花的颜色略有差异，玫瑰花紫红至白色，月季花深红至淡红色。月季花在世界上有花中皇后之誉，我国评选国花，月季花也是大热门入选花之一。月季花原产于我国江浙鲁冀，现各省都有栽培。传入欧洲后，与当地月季花杂交，育有几万个品种。

月季花是夏天里生命力最旺盛的花，如果说傲霜斗雪的蜡梅花，坚强、坚定、坚韧是她的品格的话，那么不畏酷暑的月季花，热烈、热情、热忱则是她的真性情。

月季花开放在炎热的夏天，也许就是因为季节的原因吧，她比春季和秋季绽开的花，花期都长许多，有连续开放、不绝如缕的特性。因为花期长，月季花又被称为长春花、月月红。古人吟咏月季花的诗好像不多，有名的几首也多是赞颂她的花期长，如宋杨万里的《月季花》："只道花开无十日，此花无日不春风。一尖已剥胭脂红，四破犹包翡翠茸。别有香超桃李外，更有梅斗雪霜中。折来喜作新年看，忘却今晨是季冬。"到了新年时，还能看到月季花开放，可见此花花季有多长久。宋董嗣杲的《月季花》："谢了还开肯悟空，一年三十六旬中。相看谁有长春艳，莫道花无百日红。酡脸倚娇承舞雪，瘦枝扶力借柔风。四时常吐芳姿媚，人老哪能与此同。"常言道"花无百日红"，是说人生苦短，青春易逝，容颜易老。月季花盛开期岂止百日？一年四季，她差不多占了三个季节。岁月催人老，但只要像月季花那样从容不迫，保持乐观、积极、向上的性格，心态永远会年轻的。我尤喜欢最后两句。明代张新的《月季花》："一番花信一番新，半属东风半属尘。唯有此花开不厌，一年长占四季春。"看来，月季花不只占了三个季节，而是"长占四季春"。

多重花瓣的月季花开花时，花盘硕大，感觉花枝似乎不能承受其重。月季花的颜色可谓五彩缤纷，耐看，但不炫目，不妖娆。开不厌的月季花，是送给人们抚慰心灵的清泉，她濯洗掉你的寂寥、烦扰。有了她，这个漫长、燥热的夏季变得不再难挨，让人觉得充满希望。月季的花语就是：等待有希望的希望，幸福、光荣、美艳长新。我为此写了四句诗赞月季花：四时盛放最荣光，月月呈香待晓阳。希望在前休等待，辛勤创造品芬芳。

夏至日

今天是夏至，节气变化就是这样明显，好像突然就进了蒸笼一般。原本这些天就很闷热，今天的气温比前几天还低一两度，但今天是湿漉漉的热，很不舒服，比前两天还难以忍受，这就是人们常说的桑拿天吧。也许今天就是梅雨季节的开始?

单位开了一天会，是院第三次学科建设大会，中层以上干部、正高职称人员参加大会。会议在图书馆多功能厅举行。省学位办主任莅会，南师大副校长前来做关于学科建设的报告，院长就今后学科建设的目标和任务提出了明确要求。下午分组讨论，然后再集中，院长与一级学科重点建设学科的系领导签订了责任状，最后院党委书记讲话。会议结束已是将近下午6点了。

我校学科建设类型按一级学科重点建设学科（含培育）、二级学科重点学科、二级学科重点建设学科三个层次设置，这三个层次都没有我们系，因为在学校我们这个系属于年轻系科，还不具备条件。下学期，校内各系要改二级学院，我所在的系，我们上报的名称是传媒学院，名字还是很大气的，也简洁。

多功能厅里有冷气，到了外面，天依旧热。与图书馆相邻的镜月湖已是莲叶田田，湖里有粉红色的那种层层叠叠多瓣儿的不知是什么品种的荷花悄然绽放。荷塘有一种奇怪的难以形容的味道，每次从镜月湖走过，都有这种味道，味道虽怪怪的，却也不难闻。上午会议休息时，下了一阵雨，但很快就停下来，要是下一场透雨，天气也许能凉快些吧。

院党委郑书记问我："夏天天热，还习惯吧?"我想起遥远的故乡黑龙江，那里的夏天还真是凉爽，最热的天气大概也就十天八天，就是最热的几天，早晚还是很凉快的。黑龙江，的确是清凉之都、避暑胜地。北佬南迁，首先是要过气候关。

今天是父亲节，女儿和外甥女都发信息给我，祝我节日快乐。父亲节适逢夏至，也算是双节到来，该庆贺，但一个“热”字让人难以愉悦起来。漫长的盛夏帷幕彻底拉开了，已没有任何遮掩。

夏夜喜雨

连日的高温终于酝酿成一场大雨，预告称今天有中到大雨，但白天一直未下，黄昏时，掉了几个雨点，以为要下，最终还是没有下，可能还没酝酿充分吧。将近午夜，随着闪电和雷鸣，一场大雨终于落下，也许能下一场透雨，驱散这暑热，让人清爽一些。

看《南京零距离》节目，主持人说梅雨季节还未到，她说要有几个条件具备，才可以称进入了梅雨季节。就像这里入冬一样，天气预报也是这样说，要连续多少天最低气温达到多少度，才能说入冬了。今年入梅似乎比去年要晚，记得去年的五月末，天气就很闷热了，那时就入梅了。但今年的广玉兰却比去年早绽放一两个月，不知何故。去年的这个时候，广玉兰刚含苞，但却迟迟不开，一直就持续着含苞待放状态，让人着急，真正开放都七八月份了。今年她可没有沉得住气，半个多月前就次第绽放，吐露芳香了。现今已是尾声，还可见枝头一两朵洁白的大花朵静静地开着。

今年荷花也比去年开得早，报上说金湖的万亩荷花荡已经盛开。就连校园里的镜月湖的荷花，都马上要绽放笑脸了，那可是晚熟品种，去年快进八月才开满湖。

近些天，无处不在的月季花还不知疲倦地开着，当然已然没有了春天的娇美和艳丽了，但她还是依旧绽放，而且一直要到十一二月还开个不停，那份执着和坚守还是让人钦敬的。

街道上，我住的小区里，广植的一种四季常青树，现在正值花季，那是极不起眼的小花，颜色介乎于白和黄之间，却释放出沁人心脾的芬芳之气。问了几个人，都说不上是什么树，恰巧今天请教了小区里一位正在给竹子浇水的退休老教授陈老师，他说是冬青树。他正为竹子浇水，我先是请教竹子的栽种方法，因为我和他同一天栽植的竹子，他栽的长得很繁茂，我栽的却没长起来，看来是缺水啊，我只是在栽植的当天浇了一次水，以后就再也没管过。而这位陈老师却经常浇水，他说："我也不太懂，但觉得竹子原本是生长在江南，江南多雨，因此不能缺水。"说得有道理。他还移栽了一株芭蕉，也长得很好。

久旱的禾苗、树木正盼着雨呢，一场豪雨也能给这闷热当头一击。不过这雨刚刚下了半个小时左右，雨势就减弱了许多，不知何时停了。这半小时的雨能送走暑热，给明天送来清凉吗？真盼着下一场透雨啊！

菊花香

菊花也是芳香四溢的花吗？一首流行歌曲的歌名，做了回答。原来并没有多想，以为深秋、初冬季节绽放的花，不会有多么芬芳。

这个双休日，去上海大学参加一个国际研讨会，住在延长路校区，开会是在宝山新校区的上大大礼堂国际会议中心，由于路途较远，中午会议主办方就不安排回下榻处。在新乐乎楼用过午餐后，我因找打印店打印一份会议发言材料，就在不经意间转到了新校区的图书馆，图书馆建得很有气魄。走到图书馆前门的广场，往前直走，无意中走近了上海大学正在举办的每年一度的菊花展。

也是好运气，原来举办的是上海大学第九届菊文化节，11 月 11 日开幕，到 11 月 30 日结束，共举办二十天。我去时正好是开幕的第二天，又恰逢周六，天气又暖和，赏菊的人纷至沓来。

各种五颜六色、形态各异的菊花，让每个赏菊人都绽放了笑脸，拍客云集，那些造型奇特的菊花景观，还有菊花盆景，给影友创作提供了绝佳题材。菊花景观不仅让人赏心悦目，还传承历史文化和校园文化。菊花组成的景观主题有辉煌历程、辛亥百年、绿叶情怀、文化传承等十八个，歌颂党和革命先烈的丰功伟绩，表现上大人努力奋斗的精神风貌。在广场上以及广场前的几条道路两旁，摆满了菊花，共计六万多盆，真是菊花的世界，菊花的海洋。

路两旁还有展板介绍前八届的盛况和菊文化节的发展历程，上海大学的菊文化节是上海市高校校园文化建设优秀项目。旁边就是一个大草坪，草坪上依旧碧草如茵，许多周边的市民举家前来，在草坪上晒太阳，悠闲地推着童车的青年夫妇、纵情跑跳的天真烂漫的幼童，还有度周末的上大同学在草坪上野餐，一派祥和、欢乐、安宁的景象。

上大校园弥漫着阵阵菊花的香馥，我还是觉得好奇，为了确认，凑到近前嗅一嗅，菊花真的是有气息的。恕我孤陋寡闻，以前在北疆，少有机会观赏这么多品种的壮观的菊花展，只是在影像和诗文中知晓，想当然地认为盛开在秋末的菊花只是好看，不会芳香扑鼻。现在知道，菊花竟然也是有浓香的。黄巢的“冲天香阵透长安，满城尽带黄金甲”的描绘没有夸张。

此次上大菊文化节的主题是：厚蕴勤耕，菊香满园。菊花不畏秋霜、傲然绽放的精神也正是上大人的写照，老校长钱伟长为上大题写的“自强不息”四个字也暗合了菊花精神。

第 二 辑

黑河因何而名

二十世纪黑河举世闻名，是因为“这里有黄金”，黑河曾是个黄金城。著名作家刘白羽于九十年代初重访黑龙江时，访问了哈尔滨、齐齐哈尔等地后，对陪同他的沈阳军区作家、诗人胡世宗（歌手胡海泉之父）说，非常想到黑河看看，实现他小时候就有的一个愿望。他还是在孩提时，就听父辈或祖辈常常说起黑河淘金的故事，认为黑河的山、黑河的水、黑河的城市都是金光闪闪的黄金筑成的。在刘白羽的心中，黑河是个富饶、美丽、神奇的地方，到黑河去，到黑河可以圆一个金灿灿的梦……由于受到交通和身体条件的限制，没有去成，他说这是一个很大的遗憾。是的，多年以前，人们知道黑河这个偏远地方的原因是：这里的黄金资源丰富。历史上就有“黑龙江遍地是黄金”“黑龙江金子镶边”的说法。黑河曾经是漠河金矿、逢源金厂、德源金厂、裕边金厂、五道沟金矿、罕达汽金矿等金矿的大本营和物资集散地，黑河因黄金而蒙上神秘的色彩，声名显赫。

黑河曾因“黑河马”出名，那是工业化到来前的时代，马是主要的运输工具。猎民、农民都需要马，马可以打猎、耕田、倒套子。马车、马爬犁，曾是黑河主要的载人、拉货物的重要交通工具。黑河马因为个头大、耐力强，而享誉黑龙江沿岸。

黑河曾因“黑河元皮”声震中外，元皮即黄鼬皮，早年在国际市场上，黑河的黄鼬皮是占据特殊身价的，如果黑河的产品还没有到，这项对外贸易就不能“开盘”，据说必须有三分之一的黑河货色，才能讲价成交。因为黑河的黄鼬皮毛，针长、绒细、色美而有光泽。

有一年，我随省新闻工作者协会组织的新闻采访团去山东采访，到了许多地方。在泉城济南，接待方听说我是黑河的，满脸兴奋：啊！你是黑河的？我很高兴，黑河在外省这么有知名度，这是我没有想到的。他们接下来说：黑河奶粉好，我家小孙子（或小外孙）就是吃你们黑河奶粉长大的。还有的人说：黑河我知道，黑河的奶粉好。啊，原来是这样，奶粉使黑河扬名。我是知道许多地方是因了其产品而有知名度的，未曾想到家乡也有产品名声在外。黑河奶粉在山东一些地方妇孺皆知，这令我这个黑河人引以为豪。回到黑河，打听后才知道，黑河百岁奶粉是品质一流的优质产品，除山东的部分城市外，还走俏辽宁、河北、安徽等省。

孩子去外地读大学，同学来自天南海北，有同学问起我家孩子是哪里的，答曰黑河，同学都说知道黑河，因为中学地理课有黑河—腾冲分界线。噢，原来黑河是这样被读过书的年轻人知晓的。所谓的黑河—腾冲线，是我国著名地理学家胡焕庸1935年在其著作《中国人口之分布》中提出来的，这是一条人口地理分界线，也是民族地理分界线、自然地理分界线。这条分界线的东南半壁面积小，人口多，西南半壁正好相反；少数民族大部分居住在这条线的西北半壁；这条线基本上和我国400毫米等降水线重合。当时提出时叫“瑷珲—腾冲线”，后来称为“黑河—腾冲线”。虽然过去了八十多年，这条分界线今天依然是准确的，有意义的。一个在黑龙江，一个在云南，却有一条线把它们紧紧相连。一个雪地冰天，一个绿水青山。两地也有许多共同之处：都是资源富集的地方，民族文化丰富多彩，历史上为抗击外来侵略者进行过可歌可泣的战斗。都是边疆少数民族生息繁衍的沃土，新时代又成为对外开放的窗口。黑河因特殊的地理位置而知名。

黑河因沿边开放而声名远播。有一年我坐飞机去北京，邻座的一位北京先生问我是哪里人，我说是黑河的，他顿时两眼放光，异常兴奋地说：黑河的边贸火啊！是的，黑河是最早和相邻的国家开展以货易货贸易的地方，著名的“西瓜外交”率先打开了封闭几十年的边境贸易大门。此后，黑河与苏联乃至后来的俄罗斯在国际经济技术合作、劳务合作、边境旅游等方面，又创造了好多“第一”。

我觉得，黑河在省外甚至国外扩大影响和知名度，还得从地缘优势出发。瑞典小城阿维斯焦是著名的冬季试车场，黑河纬度、气候和阿维斯焦差不多，因此黑河成为我国汽车行业冬季寒带汽车试验场，黑河也就有了“中国的阿维斯焦”之称。黑河，中国冬季最大试车场，是一个可以叫得响的品牌。打好试车牌，发展试车经济，对扩大黑河影响，促进黑河相关产业发展，有积极作用。把黑河建成祖国北疆影视拍摄基地，也会使黑河声名鹊起，已经在此拍摄了多部有影响的电影、电视剧，以央视拍摄的电视连续剧《这里的黎明静悄悄》外景地为依托，建设的中俄民俗风情园，是一处极具地域特色的旅游景观，又是一处难得的反映中俄交往、北疆少数民族风情等题材的影视剧拍摄外景地。中央电视台经济频道《完美假期》栏目曾发起中国十大完美旅游线路评选，“情系黑土地”线路（哈尔滨—大庆—杜尔伯特—齐齐哈尔—五大连池—黑河）荣登排行榜之首，获得“个性之旅”称号。这条线路涉及黑河和五大连池，对扩大黑河旅游在国内外的声誉、对以火山和矿泉驰名中外的五大连池能尽早成为旅游热点地，具有非同寻常的意义。“中俄风情之都”，会吸引越来越多的游客前来，感受俄罗斯风情、少数民族风情魅力，欣赏大界江、大森林、大草原、大湿地的壮丽。黑河因世界地质公园五大连池蜚声中外，五大连池的火山被称为世界火山教科书，是地质奇观；五大连池矿泉水是世界三大冷矿泉之一，是神泉圣水，五大连池饮水节的端午习俗被列入中国非物质文化遗产。

作为中国纬度最高的地级市，作为黑龙江畔中国最大的城市，夏季舒适、宜人，成为避暑好去处。夏夜，漫步于黑龙江公园的江堤上，凉风送爽，欣赏黑龙江汩汩奔流的盛景，优哉游哉！黑河，以夏日凉爽、休闲、养生而驰名，成为北疆夏都、“北国养生福地”。高纬度地区夏季光照时间长，早晚温差大，黑土地，一季作物，绿色无公害产品，

“极境黑河，寒养至味”，黑河农产品、土特产品的一张新名片，一定会让越来越多的人认识。

黑河在中国近当代历史上，有着重要地位，一座座文博馆、纪念馆、展览馆等，是一张张闪亮的城市招牌。瑷珲历史陈列馆就坐落于祖国东北边陲黑龙江中游右岸，是全国唯一一处以全面反映中俄东部关系史为基本陈列内容的专题性遗址博物馆；瑷珲海关历史陈列馆则全面反映了 1909—1933 年边境贸易关系史；黑河旅俄华侨纪念馆是一所全方位展示百年来中俄友好关系史的纪念馆，展出了纵深百余年旅俄华侨史；知青博物馆以中国知青史为主题，全面反映一千七百万知识青年，为祖国开发建设、艰苦创业做出的伟大贡献，在文化、科技、教育等诸多方面做出的不朽业绩……还有黑河博物馆、黑河城市规划体验馆等，从不同侧面记载了这座城市的资源、文明和发展变化，给人们教益与思考。

备受关注的黑龙江大桥建成，跨江索道正在建设中。俄罗斯向中国输送天然气，黑河成为过境第一站，成为一个能源中转站。黑河因浓郁的地域风情与国际范儿而闻名遐迩，致力打造“一城两国”特色。黑河与隔黑龙江相望的俄罗斯布拉戈维申斯克市（海兰泡）不断推进合作升级，黑河因口岸优势，成为举世瞩目的旅贸城。黑河会因与彼岸异域城市上演“双城记”而享负盛名。

而今，黑龙江省正推进龙江丝路带建设，黑河因其特殊的地缘优势，将会以龙江丝路带上的重要节点城市而获得更大的名声。2019 年 8 月 26 日，黑河自由贸易试验区获得国家批准，给黑河又带来了空前的发展机遇和扩大名声的宝贵契机。无疑，这是黑河扬名的又一历史性机遇。

黑河，因特产、因地理位置、因边贸、因中俄双子城、因亚洲寒区试车城、因中俄东线天然气管道起点城市、因中国最北自贸片区而闻名于世。黑河，也一定会以国内外知名旅游胜地而享有盛名。

都柿野果酸又甜

在兴安岭的野生浆果中，都柿无疑是产量相对最大的，也是营养价值最丰富的，是兴安岭奉献给人们的仙果。都柿是我心心念念的野生浆果，是童年留下的甜甜的、酸酸的、美美的味蕾记忆。

没见过都柿的人会问了，都柿长什么样？味道如何？都柿颜色是黑中带紫或紫中带黑，结在都柿秧子上的都柿会挂一层白霜儿，有点类似于葡萄。形状也类似于葡萄，圆圆的，比葡萄个头要小一些。都柿的味道，酸中带甜或甜中带酸。兴安岭山林里的都柿，是野生浆果中的美味。

黑河市爱辉区北部山区如西峰山、新生、罕达气等乡镇、滨南等林场盛产都柿，嫩江市北部山区也盛产都柿，这些地方是采都柿的好去处。公别拉河流域植被茂盛，具有生物多样性特征，现在是国家级自然保护区；刺尔滨河流域是一个美丽、富饶的地方，现在是省级自然保护区。这两个自然保护区，除了遍布山野的原始森林和人工林外，还以盛产山珍、野果闻名，这里不说木耳、猴头菇和蘑菇，也不说高粱果、雅格达和托盘儿，只跟大家说一说那又酸又甜的都柿。

初秋时节，恰逢采集山货的旺季，几乎天天可以看见林场、山村的妇女、儿童结伴而行，携筐拎桶，去甸子里采都柿。出去半天或大半天时间，她们满载而归，收获的喜悦尽扫脸上的疲倦之色。

都柿的学名为“笃斯越橘”，杜鹃花科，越橘属，是一种珍贵的亚灌木野生植物，产地主要是在芬兰、瑞典，中国产地主要是在大兴安岭以及小兴安岭北坡。清康熙五十年方式济撰《龙沙纪略》载：杜实，产艾浑（即瑷珲）。杜实，包括现在称都柿，都与“笃斯”的名字接近，因此叫都柿是最接近学名“笃斯”的。近年商家把都柿的名字改为蓝莓，虽显得高大上，好听好记，便于南人认知，也便于营销，但却是把本名又改了别称。须知以瑷珲为中心的黑龙江流域广大地区叫“都柿”这一称谓，已经最少有三百多年的历史了，叫了三百多年的名字还是不改为好。蓝莓，译自英文俗名 Blueberry，意为越橘蓝色浆果。蓝莓是越橘属蓝色浆果的统称，按理说笃斯越橘是包含在内的，但蓝莓是泛指，笃斯越橘是确指。一般而言，蓝莓是指园艺品种。因此都柿与来自北美的栽培蓝莓相近、相似，却大不相同，无论颜色、大小，还是口感、营养价值，都柿和蓝莓都有明显的差异，还不能名称互换。论大小，都柿小一点，蓝莓大一些。看果瓤，都柿瓤儿里的籽小，瓤儿为紫红色，果肉比较稀；蓝莓瓤儿里的籽大，瓤儿是灰蓝色，果肉比较固化。尝味道，都柿酸里带甜，蓝莓甜度高一些。观表皮颜色，都柿略黑一些，蓝莓偏蓝一些。辨营养，都柿的花青素、叶黄素要高于蓝莓，花色苷的含量，都柿高出蓝莓四到五倍。这和都柿生长在靠近北极或高纬度地区有关，昼夜温差大，日照时间长，结出的浆果是寒养至味。一位林业大学毕业、现在是某国家级自然保护区工作的朋友说：“笃斯作为高档水果进入流通，广泛被流传和认知，商品名变蓝莓是商家之过。”

因此，称都柿为蓝莓略显牵强，都柿就是都柿，不好让蓝莓之名替代，比如黑河、大兴安岭等地现今一股脑儿把原来用都柿加工生产的都柿酒都改成了蓝莓酒，就有点让人模棱两可，酒到底是用都柿加工的还是用栽培的蓝莓加工的？都柿是纯天然野果，生长在大兴安岭、小兴安岭和长白山，主产地是大兴安岭，黑河市出产都柿主要是爱辉区和嫩江市北部山区，紧邻大兴安岭一带林区，纯天然生长的都柿是其他地方没有的特色；蓝莓是栽种，原产在美国、澳大利亚、新西兰、智利等国，是栽培的浆果类植物，近些年引进，在我国东西南北中差不多都有种植，已非稀罕物。都柿最大的特点是：由于是天然生长，都柿产量是有限的，受气候、雨水、霜冻的影响，与山里的榛子等的收成一样，都柿也有大小年之说，因此是稀缺资源，近年价格也越来越高，这也是正常的。由于都柿是不可控栽培，是野外自然生长，还有人称都柿为野生都柿、山都柿。都柿就是野生的，在高纬度山里生长，因此没有必要再加上“野生”“山”等字样。

当然，这是就都柿改称为蓝莓引出的题外话，在此是想给都柿正一下名：把都柿改名为蓝莓，可能放大了其品牌效应，却是缩小了都柿本来的独特品质，因此还是应恢复本来的名字。黑河近年打出了“极境寒养”的品牌，突出绿色无污染，突出高纬度寒地的特色，都柿恰恰是高纬度地区才有的野生浆果，而蓝莓在南方也可以栽培，保留都柿原名，就是彰显“极境寒养”的理念，包括都柿酒、都柿饮料、都柿果酱、都柿糖在内的都柿系列产品，是黑河独有的产品，而蓝莓酒却是大众化产品。

都柿的果实属浆果类，生时果实为绿色，味极酸，吃多了会“倒牙”；熟时果实为深紫色，外面挂一层白霜，果肉为淡绿色，味道是酸中带甜。果实球形或椭圆形，皮薄。老百姓一般俗称果为“都柿”，称结都柿的植物为“都柿秧子”，称大面积生长都柿的原野为“都柿甸子”。都柿秧一般一尺左右高，春夏之交开花，花冠钟状，白色或粉红色，夏末秋初浆果成熟，一般在八九月间为采摘期。一棵秧上结满状若葡萄的都柿，能把果秧坠弯。

都柿含有丰富的矿物质，对人体生长极为有利的有机酸含量达二百多种，维生素 C 含量每一百毫升达五十毫克以上，另外还含有十三种有药用价值的甙类物质，如熊果酸甙、洋梨酸甙等，这些营养素，不仅有益人体健康，而且还能起到软化血管、利尿、解毒和抑制癌细胞的功效。都柿还含有天然色素，吃多了都柿，舌头、牙齿会染成浓紫色。由于都柿味美清香，酸中带甜，无污染，是纯天然绿色食品，都柿浆果是酿酒、制清凉饮料和糖果的上等原料。早些年，黑河制酒厂酿制的都柿酒曾被评为黑龙江省的优质产品，并远销京城；黑河食品厂生产的“爱河”牌都柿糖是馈赠亲友的佳品，该产品曾在1997中国（黑龙江）首届名优商品博览会上荣获名优产品金奖。为了搞好都柿资源的开发和加工，多年前，黑河地区工业科学研究所对都柿汁脱色的研究取得了突破，并取得都柿酒酿造工艺的科研成果，为生产都柿酒、都柿饮料创造了条件。

早些年，黑河市北部林区、山乡的四周遍布浩瀚的都柿甸子，都柿甸子平坦而又宽阔，如同海洋。在都柿成熟的季节，走出家门不远，就可以一头扎进都柿甸子里，尽情品尝这大自然赐予我们的仙果，保准叫你吃个够。都柿熟透了的时候，大山醉了，山里人的心也醉了。都柿吃多了是真的能使人如醉酒一般，人事不省，这也许正是都柿可以酿造出美酒来的原因吧。但山里人说，千万不要吃达子香花下的都柿，吃了达子香花下的都柿就可以使人醉过去，究竟何故，无人能解释清楚。不过，达子香花下的都柿，往往结得又大又多，对人充满着诱惑。还有蚂蚁堆旁边长的都柿，也相对甜一些。

采都柿的季节，在黑河市爱辉区北部林区和山区的居民聚集地，你不管走进哪一家，热情的主人都会端上一碗新采的都柿给你吃，如果你嫌酸，主人还会把都柿洗净拌上白糖端给你。有的人家请客吃饭，拌上白糖的都柿还会成为一道菜端上桌，吃一口又酸又甜，还真是佐酒的佳肴。

在林区，人们发明了很多种吃都柿的方法。把新采回来的都柿择洗干净，掺些白面，撒些白糖，加水放在锅里熬。熬到一定时候取出来吃，称其为“都柿糕”，有人家就馒头吃，很能下饭。将都柿糕平摊到波椤棵子（还没长大的小柞树）的叶子上晒，晒干后从树叶上取下，称其为“都柿饼”。都柿饼好吃又易于存放。后来有些人家干脆将都柿糕摊放到洗净的玻璃上晾晒，省事又方便。晒干后成一大张，用刀随意切成块状、条状，也可卷成卷儿。将都柿倒在屋顶天棚上，令其自然风干，成为“都柿干儿”，犹如新疆葡萄干儿一样，其甜劲比不上葡萄干儿，其酸劲却让葡萄干儿逊色。秋末经霜后的都柿易于存放，把它装在桶或筐里，放在仓房或菜窖里，待到上冻后，从菜窖里拿出，将都柿一粒粒冻实，留到冬天吃，谓之“冻都柿”，可一直吃到春节。当然，有了冰箱冰柜后就可以直接冷冻了。寒冷的冬天能吃到原汁原味的都柿，着实新鲜，也成为林区人的年货之一。冻都柿吃起来又凉又酸，清爽可口。有的人家将都柿装入坛中，任其自然发酵，自酿都柿酒。自酿的都柿酒口感独特，醇厚浓烈，回味绵长。我佩服林区人独创的众多都柿吃法，我更佩服山里人拿都柿待客、用成筐成桶的都柿送给城里亲朋好友的赤诚、淳朴和大方。近年，有人收购，好多人家把采都柿作为创收的渠道之一，采了卖给收购人，但采果期没有多少天，也很不容易，天热日晒，蚊虫叮咬，挣的也是辛苦钱。夏末秋初，如果在黑河的大早市或小早市上，碰到有卖都柿的，没准儿有的就是来自滨南、新生、西峰山、罕达汽、北师河、冷川等地，来自遥远的山林里。

我在师范上学的第二年夏天，母亲采了一筐都柿，让我开学带给同学吃。这事儿我早已忘记了，过了几十年，班里的许多同学却还清晰记得，经常会提起我给同学带都柿的事儿，这也让我回忆起往昔时光，不由想起在天国里我那善良、勤劳的母亲……母亲爱采都柿，也喜欢用都柿做果酱、晒都柿干儿，也存储冻都柿，这样我们在水果奇缺的冬天也能吃到都柿。那一粒粒又酸又甜的都柿，也凝聚着母爱之心。

随着次生林的不断生长、壮大，包括盛产都柿的滨南林场等在内，从前那一望无际的都柿甸子越来越少了，成筐成桶地采都柿要走很远的路。另外由于一些人为因素，如把大片大片的都柿甸子开荒种地，不注意生态保护，也使都柿资源受到威胁。我们不能在开发这一资源的同时，逐渐地破坏和灭绝这一资源。都柿是大自然赐予我们的仙果，保护了大自然，就保护了仙果。

都柿，是兴安岭奉献给我们的珍奇野生浆果，是北疆高纬度寒地天然生长的至纯美味，是故乡的甜蜜味道，是童年的美好回忆。

那又酸又甜的都柿哟……

兴安野菜最清纯

春夏两季，在黑河的宴席上，常常会有野菜上桌。

尤其是近些年，吃野菜成了一种时尚。

吃的时间最长的，当属蒲公英。婆婆丁是蒲公英的别称，在黑河的城镇乡村，随处可见婆婆丁。婆婆丁是奉献给大地最早的绿，春天，大地还未披上绿装，婆婆丁率先从土里钻出来，预示了大地的萌动。挖婆婆丁不是很费事儿的劳动，野外的路边，随处可见婆婆丁的踪影，用刀或小铲将婆婆丁挖出，抖落沙土，带回家，用清水洗净，再泡一会儿，婆婆丁立刻鲜灵不少，然后即可生吃，是黑河人极为推崇的蘸酱菜。市场上有附近村民采来的婆婆丁出售，婆婆丁刚上市时，要卖到几十元一斤。这些年，也有人在温室和塑料大棚里人工种植婆婆丁，这样，即使尚未冰消雪化，也可吃到婆婆丁。人工种植的婆婆丁比野生婆婆丁个头大，光亮，也水灵，但较野生婆婆丁少了那苦生生的味儿。喜吃婆婆丁的人，吃的就是那苦味儿。春天干燥，都说婆婆丁能润喉、生津、败火。中药里，婆婆丁确是一剂药，主治乳痈肿痛、疔毒等，可治咽炎、急性扁桃体炎。但最好不要在城市绿地上、公园的草坪上采挖婆婆丁。

在黑河，另外常见的野菜是蕨菜。小时候，家乡人都把蕨菜称为猫爪子菜，因为蕨菜在未展开叶子前，嫩叶蜷曲，状如猫爪，故名猫爪子菜。到了二十世纪七十年代中期，外贸部门开始收购，出口日本，那时蕨菜之名才传开。采蕨菜的最佳时节，是在五六月份，最佳采集期只有几天，早了太嫩、太小，不出数，晚几天就老了，不好吃。最佳采集期，就是蕨菜长至离地面一尺左右，叶子未放开前，状如猫爪蜷曲时最适宜。蕨菜采回来当日，还要再掐断采后又老的根部，然后用橡皮筋捆成一束，撒上大粒盐，装入缸中，码一层撒一层盐，这样腌渍后，蕨菜就不会再老，而且能够保持碧绿的颜色。如盐放少了，腌几天后，就会变黑、变黄，颜色不好看，又不鲜灵。当然在腌渍过程中，还要倒缸。出口日本的蕨菜都是按照规范和要求这样腌渍的。后来蕨菜也有了真空包装，真空包装的蕨菜保鲜效果好，绿绿的，同新鲜的一样，而且不像腌渍的那样咸，炒、炝后，口感都很好。爱辉区林业木制品厂搞蕨菜收购、加工较早。后来又有黑河市供销合作总公司山产品分公司生产真空包装的山野菜。爱辉山珍公司也生产真空包装的蕨菜、老山芹等，它的规模越来越大。一次，到孙吴县奋斗山野菜加工厂参观，令我眼界大开，这家工厂的加工能力大，而且还有许多加工设备。工厂有好几个车间，蕨菜加工有多道工序。另有县乳品厂、县乡企局山野菜加工厂等，也都收购、加工蕨菜。采集、销售蕨菜，成了孙吴县城乡群众创收、致富的一个重要门路。采集期内，县里还放几天假，以方便群众采蕨菜。这里加工的蕨菜已销到国内许多大中城市和日本等国。当然，现在野菜出口不比前些年，“蕨菜热”降温，好多蕨菜收购点、加工厂都已改弦易辙了。

黑河可吃、好吃的野菜不少，老山芹、四叶菜、狍爪子、鸭子嘴儿、黄花菜、燕子尾（读 yǐ）、野鸡膀子、苋菜、柳蒿芽、荠菜、苣荬菜、小根儿蒜、江葱、野韭菜等等，黑河南部山区还有刺老芽（也叫刺嫩芽）、广东菜（也叫黄瓜香，黑河北部称地榆为黄瓜香，嫩叶也可食用）。这些野菜有的可洗净生吃，有的用开水焯一下可蘸酱吃，有的可炝、拌，有的可做汤、炒或炖，有的可以做馅包饺子、包子。年少时，吃得最多的野菜是四叶菜，一是山里多，二是口感好。四叶菜，有的地方也叫明叶菜，学名是展枝沙参、轮叶沙参，吃法是热水焯了蘸酱或凉拌，母亲会用它和土豆条一起炖，很可口，至今难忘。狍爪子菜是小时候除了四叶菜外，采和吃得最多的野菜，“狍爪子”自然是俗名，学名是什么，研究了很久也没有搞清。后来请教胜山自然保护区的张卫国，我和他描述了一番，这种野菜细高，长得还真像狍子的腿（狍子腿细、肉少），外表有点黏黏的，趁叶子放开前采嫩茎吃。他给我查到是苍术，然后我再去查，果然如此。但细分我觉得应该是关苍术，关苍术有很大的块状根，是名贵药材。卫国跟我说，关苍术当野菜吃了有点奢侈。鸭子嘴儿吃得也比较多，有的地方称其为枪头菜，学名很拗口，叫缝瓣繁缕，是石竹科繁缕属的植物，其嫩芽为食用部位。我们用其煮汤的时候多，也可以炒、拌、包饺子、做成菜团子。燕子尾也吃得不少，燕子尾学名为东北燕尾凤毛菊、龙江凤毛菊、齿叶凤毛菊，炒、拌、做汤、包馅儿均可。用野韭菜花做的韭菜花酱比用种植的韭菜花做的酱，要鲜香好几倍，有一同学送过我两瓶，放到冰箱里存放，吃了好久。现今，人们吃惯了大鱼大肉后，口味变化很大，越来越多的人愿意吃野菜，觉得野菜吃起来香，开胃，又是纯生态、无污染的绿色食品。这跟几十年前不一样，那时候，油水少，野菜是没几个人愿意吃的。还有一种直接可以食用的野菜叫酸模浆，我们当水果吃。连叶带茎皆可食的学名为直根酸模，我们小时候叫这种为叶酸浆，特别酸；只能剥皮吃嫩茎的一种，学名为叉分神血宁，别名叉分蓼，我们叫这种为杆儿酸浆，微微有点酸，更有一点甜。

每当春夏之交，黑河的早市上便有野菜售卖。不论大饭馆，还是小吃部，菜谱上都有野菜，除了用来做蘸酱菜吃的野菜外，还有其他吃法，如炝蕨菜、凉拌鸭子嘴儿、蒲公英拌豆腐、肉丝炒蕨菜、老山芹炖排骨、老山芹炖土豆、拌柳蒿芽、柳蒿芽炒羊肉、黄花菜炒肉丝等。饭店的饺子、早餐店的包子也有野菜馅儿，如老山芹、四叶菜、鸭子嘴儿、燕子尾、野鸡膀子（有些地方把广东菜也叫野鸡膀子，是蕨科，黑河北部山区没有广东菜，称作野鸡膀子的非广东菜，而是另外一种菊科野菜）、野苋菜馅儿的饺子和包子都很受欢迎，荠菜做馅儿南方北方都有，倒不是黑河的特色。还有人用婆婆丁包饺子、包子，也风味独特。黑河中学附近有家饭店的老山芹土豆汤风味别具一格，味道可口，竟成为该饭店的招牌菜。城市里有的勤快人家利用双休日去到郊外采集野菜，体验收获的快乐和喜悦。一次，朋友开车带我和另一位朋友到市区西郊采老山芹，时间不长，收获不少，我们每人采回一大抱，回来拿到饭店，让店家做了一盘炝老山芹，又炖了一大盆老山芹、土豆、排骨，吃得特别香，特别可口。余下的老山芹，我们分别又拿回家放入冰箱，吃了好长时间。还有一次几位同学一起去野外采野菜，我们就在公路边上采，采到了好多蕨菜，我还第一次采到俗名猴腿儿的东北蹄盖蕨，它与蕨菜相似，颜色也是绿色，但也有紫褐色。比蕨菜更弯曲一些，一簇簇生长。身上有绒毛，状似猴子的腿，因而得“猴腿儿”的俗名。近几年，蕨菜有毒的消息传出，食用蕨菜的人少了，据专家称，蕨菜具有微毒，但只要烹饪得法，又不长期食用，对调节保健是有益的。

鄂伦春人还习惯将山野菜晒成野菜干儿吃，也别有风味。未定居前，山野菜是游猎的鄂伦春人的重要食粮，他们靠山野菜和兽肉度过了一个又一个饥荒之年。柳蒿芽是达斡尔族的最爱，他们有好多种吃法，如柳蒿芽炖土豆、炝拌柳蒿芽、柳蒿芽炖羊肉等，还有一种传统吃法是，把柳蒿芽切碎碎的，与肉、饭豆或鱼等同煮，是待客的美味。在达斡尔族语言里，柳蒿芽叫“库穆勒”，每年柳蒿芽可以采食的季节，居住在黑龙江畔的爱辉区坤河满族达斡尔族乡以及居住在嫩江市嫩江畔的达斡尔族同胞，就会举办库穆勒节，节日期间，自然少不了吃达斡尔族人烹制的柳蒿芽美食。

有两次野菜宴给我的印象最深。一次就是在鄂伦春族定居的爱辉区新生鄂伦春族乡，那是一个冬天，我随同团中央一个访问团到新生去，热情好客的鄂家人为远方的客人做了野菜宴，有老山芹炖排骨、蕨菜炒肉丝、柳蒿芽炒肉丝等，令北京来的朋友大饱口福。让我也第一次吃到用野菜干儿做的菜。还有一次是在卧牛湖风景区，师范同学毕业十五年聚会，到卧牛湖游玩一天，中午在望江楼餐厅吃了鱼宴，其中有两个野菜，一个是凉拌马齿苋，还有一个是老山芹炖鲤鱼，口感、味道都不错，至今记忆犹新。尤其是马齿苋拌了后，凉润、爽口，在此之前，我不知道这是什么野菜，只觉得好吃，好几个同学也都打听这是什么，段同学说这是马齿苋。以前听说过这名儿，但不清楚黑河就有这种野菜，更没有吃到过这种名字怪怪的却又很有特色的野菜。马齿苋有小小的叶子，茎弯曲，有点似豆芽菜，在路边常见，只是以前不认识它，不知道这是能吃的野菜，这就是马齿苋。可见黑河野菜多，还有许多可以吃的而且极富营养的野菜，我们还不认识。

其实，作为黑龙江省三大林区之一的黑河，还有许多我们还没有认识的山野菜，还有许多我们还不知道可食的野生植物。比如，我们最司空见惯的俗称灰菜的藜、俗称车轱辘菜的车前草，过去我们都用它们喂猪，其实它们的幼苗都是可以食用的。还有我们称为蛰麻子的荨麻，也到处可见，只记得皮肤不能与之接触，接触过后，皮肤会起红点、瘙痒，原来嫩苗也可以食用。可食的还有委陵菜、山野豌豆等，还有待于山珍加工业、餐饮业去开发利用。

野菜，是兴安岭给北疆人送来的清纯、质朴、绿色的至味时蔬。位于大小兴安岭之间的黑河，是个天然的绿色山野菜宝库。

开江鱼肥鲜之首

每年四五月份，在黑河的饭店、餐馆和小吃部的门前，往往打出招牌，或曰“开江鱼上市”，或曰“本店有开江鱼”，招揽生意。

到黑河吃江鱼，几乎是每位游客的愿望。尤其是开江时节，吃到又鲜又美的开江鱼，更会给游客留下难忘的印象。濒黑龙江的爱辉区、孙吴县和逊克县，都能吃到江鱼。而在嫩江市，可吃到嫩江出产的各种江鱼。

黑龙江里盛产多种鱼类，尤以大马哈鱼和鳇鱼名贵。大马哈鱼是鲑科鱼，这种鱼生在江河，长在大海，是回归性鱼类。每年秋季，大马哈鱼像候鸟一样从鄂霍次克海游进黑龙江，日夜兼程，逆水而上。这时，正是大马哈鱼汛期。黑河市境内的逊别拉河是大马哈鱼主要的产卵场所之一。大马哈鱼一般在沙砾河床产卵，产卵后又逆水而上，直至力气衰竭而死。第二年开江后，孵化出来的大马哈鱼顺江进入大海，在海中生活四五年后，再洄游江河繁衍下一代。

1920 年出版的《瑷珲县志》载：“达布哈鱼（即大马哈）齿利鳞腻，灰黑色，脖下有紫纹，腹多子，大如黄豆粒，肉肥美，行必逆流，每岁由海入江，由江入河，秋末上江库玛尔河一带极多。昔年鄂伦春人以叉挑上岸如积薪，食卖不尽则饲马，近闻东海彼族截挡，所以年来渐少，重者十二余斤。”据说，解放初期，黑河的大马哈鱼产量还很多，上市量很大，也很便宜。由于两岸人口不断增多，江水受到污染，加之滥捕乱捞，使资源渐少（也有说是俄罗斯在黑龙江入海口拦网，因此不能洄游到黑龙江上游的呼玛河来产卵)。如今，没有听说谁在黑龙江里捕到大马哈鱼，大马哈鱼在黑龙江里已难以见到，市场有售冷冻的，说是从抚远等地贩运过来。大马哈鱼含有大量蛋白质，以及脂肪和维生素，是餐中美味，熏是不错的吃法。大马哈鱼子，黄豆般大小，金黄透明，宛如珠子，更是高级宴席上的佳品。

素有“淡水鱼王”“水中大熊猫”美称的鳇鱼，也是黑龙江流域特有的名贵鱼类。体形奇，肉味鲜，骨脆香，昔为贡品。鳇鱼学名达氏鳇，体大、寿命长、食量大、力量强。它在江中发现其他鱼类时，摆动尾鳍，急速追赶，追上后，张开大口，几斤重的鱼一口吞进。1920 年出版的《瑷珲县志》称鳇鱼是“头粗与身等，其长半于身，长鼻上昂如袋伸，长出鼻外，缩则近于颌下，鳞黄色，身多横断痕如人背脊间骨，肉白多脂，骨柔而脆，为饮食上品。巨者长二三丈，重千数百斤，渔人叉其背以绳尔系之，棹船疾行，待其惫乃出之”。过去，黑河市的爱辉区、逊克县，年年都能捕到鳇鱼，尤以逊克县捕到的巨者、大者为多。一般在春季桃花开、秋季枫叶红时捕捞。列入保护鱼类后，早已禁止捕捞。2020 年夏初，爱辉区幸福乡长发村渔民打鱼时，不小心打到一条三百斤重的大鳇鱼，渔民非常有资源保护意识，第一时间打电话给有关部门，使鳇鱼得到有效处理，最后放归黑龙江，必须为渔民这种保护珍稀鱼类的自觉意识点赞。鳇鱼的营养价值胜过牛肉和猪肉，可烹制多种佳肴，也可用来包饺子、包子。鳇鱼的皮很厚，皮下脂肪也非常丰富。鳇鱼子是餐中上品，墨绿色，营养丰富，十分名贵，用其制成的鱼子酱更是享誉中外的美食。“鳇鱼宴”曾为黑龙江名宴之一，由六凉菜、八大菜、四细点、两地方名酒组成。

与鳇鱼齐名的鲟鱼也是黑龙江特有的珍稀鱼类，学名是黑龙江鲟鱼，又称史氏鲟，黑河当地人称“七粒浮子”，它和鳇鱼均是上古时期遗留下来的珍稀鱼类物种，有“活化石”之称，都曾是贡品。它们的生物学特性是个体大、寿命长、性成熟晚。鲟鱼营养价值高，鱼子为国宴中的珍品，国内加工一公斤价格高达一千九百元，国际市场上一公斤要四五百美元。

鳇鱼与鲟鱼，有人习惯把它们混在一起说，称其为鲟鳇鱼，我觉得还是最好分开说，为此，我也曾向一位知名作家驰书谈我的想法。他在他作品集中的一篇作品中把它们混到一起，他认为是一种鱼，还说有人就是喜欢把简单的事情搞复杂了，明明是一种鱼非要搞出不同的名字，云云，我是不同意他的这番表述的。

不管怎么说，鲟鱼和鳇鱼濒临灭绝，早在 1998 年联合国《华盛顿公约》就把鲟鱼和鳇鱼认定为濒危物种，中国将其也列为国家重点保护野生动物。因此应坚决杜绝捕捞野生鳇鱼、鲟鱼，保护好“活化石”。现在，已有人工养殖鲟鱼和鳇鱼，这样就可以堂而皇之地端上餐桌吃了，美食家尽可以大快朵颐。

黑龙江里还生长着有名的“三花五罗”。鳌花学名鳜鱼，南方人也称桂鱼，位居“三花”之首，肉质细嫩洁白，古诗云“西塞山前白鹭飞，桃花流水鳜鱼肥”可以为证。鳊花学名长春鳊，肉嫩味美，脂肪含量极高。季花学名叫花鲷，俗称“季花勾”。“三花”皆因形体、花纹美丽，可称淡水中的“美人鱼”。哲罗在淡水鱼中是较凶猛的鱼类，食小型鱼类和陆栖鼠类。哲罗鱼又被称为“神鱼”，日本人尤其对哲罗鱼情有独钟，以能钓得哲罗鱼为尊。新疆玛纳斯湖中的“鱼怪”近年被考证出即为哲罗鱼。哲罗鱼喜在低温的深水处栖息，大者可达几十斤、上百斤。肉可包饺子、汆丸子、烧鱼片。法罗学名“三角鲂”，资源量少，不得常见。铜锣鱼，学名黄姑鱼，小型鱼类，也不常见。雅（称这种鱼时，这个字黑河人发音为一声）罗鱼较为常见，属小型鱼类，繁殖能力强。胡罗也是小型鱼类，胡罗鱼雌雄分明，因为颜色各异，也较为罕见。近年夏天，在黑河早市，有铜锣鱼卖，鱼的个头确实不大，此鱼非本地所产，听摊主说是从乌苏里江什么地方运过来的，不易保存。秋日一天逛早市时，一位朋友买了，晚间请一餐馆加工，有点类似蒜瓣子肉，口感不错。在黑河，雅罗鱼是最容易吃得到的江鱼，吃法有酱焖、红烧、干炸等。

在黑河、逊克，重重鱼也很珍贵，也叫“重唇”，学名“唇䱻”，在黑河被称作“重重”（也有人写成“虫虫”），因下唇发达有重叠的皱褶，因而得名“重唇”。在黑河鱼宴上，“重重鱼”比较上档次，肉嫩、味鲜。黑河还可捕到、吃到学名为翘嘴红鲌的岛子鱼，岛子鱼在兴凯湖被称为大白鱼，是名贵鱼类，在黑河的饭店，上一份岛子鱼，是对客人的高规格招待。此外，还有学名乌苏里鮠的牛尾（黑河人发音 yǐ）巴（这个字在此鱼名里，黑河人发音 bà）鱼。学名黄颡鱼的嘎牙子鱼（江浙沪皖等地叫昂刺鱼，川渝云贵等地叫黄辣丁）与牛尾巴鱼颜色相近，但嘎牙子个体要小一些。这些鱼都因味道美、营养价值高而为美食家们所称道。牛尾巴鱼非常肥，炖好之后，锅中会出一层油，其香无比。嘎呀子鱼出水能发出类似“嘎呀、嘎呀”的叫声，因而得名。背部和两侧的鳍锋利如剑，能将打鱼人的手脚刺伤，会自我保护，被称为“龙江奇鱼”。这些鱼在江中越来越少，因此益发显得名贵。还有黑河人称之为红尾（黑河人发音 yǐ）巴梢子的蒙古红鲌鱼、称之为雅巴沙（在此处，这个字黑河人发音 shà）的乌苏里白鲑鱼，以及马口（学名黑龙江马口鱼）、细鳞（学名细鳞鲑）、狗鱼等鱼，除狗鱼外，这些鱼都以肉质鲜美闻名。黑龙江里也有野生鲤鱼、鲫鱼、鲶鱼等鱼。开江的鲤、鲫、鲶鱼都异常肥美、鲜香，特别是纯江鲤子（黑河人这样说，是把它与在江里养殖的鲤鱼区别开来），价格不菲。当然，近年也有把养鱼池人工养殖的鲤鱼放入江里的网箱里养，也当江鱼卖，这种鱼肯定比养鱼池养的好吃，但与野生江鲤鱼还是不能相提并论。小的鲤鱼称为鲤拐子。开江的大草根鱼适合做生鱼片，另外鳡条、怀头都是巨鱼。黑河人吃江鱼是有讲究的，哪种鱼的哪个部位最好吃是有学问的，有“鲤鱼头，鲶鱼尾，鳊花肚子，重重嘴”的说法。曾任过大酒店经理多年的同学给最好吃的江鱼排了顺序：鳌花、牛尾巴、纯江鲤子、红尾巴梢子、雅巴沙、重重、马口、沙葫芦子。其实鳇鱼和七粒浮子肉质肥厚，其鲜美不如另外几种江鱼。

开江鱼排在东北“四大系列”里的“四大鲜”之首，可见江鱼、河鱼有多鲜。

在黑河，最常见，也最容易吃到的是小江鱼沙葫芦（不读标准的二声或轻声，黑河人发音 lù）子。开江以后，在大小餐厅、饭店，都能吃到沙葫芦子鱼，有干炸、红烧、酱焖等多种吃法，深受食客欢迎。在早市、街头，随处能买到沙葫芦子。那些喜欢早晚或节假日到黑龙江边垂钓、下囤及到江里下挂子（网的一种）的人，最容易收获的就是沙葫芦子。俗称沙葫芦子的鱼，有好几种，其中有犬首𬶋、细体𬶋、东北颌须𬶋等。

沙葫芦子是浩浩黑龙江奉献给人们的质优价廉的经济鱼类。

如果有幸到网滩上，与打鱼人一道吃上一顿原汁原味的江水炖江鱼，那香、那鲜，带给你的定是妙不可言的美好享受。

不过，黑龙江、嫩江以及它们的支流里的鱼，资源越来越少，已到濒危境地，保护鲟鱼、鳇鱼、岛子、重重、雅巴沙、红尾巴梢子、哲罗、细鳞等珍稀鱼类刻不容缓。请大家都来关心和保护这些珍稀鱼类，不能捕获禁捕的保护鱼类，对其他鱼类，禁渔期一定要手下留情。否则，我们将难以在黑龙江中见到这些名鱼的身影，就更别说品尝名鱼了。

瑷珲焖子回味香

微信上经常会有公众号发布各地美食，看到介绍黑龙江黑河的美食，说炸泥鳅、苏波汤和豆瓣原汁大马哈鱼是其标志性菜肴，感觉这三道菜好像不具代表性。在黑河的饭馆，炸泥鳅并不常见，可以让干炸沙葫芦子（有的地方也叫船钉子，学名蛇鮈）代替，这是黑龙江鱼，开江以后最为常见，因为是小型鱼类，适于干炸，几乎家家饭馆都会有这道菜，蘸椒盐儿吃。苏波汤即俄罗斯红菜汤，除非在近年兴办的俄罗斯餐厅里，其他餐馆也没有，不好代表黑河。豆瓣原汁大马哈鱼，听名字不错，但过于小众，一般饭店难以见到，问了一些人，听说是入选区级非遗传统技艺项目，但多数人都称没有听说过更没有吃过，不知道是哪个饭馆的招牌菜。倒是酱焖黑龙江雅罗鱼或重重鱼具有代表性。

我觉得有一样非常重要、非常有特色的美食被忽略了，就是北疆黑河瑷珲镇等沿黑龙江一带满族人做的焖子，我把它命名为“瑷珲焖子”。

这样，黑河标志性美食应该是干炸沙葫芦子、酱焖黑龙江雅罗鱼或重重鱼（也叫重唇，学名唇䱻），还有瑷珲焖子。

了解了一下，好多省都有焖子，如辽宁焖子、河南焖子、河北焖子，却鲜见介绍黑河的瑷珲焖子。外省的焖子，和瑷珲满族的焖子是完全不一样的美食。比如我吃过河北保定的驴肉焖子，里面要用粉条，是吃驴肉火烧时，与驴肉一起夹在火烧里，颜色是深褐色，样子有点像黑河人用猪皮熬成的冻儿，口感与瑷珲焖子也不一样。

黑河以及黑龙江各地都有鸡蛋焖子，鸡蛋焖子与瑷珲焖子迥然不同，鸡蛋焖子是用鸡蛋、大酱、剁碎的尖椒等搅拌上锅蒸制而成，是吃烀土豆、倭瓜、茄子的伴侣。这个菜现在也有了一个好听又好记的简称，叫“三烀一炸”，是黑龙江各地的特色农家菜。

瑷珲焖子的做法与口味当然不同于鸡蛋焖子，这道菜制作复杂，口味独特，是瑷珲冬季特别是过年的主打美食。制作要用大米饭，把米饭煮成七八成熟时捞出，掺入猪肉馅儿，加盐、葱姜蒜等调料，加马铃薯粉使其凝结。听黑河一历史研究爱好者吴先生说还要加马铃薯粉和木薯粉各半，肉要用里脊肉。用鸡蛋摊出鸡蛋皮，然后用鸡蛋皮把陷儿包起来，卷成长条状，即可冻到外面的仓房里或放在冰箱冷冻，吃时再上锅蒸熟（先蒸熟之后再冻，食用时再熥热，容易散），然后凉了切片（热时切容易散花儿）。食用时蘸蒜泥或酱油、醋，是一种介乎于菜和饭之间的一种美食。焖子颜色好看，外皮是金黄色，瓤儿如白玉一般；也非常好吃，特别香，又不腻。过去瑷珲一带有“八碟八碗”的满族美食，其中焖子是装入碟子里的一道下酒凉菜，如今黑河的一些饭馆里也有这道配菜。除了蘸蒜泥吃，也可以涮火锅吃。

曾做过大酒店经理的一位于同学说，要鸡骨架熬汤，然后用鸡汤捞八分熟米饭。米饭的干稀度要掌握好，过干、过稀都容易影响品相，也影响口感，然后与肉馅儿、淀粉等一起搅拌均匀，

他们称这是个技术活儿，会做的人越来越少了。

瑷珲焖子的主要流传地在黑河市区、爱辉区幸福乡、四嘉子满族乡、瑷珲镇、坤河满族达斡尔族乡、西岗子镇，还有现为农垦管辖的大五家子、下马厂等地，都有会做焖子的人。焖子因此应冠以流传地，叫瑷珲焖子颇为恰当。清朝以降，黑龙江沿江一带，是满族八旗子弟的驻防地，包括水师营、火器营等，瑷珲镇是黑龙江将军衙门驻地，从宁古塔、吉林等地调来大批满族人，从嫩江流域调入达斡尔族人，汉族人也多是从朝廷派来的官员、士兵以及屯垦戍边者，也有迁入的站丁、流人等，这些人在黑河、瑷珲被称为“此地人”。焖子应是满族人发明，然

后再传给汉族人、达斡尔族人的美味佳肴。一位孟姓同学是老黑河人，在微信上看到过年前她发的焖子的照片，问她是自己家做的焖子吗，你居然会做焖子，她说俺是此地人哪！由此可以知晓，久居黑河市区和瑷珲的满族人、汉族人等“此地人”是瑷珲焖子的发明者、传承者，他们会做焖子，也喜欢吃焖子，尤其是过年必备。她近年开始学会了做焖子，以前都是长辈做。她说，焖子还有一个名字：芡活儿。我想是和做时使用淀粉有关吧，黑河人把菜肴淋淀粉叫勾芡。

一位老家是湖北荆州钟祥市的朋友回乡省亲，带回地方特色食品，叫盘龙菜，让我们品尝。钟祥市的盘龙菜是真空包装的，说明书上写了一段传说故事，说是当年明朝的哪个皇帝品尝后，龙颜大喜，大加盛赞并封了名字为蟠龙菜（也称盘龙菜），盘龙菜因此成为御膳。厂家还真会营销，我看食材、颜色、形状包括品尝后的口感，与焖子如出一辙。如果把瑷珲的焖子也用真空包装（可较长时间保存），也编一个故事印在上面，还可以有礼盒装，也就可以成为游客可以带走的黑河特色食品、旅游纪念品。黑河地方文史专家祁学俊先生考证提出：清始祖起源于黑龙江中游三架山附近。三架山距离瑷珲城不远，瑷珲一带是清始祖起源地、满族发祥地，编个焖子是瑷珲满族人发明，后来被清朝皇帝赐给封号的传说故事，岂不是更显得有历史渊源，也有文化品位。以瑷珲城的历史地位，这样的传说故事也不算牵强附会。然后设计、注册一个“十里长江”或“三架山”的商标，进行精美包装，把传说故事印在上面，是非常有意义的、极具地方特色的美食，还可以成为游客的伴手礼。瑷珲焖子作为传统技艺里的制作技艺，有心的传承人可以申报爱辉区级、黑河市级非物质文化遗产项目，并搞好传承，建立加工厂，进行标准化生产，推动瑷珲焖子这一地方特色美食产业化发展。

那样黑河的瑷珲焖子也该有个高大上的名字，也叫盘龙菜似乎有拾人牙慧之感，根据色泽和传说中它与皇族的关系，叫黄龙菜如何？

古驿站与马肉干

嫩江市曾是古驿道上的重要枢纽，是清朝北路站官驻地，形成独具特色的驿站文化，其中包括站人饮食文化。嫩江驿站马肉干就是站人饮食文化最有代表性的一个符号。

黑河市区域现存的驿站村落主要在爱辉区和嫩江市，是清朝为传递公文、运输物资而设置的。传递信息要修建道路，便于驿马及驿车通行，这就是驿路，每隔三四十公里，就有一处驿站。驿站原本是供传递官府文书和军事情报的人或来往官员途中食宿、换马的场所，后来每个驿站都有站丁、笔帖式、领催委官长期驻扎，然后逐渐也有了家眷，这样就逐渐形成定居地。我们今天在爱辉区、嫩江市的古驿道上，还能看到清朝遗留下来的古驿站村落。

黑河市区域的驿道有两条，一条是从京师皇华驿到盛京、吉林乌喇、卜奎、墨尔根到黑龙江城的东北路驿道，也称“大站道”，分别由盛京、吉林、黑龙江三将军管辖。今黑河市域内，爱辉区坤站是头站，然后是二站、三站，嫩江市境内塔溪、科洛、墨尔根、伊拉哈。瑷珲至拉哈（岗）站，以富裕（宁年站）划分为上十站，归驻墨尔根城（上站）站官管辖。一条是为反击沙俄对雅克萨的侵占，修建的从墨尔根到漠河的驿道，也即“奏捷之驿”，共有二十五个驿站；后来李金镛开发漠河金矿，重新利用这段古驿道，又增设八个驿站，也即“黄金之路”。这条驿站，墨尔根是头站，还有哈什太、门鲁河、中央站、卧都河等驿站。

传递公文，是有时间要求的，军机处公文上如注明“马上飞递”，规定日行三百里，如遇到紧急情况，要日行四百里、五百里、六百里，最高速达八百里。到站时累得人仰马翻，然后换人换马继续飞驰，这就是所谓的“八百里滚蛋”。

这就说到本文的正题马肉干上来。本来驿马是传递公文、迎送官员、运输物资的，还有就是耕地、运输、狩猎使用，不像猪羊等，主要是供食用的，马不是用作食用的。但驿马遇到“六百里加急”“八百里加急”，会因体力严重透支而倒毙，这种情况可能就会把马肉吃掉，如果赶上夏季，古时没有办法保存，就加入盐后把肉晒成干儿，便于长时间食用。这也是受到少数民族的影响，有的驿站本来就有蒙古族站丁，驿站周边也有鄂伦春人、鄂温克人游猎，这样就从少数民族那里学会了制作、晾晒肉干的办法。另外，许多站丁系“三藩”降卒，来自云南吴三桂手下免死发遣者，云南有腌制腊肉的习俗，他们自然也把这一习俗带到驿站，也会用此办法来解决夏天保存马肉问题。这样就形成了站人腌制马肉干、食用马肉干的习俗。

嫩江驿站马肉干的历史悠久，采用站人传统配方，以精马肉为主料，加入茴香、丁香、花椒、大料、鲜姜、碘盐等为配料，经过切条、腌渍、烘干、蒸煮等程序，运用现代化的烹制技术，精细制作，最后使用真空包装的办法，便于较长时间储存，便于携带。马肉干开袋即食，香气扑鼻，表皮光亮，口感独特，回味无穷，是到嫩江旅游首选的馈赠亲友的佳品。马肉肉质鲜嫩，脂肪较少，有独特的鲜香味道，营养价值丰富，含有十几种氨基酸及多种维生素，蛋白质含量也比较高，还含有维生素及钙、磷、铁、镁、锌、硒等矿物质，具有补中益气、强身健体、养肝补血、增强人体免疫力等功效。马肉脂肪质量优于猪、牛、羊的脂肪，马肉脂肪近似于植物油，含有的不饱和脂肪酸可溶解掉胆固醇，使其不在血管壁上沉积，对预防动脉硬化有独特的作用。

生产马肉干的公司在嫩江市长福镇，公司集养殖、生产、加工为一体，以马肉干为主打产品，还生产牛肉干、野猪肉干、驴肉干、马肉筋、香辣马筋皮、马板筋等。有“嫩江驿站”和“绿芳”两个品牌，曾先后荣获哈洽会金奖、绿博会畅销产品奖、中国食品信誉品牌，获得黑龙江省放心食品品牌和中华名特优产品等证书。“嫩江驿站”的品牌内涵是营养、绿色、健康、方便、放心。

古道驿站，肉干飘香。

大果沙棘美名扬

孙吴从不缺乏地方品牌产品，这也许和孙吴较早确立的发展战略有关，就是一定要发展自己的产品加工业，实现工业富县。

我出生在孙吴，后来虽然家搬到爱辉县，但由于有亲属在这里，也经常到孙吴探亲。工作以后，也有许多机会到孙吴调研、带记者采访。因此，对孙吴并不陌生，对孙吴这片土地充满感情。这样，也就对孙吴的产品加工业情况有一些了解。

记得孙吴在四十年前，就创办了电子元器件厂，后来成了孙吴卷烟厂。孙吴早有种植黄烟的历史，黑龙江畔的四季屯以及曾家堡等地出产的烟叶曾因品质好，味醇正而被清末朝廷列为贡品。孙吴卷烟厂作为黑河市唯一的一家国有卷烟企业，生产出的地方卷烟享誉龙江两岸。有北芪牌香烟、北五味牌、二门山牌、飞龙牌、黑河岛牌、魁星阁牌、爱都牌、天鹰牌、“777”牌等烤烟型、混合型、清凉型卷烟，还有宇航牌雪茄烟。孙吴卷烟曾销往内地许多省份，也销往俄罗斯等国家。经过多年艰苦磨砺，孙吴双喜牌象棋这一名牌产品诞生了，它走出孙吴，走向全国，跨出国门……全盛时期，国内除西藏、海南等少数省、自治区、直辖市外，都有双喜牌象棋销售。在东南亚一些国家，在美国的唐人街，在世界五大洲，都可以找到孙吴象棋的踪影，在香港地区、台湾地区，孙吴双喜牌象棋享有极高的声誉。孙吴双喜牌象棋被称为“国货之冠”，1983 年获轻工业部优质产品奖，中国象棋的部颁标准依据孙吴双喜牌象棋制定。双喜牌象棋被确定为许多国内、国际比赛用棋，许多棋手和象棋爱好者把孙吴象棋作为馈赠、收藏的珍品，孙吴北疆文体用品厂的象棋还被选为国家领导人出访的国礼。孙吴还被称为“北方牙签城”，生产扁牙签、圆牙签、普通牙签、高级刻花牙签，还生产优质小木产品卫生筷、雪条棒、热狗棒、肉串签、冰糕勺、木叉、野餐桌系列产品等，产品出口日本、美国、德国、加拿大、新加坡等许多国家。辉煌时期，有四十六家木制品企业，全县木制品年产值占全县工业总产值的三分之一还多一些。孙吴还曾生产过蚨龙牌茶条槭五味茶。这种保健茶选用小兴安岭野生植物茶条槭嫩叶、五味子，配合优质茶叶精制而成，是纯天然、无污染饮品，具有滋肾润肺、清肝明目、抗疲劳、增强机体免疫等功效，对肺虚久咳、目赤昏花、泻痢消渴、神经衰弱等症有辅助治疗作用。孙吴纱厂曾经也一度名噪一时，我的表妹就曾在纱厂上班。孙吴亚麻厂生产的亚麻产品，也是有名的地方特色产品，后来引种汉麻，成为中国汉麻之乡。此外，孙吴还曾加工蕨菜出口，也颇具规模。

但后来受到资源、环境、市场、经营理念等因素的影响，除汉麻外，前述这些产品的生产厂，都相继销声匿迹，产品也不见了踪影，不能不让人扼腕。但令人欣慰的是，近年，孙吴一种新的特色产品横空出世，声名鹊起，它就是大果沙棘。

孙吴县林业局为了发展林业经济，经过考察调研和前期引进培育，1998 年向县委县政府提出了大果沙棘引进、扩繁、种植，发展大果沙棘产业的建议，得到县委县政府同意，2003 年被确定为立县产业。从俄罗斯引种、繁育大果沙棘可谓是历尽艰辛，克服了许多困难，如资金紧缺、开始职工种植积极性不高等，但为了发展沙棘产业，许多人做出了默默无闻的奉献。一次从逊克海关接从俄罗斯进口的沙棘苗，时任县林业局局长韩义明、副局长刘志辉，为了省点装卸费，也是担心雇人装卸把沙棘苗不小心弄伤，两个局长竟自己当上了装卸工，把六万株树苗装上汽车，最后累得筋疲力尽。大果沙棘繁育基地主任王雪萍，在大河口、前进、沿江三个林场建立了十五个标准地块的沙棘园，三个林场相距较远，但又需要不间断观察，为此，每天天不亮王雪萍就从家里出发，每天行程两百公里，栉风沐雨，不辞辛苦，记录了大量数据。就这样，她和科研组的同事了解了大果沙棘引种到孙吴的生长情况和生长规律，掌握了沙棘的多种无性繁殖方法，还创造了俄罗斯大果沙棘全光照嫩枝扦插法。种植繁育能手张登胜，种植沙棘和管理沙棘繁育基地都有一套，他的苗圃每年出沙棘苗二十多万株，为沙棘种植付出了辛劳。

正是韩义明、刘志辉、王雪萍、张登胜，还有后来从黑河到孙吴发展沙棘产业的王中校等许许多多的“沙棘人”的付出与奉献，才使孙吴沙棘产业不断发展、壮大。孙吴先后从俄罗斯引进了二十个优质大果沙棘品系，有两大苗木繁育基地，面积九百六十亩，设计年生产能力一千二百万株，营造大果沙棘八万亩。早在 2001 年，国家林业局东北沙棘良种繁育基地在孙吴挂牌，孙吴优质大果沙棘示范基地和研究推广纳入国家星火计划项目，还获批绿色食品、中华人民共和国地理标志保护产品、优质大果沙棘标准化种植示范区，而被授予中国大果沙棘之乡，更是对孙吴在大果沙棘的种植、加工等方面取得的卓越成就的首肯。

记得多年以前，行驶在黑河至孙吴的公路上，路过大河口林场，就能看到一片片沙棘林，也曾走到近前，观赏密密麻麻的黄灿灿的果实。后来也喝过孙吴生产的长乐山牌大果沙棘汁，那橘黄色的汁液清洌、甘甜，别有一番味道。沙棘果富含多种维生素、氨基酸、亚油酸、不饱和脂肪酸、微量元素等，沙棘汁是上佳保健饮品。

种植大果沙棘，除了生态效益之外，还有经济效益，经济效益主要是通过沙棘果加工产品获得的。沙棘可以说全身都是宝，沙棘是药食同源植物，根、茎、叶、花、果都可利用，但果实价值最高，果实中含有丰富的营养物质和生物性物质，广泛应用于食品、医药、轻工、航天等。

孙吴的黑龙江省长乐山大果沙棘开发有限公司建设了沙棘综合加工园区，园区有冷库、生产车间、沙棘科研中心、沙棘展览馆等。在国内是沙棘加工的比较牛的企业，生产沙棘油、沙棘原浆、沙棘汁三个系列十多种产品，开发沙棘果酒、冰酒、果醋、冰茶、果酱、罐头等沙棘系列食品，沙棘茶、沙棘泡腾片、沙棘油软胶囊、沙棘咀嚼片等系列保健品，沙棘黄酮、沙棘 WP 粉等沙棘药品。在沙棘展览馆，认识了沙棘，获知除了食品、保健品、药品，利用沙棘还可以生产系列化妆品。在沙棘展览馆，看到了公司生产的沙棘产品，和其他地域生产的沙棘产品，真是琳琅满目。

孙吴还举办了沙棘节，助推沙棘产业发展。

大果沙棘产品，孙吴的特色产品，一定会成为享誉中外的名牌产品。

北红玛瑙映边城

逊克玛瑙似火红，雕琢成器享美名。宝山藏宝非虚假，剔透晶莹润小城。这是我给逊克红玛瑙写的几句顺口溜儿，赞美逊克的红玛瑙。

若干年前，第一次逊克之行，这个有“鱼米之乡”之称的北疆小城给我留下了美好的印象。尤其是有幸去逊克县工艺美术品厂采访，使我见到了那美轮美奂的玛瑙工艺品。该厂厂长、设计师梁亚秋设计的玛瑙龙杯更是因造型别致、制作精细、匠心独运而使我眼界大开。玛瑙龙杯曾获省旅游产品优质奖、国家级艺术品奖。后来，听说这家工厂更名为逊克县民族工艺美术品厂，致力于民族特色和风格的追求，不断创造辉煌。

逊克县之所以发展起玛瑙工艺品事业，是因为这里有丰富的资源。逊克县宝山乡名副其实，地下埋藏着无尽的“宝”。1978 年，在宝山乡发现了一座玛瑙富矿，在长二十公里、宽五公里的范围内，蕴藏着丰富的玛瑙矿石，块大色美，经专家鉴定，为玛瑙中的上品，于是，称宝山乡为“玛瑙之乡”，逊克县成为全省乃至全国玛瑙石主产地。一时间，宝山遍布寻宝人，逊克荡起玛瑙加工热潮。宝山乡玛瑙矿会集了各路开采者、贩运者，很多人因做玛瑙生意而致富。在开采中，说不定谁就采到一块珍贵的水胆玛瑙和大块玛瑙。齐齐哈尔市一家工艺美术厂曾用水胆玛瑙加工出一件艺术佳品，获国家大奖，这件玛瑙珍品就出自宝山。记得二十世纪八十年代中期，宝山乡宝山村一个叫刘平西的农民，就挖得一块近两百斤重的巨型玛瑙石，价值两千多元，若是在今天，恐怕价值要翻倍。二十世纪八十年代，在逊克县城，到处可见玛瑙加工厂，多时达七八十家。产品销往北京等大城市，这些城市的珠宝玉器店里，逊克玛瑙工艺品堂而皇之地摆上了柜台，受到了欢迎。在黑河俄罗斯商品街，有几个专卖逊克玛瑙饰物的摊床，很受中外游客的欢迎。

我国被称为“玛瑙之乡”的还有内蒙古、辽宁等省区。在内蒙古北部的戈壁滩上，有一个面积约六平方公里的玛瑙湖，在像飞机场一样平坦的湖底，布满了玛瑙，堪称奇观。辽宁省阜新蒙古族自治县十家子镇，由于玛瑙资源丰富，设立玛瑙大集。坐落在库尔滨河畔的逊克县宝山乡，所产玛瑙石晶莹、鲜艳，以红色居多，被誉为“北疆红玛瑙”。

进入九十年代，由于市场等因素，逊克县的玛瑙采集和加工业风光不再。这个时期，我曾到逊克，原本打算去看玛瑙石矿，主人告诉我说，没什么可看的，不如前些年红火了。我说去看民族工艺美术品厂，得知该厂由于销路不畅，也很少加工了。听县领导介绍说，他们绝不甘于现状，要想法重振玛瑙加工业的雄风。宝山乡加强了资源的有效管理，制止乱采滥掘，并鼓励有识之士前来投资开发。县委、县政府重视资源开发、加工，积极扩大宣传，使逊克玛瑙被更多的人了解。县领导带领有关人员南下上海、广州等大城市，开拓逊克玛瑙市场，拓宽销路……

我想，曾经获得过轻工部优质产品奖、中国工艺美术品“百花奖”和优秀创作设计奖等省优、部优、国优荣誉的逊克玛瑙工艺品，一定能重新放射出夺目的光彩！

2016 年夏，和鞠、常、刘几位同窗一道再去逊克，感受这个北疆红玛瑙之城的新变化。业内人士把逊克出产的玛瑙称为“北红”，区别云南保山和四川西昌出产的玛瑙“南红”。逊克人致力打造出逊克玛瑙的“北红”品牌，让“北红”与“南红”一样，成为玉石市场的知名品牌。同学丙连在县里任政协主席，他多次南下考察、招商，推动逊克玛瑙的开发、销售。这次到逊克，他正忙于接待几位从北京来的专家，逊克县正举办北红玛瑙交流座谈会，莅会的有国家级玉雕大师、中国地质大学（北京）的教授等专家学者，共同品鉴逊克玛瑙，为发展逊克北红玛瑙产业支着把脉。

县里创办的一本文学杂志就定名为《红玛瑙文学》，县里每年还举办红玛瑙艺术节，努力打造节事活动品牌。还举办玛瑙原石拍卖会，在产地宝山乡举办玛瑙大集。逊克人正为红玛瑙之乡的美好明天精心描绘。丙连跟我们说，2014 年，逊克红玛瑙地理标识获国家批准，逊克玛瑙雕刻技艺也成为黑龙江省第五批省级非物质文化遗产。2016 年 5 月，逊克县建设的玛瑙文化产业园一期工程正式竣工并投入使用。产业园着力保护和传承逊克红玛瑙文化，充分挖掘玛瑙文化的丰富内涵，推出红玛瑙文化精品，把北红玛瑙产业做大做强。玛瑙主产地宝山，正积极打造玛瑙小镇，创建了玛瑙交易市场，创办了玛瑙博物馆。

丙连忙着陪同玛瑙专家，其夫人雅茹陪我们去看了几个玛瑙加工销售的门店，还逛了玛瑙大市场，我们几人也都买了一些玛瑙配饰等产品。逊克街头的玛瑙门店还是那么多，有些店，我十几年前来就有，现在还依旧开着，比如天鹅玛瑙首饰厂，我曾专门写过《逊克县天鹅玛瑙首饰厂参观记》一文。如今不光这些门店，县里还开了几处玛瑙专业市场，推动北红玛瑙交易，北红玛瑙正向产业化之路迈进。

北红玛瑙，点亮北疆小城人的梦境，生活变得熠熠闪光。

北疆逊克，被玛瑙之光映红的边城，前景会越来越美好！

刺尔滨河钓鱼记

刺尔滨河因新生鄂伦春族乡而扬名，鄂乡新生就坐落于美丽的刺尔滨河畔。刺尔滨河又因钓鱼旅游而闻名，它是黑龙江省垂钓冷水鱼的主要河流之一。

刺尔滨河是汇入法别拉河的最大支流，而法别拉河则是注入黑龙江的较大河流之一。它发源于黑河市爱辉区最北部的滨南林场施业区内，发源地为河界山，这里是三河之源，除刺尔滨河外，还有流经呼玛县注入黑龙江的宽河、流经嫩江市注入嫩江的卧都河，皆发源于此。刺尔滨河流经滨南林场、新生鄂伦春族乡和上马厂乡，全长一百一十五公里。刺尔滨河处于小兴安岭岭脊的低洼处沟塘中，河两岸山峰起伏，森林密布，是黑河市生长落叶松的主要林区之一。河畔上生长着柳树、山丁子树、臭李子树，河流到哪儿，这些树一直跟着生长到哪儿，如从高处看，便会发现绿树掩映的河岸弯弯曲曲，如见首不见尾的神龙。由于植被好，污染小，河水异常清澈。无论春夏秋冬，刺尔滨河四季皆景，风光宜人。刺尔滨河由于在寒地高山密林间流淌，水比较凉，因此盛产冷水鱼。刺尔滨河里生长有哲罗鱼、细鳞鱼等世界上稀有的冷水鱼种，还有花翅膀子和柳根子等冷水鱼。

到刺尔滨河垂钓冷水鱼，可乘车到新生鄂伦春族乡去，从黑河市区出发，北行两个小时左右可到达。如去上游，经新生再乘车北行三十多公里到滨南林场。钓冷水鱼不需要多少钓具，对竿、饵等也没有太多讲究。

少年时，我们常到离滨南四点五公里的刺尔滨河钓鱼，由于这里是两条小河相会的地方，称为三岔顶子。这是刺尔滨河的上游，河面不宽，最宽处七八米，窄处三四米，人纵身跳跃，差不多就能跨过去。我们只带上面拴好鱼钩的鱼线即可，在路边的草丛里抓一些蚂蚱做鱼饵。到刺尔滨河后，在河边折一根柳条，或在附近山上砍一根细细的白桦树，钓竿就有了。将鱼线系在鱼竿上，将还活着的蚂蚱串到鱼钩上，即可钓鱼。我们大多是钓刺尔滨河中最多的花翅膀子鱼，而这种钓法正适合钓花翅膀子鱼。“花翅膀子”当然是俗称，因这种鱼的鳍很特别，大，形美，特别是钓出水面时，鳍美丽、灵活地飞动，如鸟儿的翅膀，黑河也有人叫“花翅”“花翅膀儿”。另外的俗名是“金线儿”“红线儿”，这种鱼的背部两侧有道道金黄色的线，因此得名。多少年不知其学名，经我多年研究、考证（如果请教专家，可能马上就迎刃而解，但一直没有机会请教鱼类专家），应该是黑龙江茴鱼，但介绍黑龙江茴鱼时称其俗名为斑鳟子、红鳞鱼、鱼华、海罗茨，非常奇怪的是，并没有黑河一带称之为花翅膀子或金线儿的俗名，这可能是出了黑河后这种鱼就有了另外的俗称。我发现俗称往往千差万别，同一种鱼类、植物，各地有各地的叫法。从鱼身体两侧是否有明显的金线和外形看，我觉得花翅膀子更接近北极茴鱼，在国内，北极茴鱼主要产在新疆阿勒泰额尔齐斯河，在国外，俄罗斯境内的河流里有分布。北极茴鱼与花翅膀子的外形相似，身上也有金线。花翅膀子喜在水流湍急处栖息，有水流动的湍急处称为“花流（发音 liù）儿”或“花哨儿”。花翅膀子喜欢吃水上的活食，就是从水里跃出，飞快捕捉蚂蚱、瞎虻、蜻蜓等活物。钓鱼时，就模仿蚂蚱、瞎虻等在河面上游动，引诱其上钩。在“花流儿”的上端就将上有饵料的鱼线甩进河里，那鱼线既不用坠儿，也不用鱼漂儿。做饵料的蚂蚱漂浮在水面上，顺着水流儿往下走，钓鱼的人在岸上也同时顺河走。待到“花流儿”的末梢，如果有鱼，这时就上钩了，花翅膀子就在“花流儿”的下端水域里生活。有钓者总结出这样的经验：“水大钓哨儿尾，水小钓哨儿头。”雨后，河涨水，水势大，花翅膀子一般待在花流儿的尾端，接近水流平缓处；水势小的时候，花翅膀子会待在花流儿的前端。花翅膀子咬钩时非常快，有迅雷不及掩耳之势，因蚂蚱浮在水面，鱼咬钩时飞快地跳起来，一点都不迟疑，一口将蚂蚱抢入口中，鱼线顿时绷紧，这时钓者要反应迅速，快、稳，用力适度，将竿儿扬起，鱼便从河中拎出来，鳍带着水珠像绽开的花儿一样抖动着，鱼身上道道金线在太阳照耀下，熠熠闪光。那场面非常精彩，那感觉特别畅快。钓花翅膀子出水的瞬间感受可以用“惊心动魄”来形容，紧张、刺激。做饵的蚂蚱没有，可随时抓几个瞎虻，瞎虻也是钓花翅膀子的常用饵料。

这样的钓法，也适合钓细鳞。细鳞一般待在花流儿的尾端，或尾端之后形成的渟（河水平稳处、水深处，发音 tìng，汉字里没有同样发音的字，只能用这个发音二声的字代替）里。细鳞学名细鳞鲑，是名贵冷水鱼。我有几次在刺尔滨河钓细鳞鱼的经历，那鱼极狡猾，任你心急如焚，它就是不上钩。在岸上的草丛里端坐，可清晰地看到那黑色的细鳞鱼在靠近渟的稳水里卧着不动，也许是不够耐心，也许是非专业钓手技巧不够，终究没有钓到细鳞鱼。

在刺尔滨河里钓哲罗，是用曲蛇（蚯蚓的俗称）做饵料。哲罗一般栖息在渟里，渟为水积聚不流动处，水面较阔，水面平缓如镜，因此也叫稳渟；渟里的水一般都很深，水深处看不见底，因此也叫深渟。钓哲罗，不同于钓花翅膀子和细鳞鱼，钓花翅膀子不需要耐心，你就顺着河走即可，有时一天顺着河边钓边走几十里路。钓哲罗可省力些，却要费心些。哲罗鱼同细鳞一样，资源极少，又非常难钓，细鳞有小伙伴钓到过，当时觉得谁钓到谁了不起。我很少听到说谁在刺尔滨河里钓到了哲罗鱼，但见到过鄂伦春捕鱼高手在刺尔滨河里坐桦皮船用鱼叉叉到哲罗鱼。物以稀为贵，哲罗鱼正是如此。哲罗鱼尤为日本人所喜爱，日本人把哲罗鱼视为中国神话中麒麟、凤凰般的祥瑞动物，尊哲罗鱼为梦幻中的“神鱼”，谁要钓到即可登报、上电视。但在日本是难以钓到的，因此一批批“钓师”“钓人”便拥来黑龙江省。有一年，日本的一个钓鱼协会到嫩江县卧都河垂钓冷水鱼，其中一名钓鱼高手非常幸运地钓到了一条大哲罗，把他们高兴得手舞足蹈，当即把鱼用宣纸拓了下来，回到城里，赶紧往国内发电报告喜讯（那时电话还未普及）。当时我恰巧住在嫩江宾馆，遇到了这个钓鱼团。

民国版《瑷珲县志》载细鳞、哲罗“皆瑷珲昔年贡品也”，可见其尊贵。

刺尔滨河里的柳根子也是有名的冷水鱼。柳根子也叫柳根池儿、柳根儿，为拉氏鲅、湖鲅和真鲅的统称，学名拉氏鲅，现称洛氏鲅，隶属于鲤形目、鲤科、鲅属。有专家称其为最原始的鱼类之一。柳根子体形修长、侧扁，大的约半尺左右长，体背侧灰黑色，腹部白色，背部正中有隐约黑条纹，善群聚，喜欢到流水口觅食，静、浅水湾也是其逗留处，河边柳树根部流水冲击成洞，须根随流水舞动，是柳根子最爱游动的地方，这也许是其得名的原因吧。柳根子鱼追食凶猛，记忆力差，这也许就是好钓一些的原因。钓柳根子就不用活饵料了，用曲蛇即可，根据其喜成群结队的特点，找到河边柳树根部的藏身处，就可以钓上来一些。如遇到半尺左右长的柳根子，定会有收获，幸运时，一次可钓上十几、几十条。泡子里柳根子也多，但没有河里的个头大，可以钓，也可以用鱼囤。有一次在一个泡子钓鱼，赶上下雨，我用一个泡子边上的破鱼囤，用带的馒头抹到囤口做诱饵，囤到了一书包柳根子。柳根子肉质鲜嫩，肉味鲜美，无腥味儿，口感好，没有小刺，大的可酱焖、红烧、烤，小的可晾鱼干儿、干炸、做鱼酱，特别是炸出的鱼酱最适合就面条吃。

钓冷水鱼的方法很多，除用鱼竿钓外，有下甩线的，拉毛钩的，下“倔哒”钩的；有挡“鱼亮子”的；有下旋网的，下挂子的。用网方便、快捷，收获又多，受到越来越多的人青睐，但垂钓是任何形式不能取代的快乐。当然也有人用毒药药鱼、用电电鱼、下“绝户网”（不管鱼大小，一网打尽）逮鱼，这都是破坏生态环境的野蛮做法，当休矣。多年前，来自广西的淘金客在刺尔滨河上非法采金，致使河床改动，河水污染，许多原来曾在河里自由自在游弋的冷水鱼遭遇灭顶之灾。刺尔滨河流域已成为省级自然保护区（向上申报批准设立保护区，做规划设计，设计院还引用了我的几篇写刺尔滨河的文章），成立了专门机构，这对于保护包括刺尔滨河里的鱼类资源在内的各种资源是大有裨益的。

鄂伦春人钓鱼，有时用桦皮船。乘白桦树皮制作的小舟沿河道行进，轻便、快捷。如今，有橡皮筏，也很方便，一边乘小舟漂流，尽情饱览河两岸景色，一边垂钓，尽享渔翁之乐。怡然自得，优哉游哉。

刺尔滨河，既是观赏滨南林区风光和新生鄂伦春族民俗风情的好去处，也是垂钓冷水鱼的好去处。

当然，黑河适合钓冷水鱼的河流很多，其中最大的两条干流是黑龙江、嫩江。这两条江的一级支流、二级支流如逊别拉河、公别拉河、沾河、辰清河、宽河、猪肚子河、卧都河、门鲁河、甘河等，都是钓冷水鱼的理想之所。

黑河宜建一座中国人口分布线纪念园

中国人口分布线，又称“胡焕庸线”，是我国人口密度大小的分界线。它是由我国著名地理学家胡焕庸教授于二十世纪三十年代提出来的，当时称瑷珲—腾冲线。他根据1933年的人口分布和人口密度图，提出在我国东北边境的瑷珲到西南边陲的腾冲，画出一条假想的直线段，由此划分出中国人口在区域上的分布，这条直线的东南人口稠密，西北稀疏，表现出巨大的悬殊。这条线是我国名副其实的人口地理分界线，也有人称其为中国人口疏密线。它基本上和我国的四百毫米等降水量线相重合，我国的少数民族也大部分居住在这条线的西北半壁，所以说，它不仅是我国人口的分界线，也是我国的民族和自然地理分界线。

胡焕庸在1935年《地理学报》第二期发表的《中国人口之分布》一文中写道：“自黑龙江之瑷珲，向西南作一直线，至云南之腾冲为止。分全国为东南与西北两部：则此东南部之面积，计四百万平方公里，约占全国总面积之百分之三十六；西北部之面积，计七百万平方公里，约占全国总面积之百分之六十四。惟人口之分布，则东南部计四万万四千万，约占总人口之百分之九十六；西北部之人口，仅一千八百万，约占全国总人口之百分之四。”该文中所附的《中国人口密度图》，是中国的第一张全国人口密度图；该文后来还陆续被美国《地理学评论》及英、德等国的著名地理期刊介绍或转载。

1987年，胡焕庸教授根据变化了的情况和1982年的人口普查数据，得出“……东半部面积占目前全国的42.9%，西半部面积占全国的57.1%……在这条分界线以东的地区，居住着全国人口的94.4%，而西半部人口仅占全国人口的5.6%”。

这条线的名称也几经变更，最初叫“瑷珲—腾冲线”。1956年11月，汉字简化，瑷珲改为爱辉，人口分界线遂改为“爱辉—腾冲线”。1983年4月，爱辉县撤销并入黑河市（当地人称之为小黑河市，其实后来撤黑河地区建黑河市，撤黑河市建爱辉区，又恢复了爱辉之名，因此仍然叫“爱辉—腾冲线”比较准确，但改来改去也麻烦），于是又将这条线改为“黑河—腾冲线”。

胡焕庸1901年11月20日出生于江苏宜兴，1998年4月30日在上海病逝，去世前是华东师范大学人口研究所所长。胡焕庸先生一生致力于地理学、人口学等多个领域，是我国人口地理学的大师，也是我国当代人文地理学的奠基人。他曾留学法国，当过美国马里兰大学教授，南京解放前还当过南京中央大学的教务长、地理系主任。一生著作等身，有著作数十部，涉及自然地理、经济地理、水利、气候等。胡焕庸首次创造性地揭示了中国人口分布存在着一条重要的地理分界线：瑷珲（今黑河）—腾冲线。这条被国内外学者名之为“胡焕庸线”的人口地理分界线时至今日不仅基本稳定存在，而且被发现对其他人文地理景观也很适用，具有广泛的科学价值。其弟子称：“胡焕庸线的伟大在于它是中国人口的突变线。”这条线是人口突变的坐标线，也是景观变化的标志线，农耕文化和游牧文化的转换线，汉民族与少数民族的分界线。

黑河市因“胡焕庸线”而扬名，因为它被学界认可，中学地理教科书就有黑河—腾冲线的内容。黑河由于地处偏远，城市规模小，又缺少让人耳熟能详的知名品牌，因此在全国知名度不高，好多人把黑河与漠河混为一谈，我就碰到许多人问，黑河是不是漠河？但黑河却被“70后”“80后”熟知，恰恰是因为他们中学地理学过了“黑河—腾冲线”的知识。

黑河因胡焕庸而名，可以说胡焕庸是黑河的功臣，是他，有意无意地宣传了黑河，为黑河做了一个最好的广告。

黑河应牢牢抓住这一契机，借此宣传黑河，提升黑河的知名度和美誉度。为此，可建造一座黑河人口分界线纪念园，这比江苏淮安建造南北分界线纪念园更有意义，因“秦岭—淮河”一线虽是我国重要的地理分界线，但是它没有起始点和终止点，再说秦岭又不是一座像一条线一样的山，因此不能说某一处、某一点就是南北分界线，在哪一座城市建立标志都有些牵强，无论是河南信阳，还是安徽蚌埠、江苏淮安。但又都无可厚非，都是为了扩大城市在全国的影响。最终淮安成了最大赢家，网上一时间吵得沸沸扬扬，因国家测绘局批准了淮安建的南北分界标志而尘埃落定，这就等于给淮安发了“准生证”。“黑河—腾冲线”不同，它是有点的，是在黑河与腾冲两地之间画出一条直线，因此无论在黑河还是在腾冲，都是可以建造标志的，黑河是起点，又紧邻中俄边境，是沿边开放城市，建造纪念园是合适的，也是适宜的。

人口分界线纪念园内可建一座人口分界线塔，起点的标志，塔的基座可以将胡焕庸提出的论断镌刻出来。纪念园内可建人口地理和自然地理主题纪念馆，可寻访胡焕庸的后人，搜集有关他的图文资料，将胡焕庸的生平事迹、著作等作为重点进行永久专题陈列，普及地理知识。馆内介绍这条线的有关知识，介绍我国人口分布情况，普及人口知识。纪念园内还可建少数民族博物馆、边地民俗博物馆等。辟建公共绿地，广植大小兴安岭交界地树木，使游人尽享北疆风情。可以由宣传部门、文管部门以及民政、计生、民族、科协等单位合作主办，向上争取资金支持，由一个单位牵头承办，全力建造。

通过创办黑河人口分界线纪念园，可以增添一处极具特色的人文景观，可建成爱国主义教育基地、科普基地、人口教育基地，可为黑河新添一张独特的城市名片。

说 风 俗

由北到南，真正体会了什么是“百里不同俗”。

一个地方有一个地方的风俗，一个地方有一个地方的语言，一个地方有一个地方的生活方式。这也许就是民俗学研究的对象和内容。我向来对民俗感兴趣，也曾经对边地民俗做过粗浅研究，比如北疆少数民族鄂伦春族民俗，当然还没有进行系统研究，只是了解一些皮毛。

语言方面，有些称谓方式、表述方式等，南北就有很大差异。比如江苏等地称搓澡为擦背；称地瓜为山芋，东北、山东都叫地瓜，还有的地方叫红薯。在江苏的菜市场，你说买地瓜，卖主是迷糊的，因为这里地瓜专门指的是另外一种食物。关内和南方人习惯把黑龙江、吉林、辽宁人都混为一体，统称为东北人，他们是分不清辽吉黑的，比如黑龙江出产的大米特别好吃，已销往全国，但他们皆笼统地称之为东北大米，实际上现在所谓的东北大米主要是黑龙江大米，黑龙江大米尤以五常、方正大米出名。这三个省的风俗还是有差异的，在语言方面也是有区别的，如黑龙江称输液为点滴或静点，辽宁就叫滴流，到了江苏却叫挂水。黑龙江对豆腐的称谓主要有两种，水豆腐和干豆腐；江苏称干豆腐为千张或百叶。就因这称谓，还闹过误会，一次在参观完周总理纪念馆和周总理故居后，我们到饭店吃饭，点了几个淮扬菜后，见菜谱上有百叶，就点了一道，结果端上一盘煮干豆腐，和老板娘理论了半天，才知这里把干豆腐叫百叶，而在黑龙江，百叶是指牛胃。用扑克牌娱乐，黑龙江称打扑克，江苏叫打牌，黑龙江称呼的大小王，江苏叫大小鬼，北京又是一个叫法，叫大猫小猫。黑龙江管扑克牌里的 Q 叫圈儿，江苏叫皮蛋，真是千差万别。江苏还有一常用感叹词被广泛使用：我的乖乖！总之，如不入乡随俗，有时就别扭，带来麻烦和不便，但说惯了的语言方式，到了一个不一样的环境，要想改过来，还真的不容易。

吃饭的方式也有不同，比如江苏习惯是中午吃大米饭，再炒（叫烧）几个菜，因此卖馒头、包子的小吃部、摊点中午绝大多数就都关门谢客，你在中午想买馒头，门儿都没有。不管大小饭店，都是按一日三餐来安排作息时间，也就是说，如果上午 9 点到 11 点和下午 14 点到 17 点来了客人又饿着肚子，你是基本没有地方吃饭的，饭店全部打烊。而黑龙江凡是开店的（包括饭店），只要早晨开门，就一直开到晚间，直到没有客人来才关门。不光饭店，江苏的菜市场也是带休息的，早晨到 11 点多之间营业，不到 12 点，各个门市关门，摊床全苫上白单子，走人了，你想在下午时间买菜、买鱼、买肉，别指望。黑龙江的摊床是全天候的，买菜随时都可以。问过做买卖的人，为何会这样，回答是忙了一上午，很累的，需要休息。看起来，还是江苏人懂得劳逸结合，懂得养生之道。天长日久，这里就是这样的风俗，当地人习以为常，外来人就会觉得不适应。

穿衣打扮也有不同，一些江苏人习惯把睡衣（夏天穿单睡衣、冬天穿棉睡衣）穿到室外，到户外散步、坐公交车、逛超市，都有人堂而皇之地穿着睡衣招摇过市，不分男女老少。看报才知道，不光江苏人喜欢这样穿着，就是生活在时尚之都的上海人也喜欢这样穿睡衣出行。上海市市长在回应这一问题时，有一段妙语，大意是还要靠市民提高审美水平，自己认识到这样穿着不好自然就改掉了，没法硬性要求。也是，穿衣戴帽，各好一套，习惯成自然。拖鞋也被穿到室外，冬天也照穿出去不误。南方有棉拖鞋卖。我就看到一位老同志穿着棉拖鞋坐公交车。大学里，有好多女生就穿拖鞋去上课，有一种棉拖鞋硕大无比，就有人穿着上街、上课，看起来很好笑。

结婚风俗也大不一样，黑龙江新人结婚一般都选在双休日或节假日，这里差不多哪天都有结婚的，而且结婚典礼都是在晚间。这在黑龙江是大忌，黑龙江的风俗是婚嫁仪式必须在中午 12 点前结束，没有在午后或晚间举办婚礼的，只有二婚才把时间定在晚间。再有就是这里三更半夜常常鞭炮炸响，到现在我也没闹明白是何习俗。

南人和北人，有不一样的言语方式、行为方式、处事方式，这就形成了一个地方的风土人情，南北不可能一样，如都一样，就千篇一律，没有特色了。

北疆的年味儿

记忆中，童年时的年味儿特别浓郁。

也许跟雪有关，我以为过年时就应该是大雪铺天盖地的，天气足够冷。童年记忆里北疆黑河的年味儿浓，也许和冰天雪地有关吧。

北疆进了腊月，也正是一年中最冷的三九严寒天，气温多数是在零下二三十度，个别时还有零下三四十度的天气，真可谓滴水成冰。就是这冰天雪地的纯净洁白的世界里，许多人家的房前、屋顶高悬起一盏盏大红灯笼，白雪、蓝天、红灯笼，还有家家户户门楣上，木头栅栏的大门上，贴着春联、大大的“福”字，还有屋内贴的年画儿。孩子们都穿上了新衣服，特别是女孩子的衣服更鲜艳、漂亮些，即便是没有太抢眼的衣服，也要有一根扎头发的红绸子，这色泽，这反差，呈现我们眼前的是火红热烈的年的氛围。还有时断时续的鞭炮声、秧歌队的欢快的唢呐声、震撼人心的锣鼓声，送入我们耳畔。我童年、少年时，赶上“文化大革命”，年味儿照过去比，已经淡了。许多年俗都被当成“四旧”给破掉了，如我就没经历过贴门神、祭灶王爷、祭祖等年俗。那时门上只贴春联，还都是革命或紧跟形势的对子，贴福字也是到了“文革”中后期才开始恢复。

当然，年味儿不单是诉诸我们的视觉、听觉，更重要的是诉诸我们的嗅觉，也就是说年味儿是能够闻得出来的。进了腊月，许多人家把养了一年的膘肥体壮的大肥猪杀了，然后放到仓房里储存起来，天冷，肉很快就冻得结结实实，有的人怕肉风干，还用雪埋起来。杀年猪是迎年、备年货的第一个高潮，也是重要的一道程序。杀完年猪，吃杀猪菜也是一道必不可少的仪式。把帮忙的留下来，把亲朋好友、左邻右舍请过来。杀猪菜的扑鼻香味飘荡在冬日凛冽的寒风中，那是大铁锅烀肉、血肠酸菜散发出的味道，是让人垂涎欲滴的味道。腊月里包冻饺子也是一个备年的重要程序，要包多种馅儿的饺子，一般都会有白菜猪肉、芹菜猪肉、酸菜猪肉馅儿，有的还会包牛肉萝卜馅儿、羊肉胡萝卜馅儿，也有用野味儿做馅儿，如狍子肉馅儿、野猪肉馅儿、犴肉馅儿。其中芹菜馅儿是必备的，取谐音“勤”字，吃了一年勤快、不懒惰。每种馅儿都会准备一大盆，然后亲朋好友、左邻右舍的婶子大娘、小媳妇儿大姑娘都会来帮忙，然后有擀皮儿的，有包的。小孩儿多数都是跟着捣乱的，有时也会帮助在盖帘上摆饺子。男主人负责把一盖帘儿一盖帘儿包好的饺子冻到外面，大约几十分钟，就冻实诚了，然后把冻饺子按不同的馅儿分门别类装在大木箱里、水缸里、面袋里。这也是北疆冬天冷的优势，天然大冰箱可以无限度地存放。农村有的人家人口多，来走亲戚的人多，会包一两麻袋冻饺子，这样冻饺子可以从腊月一直吃到正月。包好后，会煮一锅饺子犒劳大家，让大家品尝一下自己包的饺子的味道如何，当然味道怎么样主要是看主人的拌馅儿的手艺，这还真有秘诀，一般多是女主人拌馅儿。由此派生一句斥责人的话：“你拌不出好馅子!”即骂人不出好主意、做事不好不圆满。煮冻饺子的味道与刚包好的饺子直接煮的味道大不一样，自然冷冻的冻饺子有一种说不出的独特味道，那是融合着北疆寒风、白雪的冬的味道、年的味道。

过完小年，备年更加紧锣密鼓。家家户户开始做炸制食物，面食类有麻花儿、焦叶儿（擀出的类似面片儿形状的、还放了糖的油炸面食）、色子块儿（类似麻将里的色子，也是放了糖的油炸面食）；肉食类有肉丸子、肉段儿（河南、山东、四川等省叫酥肉）；素食类有豆腐丸子、蔬菜丸子；也炸鱼、炸豆腐。做炸制食物沸油的香气对平时难得荤腥的孩子们极具诱惑，大人一边炸，小孩儿一边偷着抓，也不怕烫，不停地往嘴里塞。快到年跟前儿，又开始蒸制食物，馒头、花卷儿、糖三角儿、苏子包儿、芝麻包儿、豆包儿等，大平原上的人还要蒸黏豆包儿。被称为“此地人”的满族人以及到北疆定居已经几代的汉族人，还会做“扣碗儿”，即把小鸡儿炖蘑菇、土豆烧牛肉、酸菜炖粉条儿、红焖肉、方肉、炖干菜、炖海带、炸豆腐泡儿、炸鱼等菜肴提前烹制好，盛到一个个碗里，然后冻在外面，冻住后，再拿回屋内缓一缓，稍微融化时，从碗里倒出，这样就成了一个个菜肴的冻坨儿，然后再把这些冻坨儿放到什么容器里放在外面的仓房里存放，过年时基本不用再熘炒烹炸，吃时或来了亲戚朋友，就到外面拿几坨儿，上锅里一馏，就可以吃了。这样过年的几天，甚至整个正月，女主人就不用在厨房里忙乎，彻底放假，就是尽兴地吃喝玩乐。满族人还会做焖子，用大米饭、肉馅儿等搅拌做成，外面包上用鸡蛋煎的皮儿，然后上锅蒸熟即可，也冻在外面，吃时上锅馏透，切薄薄的片儿蘸蒜泥吃，有些类似火腿肠，特别香。

年前，还会准备各种冻货，主要有冻梨、冻大柿子、冻花红（一种如山楂大小、颜色鲜红的水果）、冻山楂、冻都柿等。准备炒货，主要有炒瓜子（主要是指葵花子，过去叫“毛嗑儿”，也许是少数民族或俄罗斯族称谓，也有倭瓜子、角瓜子）、炒榛子、炒松子、炒花生（多是关里亲戚寄来，那时买不到，有时过年粮店也会每人供应一斤），每到年前，家家户户炒制瓜子、花生、榛子的香味儿同时还有一种焦煳的气味儿也非常诱人。

除夕这天，各种美味佳肴端上桌儿，那是一年里最让人企盼的盛宴。一大家人其乐融融，欢声阵阵，笑语绵绵。除夕夜，旧历新年到来前要吃饺子，放鞭炮，然后大人守岁。最开心的莫过于孩子们，他们大快朵颐。吃完晚间这顿年夜饭，即约上同伴，男孩儿提着自制的灯笼，兜里揣上几个小鞭儿，到处疯跑，不时停下来放几个小鞭儿。女孩子扎上红头绳，穿着花布衣服，也疯跑。吃完零点前这顿饺子，孩子们仍旧到处跑，不懂守岁，叫熬夜，但小孩儿一般熬到一两点钟，就困得滴里当啷，有的在伙伴家或公共场所随便找个地方就呼呼睡着了。

大年初一早晨，许多人还在梦乡里，但想多睡会儿是不行的，天还没放亮儿，就被此起彼伏的鞭炮声吵醒，有比你勤快的早起的人。放炮意味着人家的饺子煮上了，大年初一早晨也是吃饺子的。大年初一挨家挨户去拜年，也是一种交流，大人还会坐下来，唠唠嗑儿，小孩儿则问好行礼完就跑，当然主人会抓一把花生、糖等追着揣到孩子兜里，特别是嘴甜的招人喜欢的孩子。

燃放鞭炮后散发出的硫黄的味道也是令男孩子无法抗拒的味道。要不北疆黑土地怎么会有“姑娘爱花，小子爱炮，老头儿爱顶新毡帽”这样一句话呢。

当然我说的年味儿，都是几十年前的事了，自从电视开始普及以来，特别是近些年电脑、手机等的相继出现，颠覆性地改变了人们的生活、娱乐方式，现在已没有几十年前的那种浓浓的年味儿了。随着生活方式的改变，过年时的许多年俗正随着岁月的流逝而悄然消失。现在，鞭炮似乎也不能让沉湎于电子游戏里的孩子迅疾站起来跑到户外，去放一挂，没过瘾，去刚刚放过的地方捡拾几个没燃放的炮接着放。女孩子也早已没有人扎红绸子了。物质水平提高，天天过年，谁也不会对一年一度的年夜饭翘首以盼了。

如今日子越过越红火，许多人早已不在乎吃喝穿，年味儿也随风飘散。年味儿就是一种民俗，民俗就是一种文化。除夕夜合家看春晚被誉为新民俗，相互拜年也早已被贺卡、电话、电脑、手机等拜年方式取代，但我还是很怀恋彼时那种浓郁的年的味道。

年味儿是一种民俗，更是一种文化。

对于孩子，年味儿是天真无邪、自由自在、快乐开心的时光；对于大人，年味儿更是团团圆圆、美满幸福、其乐融融的亲情。

闲话年俗

中国之大，人口之众，文化之多样性，造就了语言的不同，风俗习惯的差异，正所谓“南北不同俗”。过年也一样，一个地方有一个地方的年俗。

年俗主要表现在吃喝玩乐上。先说吃喝，北方多数地方过年一定要包饺子，因此北方有俗话说“谁家过年不吃顿饺子”。即便是日子过得再窘迫，过年也要想方设法吃上顿饺子，不吃饺子，就好像没过年一样。过年吃饺子，据说是讨口彩、图吉利，饺子谐音交子，过年吃饺子，意为“新岁交子”。笔者小时家在龙江北疆，北疆进了腊月，就开始忙年、备年货，腊月里包冻饺子也是一个忙年的重要程序，要包多种馅儿的饺子，一般都会有白菜猪肉、芹菜猪肉、酸菜猪肉馅儿，有的还会包牛肉萝卜馅儿、羊肉胡萝卜馅儿，等等。其中芹菜馅儿是必备的，取谐音“勤”字，吃了一年勤快、不懒惰。北疆过年另外一种主要吃食就是黏豆包，是一种叫糜子的黏谷子磨出的面，面和好发了以后，里边包上豆沙馅，上锅蒸熟，然后与冻饺子一样，一盖帘一盖帘地冻上，冻实诚后装入麻袋里，放在仓房里，过年时吃。这也和南方的年糕有一比，过年了就得吃黏东西。南方一些地方，过年吃年糕，也是图吉利，年糕年糕，年年高的意思，意谓高升。南方还有许多地方过年吃汤圆或称汤团，也是图吉利，取团团圆圆之意。

周恩来故乡淮安地处南北交界地，过年时在吃的方面也兼顾了南方和北方的特点。据说居住在古淮河以北的过年也吃饺子，而且还有自己的叫法，叫“弯弯顺”，也图个吉利，这和真正的北方的饺子还是大相径庭的。北方的饺子多是圆的，包时用双手的大拇指和食指一捏就成，包得快，不像淮安的饺子，是长的，要从右至左，一点点捏成，北方特别是龙江饺子像元宝，图的是圆圆满满。居住在古淮河以南的，过年也与南方差不多，吃年糕、汤圆。每到年前，淮安的街头、店铺多卖一种阜宁大糕，也有现场加工制作的，是薄薄的，片状，很小的，不知“大”从何来。过年吃这种阜宁大糕，也算是接近南方过年吃年糕的习俗。另外，淮安过年几乎家家户户都包包子，这也许是独特的年俗，与北方家家户户过年包饺子、北疆包冻饺子相似吧。包子也有几种馅儿，年前各面点店、单位的食堂，都忙得不可开交，接受预定。淮安不比北疆，包子也不能放外面冻起来，包得太多，存放也是问题。

山东、山西、河南、河北、陕西等地，过年蒸花馍，也是独特的民俗，就是蒸五颜六色的、各式各样的馒头。长江流域，主要是江南，过年要吃许多腊制品，淮安也同样几乎家家户户过年都腌制腊肉、腊鱼、腊肠等。我想这也许是和过去没有冰箱来冷藏食品有关，南方冬天亦气候温和，不像北疆有天然大冰箱，过去如何储藏这些鸡鸭鱼肉啊？将它们腌腊也许是最好的储存办法。

过年时，放鞭炮、贴对子、贴福字、挂灯笼，好像南北差不多，南北交界地自然也不例外。北疆黑土地从前有这样一句顺口溜，说过年时，“姑娘爱花，小子爱炮，老头儿爱顶新毡帽”，说明小女孩儿爱美，小男孩儿爱玩儿，而老头儿注重实惠。

过年是百姓的狂欢日，离不开热闹，少不了唱和跳。过年时，在民间，西北玩儿社火，东北扭大秧歌，北方也有的地方踩高跷，而南方则舞龙舞狮子舞龙灯。还有的地方打腰鼓、舞扇子、跳篝火舞。南北交界地，则有亦南亦北的地域特点，如划花船、河蚌舞、跑驴，还有十番锣鼓、淮海锣鼓等。过去的时日，西北的大人和孩子是看社火欢度春节的，东北的大人和孩子是看秧歌欢度春节的，南方的大人和孩子则是伴随舞龙舞狮子度过春节。地处南北交界地的淮安，大人和小孩儿也许是看玩儿花船过年的？来的时间短，不得而知，问同事，你们小时候是看什么过年的？他告诉我就是看划花船的。淮安过年也有秧歌，如金湖秧歌，这与北方相近。淮安过年也有跑驴的，如宋集跑驴，这接近北方习俗，河北过年有驴儿会，山东等地也有跑驴。淮安过年玩儿花船、跳河蚌舞，还有渔歌，如洪泽湖渔鼓舞等，这更接近南方文化，也有水乡特色。探究南北分界线的年俗特色，也是很有意思的话题，淮安的年俗体现了南北文化交融、汇集、碰撞，也体现了淮安人的包容胸怀，从年俗特点看，这也是淮安“包容天下”精神的一个极好诠释。

我说的这些年俗，有的已经渐行渐远，自从电视开始普及以来，特别是近些年电脑、手机等的相继出现，颠覆性地改变了人们的生活、娱乐方式，现在已没有几十年前的那种浓浓的年味儿了，随着生活方式的改变，过年时的许多年俗正随着岁月的流逝而悄然消失。

看春晚成了新年俗，当然有争议，有专家称看春晚与年俗风马牛不相及，但正是春晚，才冲淡、消解了许多民间的娱乐活动。春晚抑或是电视、网络使年俗也变得单调乏味、支离破碎了，多了围观和窥探，少了过去的直接参与、乐在其中，比如加入扭秧歌的队伍里，也尽情地扭起来。

各地不同的年俗，是千百年来形成、流传下来，代表不同的文化，年俗文化也是宝贵的文化资源，也需要传承、保护，也需要弘扬光大，这也是当下地域文化开发的语境。独特的、个性化的、魅力无限的年俗，不就是发展民俗旅游、文化旅游的最好资源吗？

二 月 二

北地过年，是一直过到二月二的，二月二是一年中的一个大节，这一天会很隆重、很热闹，欢庆“龙抬头”。

二月二，是主管雨水的龙王爷抬头的日子，也叫春龙节。从此日起，春雷响起，雨水渐多，当然这不是主管雨、水的“龙”的功劳，是自然规律，因为到了二十四节气中的雨水、惊蛰和春分之间。但龙是中华民族的图腾，民间认为龙是祥瑞之物，北方有民谚道：“二月二，龙抬头；大仓满，小仓流。”在高纬度之城黑河，二月二还是冰天雪地，还不会响春雷、降春雨，就是在这乍暖还寒的时候，迎来一年中的一个重要节日。

北地民俗，正月里是不能剃头的，有“正月剃头死舅舅”的说法，凡是有舅舅的人，是忌讳正月剃头的，大人也绝对不允许孩子剃头。小孩子或有舅舅的人，一般都是在过大年前去理一次发，然后整个正月就不会剃头，一直要等到二月二这一天才剃。即便没有舅舅或不信这一讹传，绝大多数人也是要等到这一天剃。“二月二，龙抬头”，这一天剃的是龙头，图个吉祥如意，希望红运当头。黑河二月二这一天，各理发店、美发厅，都人满为患，来剃头、美发的男女老少都有，有的要排很久的号，剃头师傅、美发师这天从早忙到晚，生意特别好，当然也累够呛。过去因为这一习俗，理发店在整个正月里，都生意清淡，理发师也清闲自在。但现在越来越多人不太在意这些忌讳，正月里到理发店剃头的人也不少。

饮食则是以啃猪头为主。几十年前，除城里外，基本是自己家养猪，到腊月里杀年猪，猪头一直留到二月二这天吃。不养猪的人家，或者城里人，几乎家家都会买一只猪头，等二月二这天啃。所谓啃猪头，也不是把整个猪头拿来啃。是在二月二到来前，用烙铁、炉钩子、铁棍等，在炉火里烧红，然后在猪头上烫，把毛都燎干净。这个工程也不小，要把一只猪头燎干净，也得要半天或一天时间。后来找到了快速解决的办法，就是用喷灯燎。北疆冬天冷，过去大小汽车都会预备一个喷灯，喷灯是烧柴油的，火力很猛。冬天汽车在外边放时间长了或停放一宿，汽车发动机就打不着火，车的水箱或油路冻上了，发动不起来，就得用火烤。没有喷灯前，就生火烤，用开水烫，自从有了喷灯，烤车方便多了。不知谁最先发明了用喷灯燎猪头的招儿，省事又节省时间，渐渐流行开来，想办法到处去借喷灯。那时，二月二前，家家院子里都忙着燎猪头，燎猪头后的肉香味儿、煳巴味儿混杂在一起，刺鼻又让人垂涎欲滴。

燎好猪头后，把它卸开，然后用凉水浸泡很久。二月二到来前，用大铁锅烀，当然也得花些功夫，一直烀到烂烂乎乎为止。所谓二月二啃猪头，就是吃猪头肉。吃法是将烀好的猪头肉切片直接食用，喜欢吃热的再加热一下。砸蒜泥倒入酱油、醋、香油，做蘸料。猪耳朵、口条、猪脸、拱嘴等分部位装盘，也有将各部位拼盘装在一起的。好多人家把猪尾巴、猪爪儿也同时烀好，与猪头肉一起吃。也有用猪耳朵切丝与黄瓜丝放在一起，拌凉菜。当然烹饪手艺好的，会做扒猪脸等菜肴。

黑河冬季时间长，把猪头冻在外面一直可以放到二月二，不会担心会化开、放坏。为防风干，有的乡下人家把猪头埋到雪里。

大约是二十多年前，只要是吃猪肉的几乎家家都买一整只猪头，后来，人口少些的人家就买半只猪头。那时，二月二到来前，有许多单位搞福利，会统一买了再卖给职工。市场里也有专卖猪头的，有的人在二月二到来前把摊儿摆到了街头，摊位上摆满了猪头，有的小贩还把它们燎好，黑黢燎光的猪头，一字排开，煞是壮观，也是市场一景。再后来，卖和买整只猪头的就逐渐少了，现在市场上已经无影无踪。近些年，城里也看不到谁家二月二到来前燎猪头了。

虽不买整只猪头了，但二月二到来，啃猪头的习俗没有丢。不过改零买猪头肉吃。也许是温州人带来的观念变革。温州人会做熟食，南方叫卤菜，也不知从何时起，温州人来黑河开了一家家类似乡巴佬、一手的熟食店。温州人没来前，黑河只有黑河餐厅一家卖熟食。熟食是黑河人的叫法，主要包括猪头肉、猪爪儿（也有叫猪蹄、猪手的）、烧鸡、鸡翅、鸡腿、香肠、五香干豆腐、花生米等。不知从哪一年的二月二开始，黑河人就改去熟食店去买猪头肉回来直接食用，也有人会一道买几个猪爪儿、猪尾巴，二月二这天的菜肴，猪头肉、猪爪儿是主菜。这样各家省事了，现买现吃。二月二这天，熟食店的生意空前兴隆，和理发店一样，从早忙到晚，买猪头肉的人会排长长的队，跟抢似的。熟食店要烀几大盆或几大桶猪头肉，那也不一定够卖。

吃完了猪头肉，才标志着今年这年算过完了。

黑河边贸特别火爆的几年，黑河利用“二月二”这一节日，举办过几届龙节经贸洽谈会，搭文化台、唱经贸戏，邀请国内外客商来黑河。龙节期间，黑河市区各大小建筑物上都是红灯、彩旗高挂，大条幅从高大建筑物上垂下，过街标语写着欢迎嘉宾的词句，处处流光溢彩，喜气洋洋。俄罗斯商品一条街上人头攒动，大黑河岛上边民互市贸易红红火火。白天是忙忙碌碌的洽谈、签约，成交异常顺利。晚间，黑河倾城狂欢。黑河城成了五彩城，“火树银花不夜天”。黑河大街成了欢乐的海洋，人山人海，群情激荡。好多人说：“就连过年都没这么热闹！”黑河数万群众会聚到市中心的各条街道上，与中外客商一道欢度龙节之夜。先是秧歌会，唢呐声声，锣鼓阵阵。精心布置的彩车开道，车后就是秧歌队。每一支秧歌队有每一支秧歌队的特点：装束不同，人数不同，风格不同。有扭秧歌的，有打花鼓的，有舞狮子的，有担花篮的，有执红灯的。秧歌队的人个个脸颊红红的，不知是手里的灯映的，还是冷风吹的，也许是被这欢乐的气氛感染的。有人为了一睹秧歌队里女队员的风采，从这条街又追到那条街，忘了冷，不觉得累，真的是“罗敷过处看人多”。有的俄罗斯客商情不自禁加入秧歌队中，边学边扭起东北大秧歌。扭完秧歌看花灯展。黑河城各个街道华灯齐放，各建筑门前都挂起大红灯笼，挂起状如瀑布的“满天星”小灯，各个楼顶的楼形灯都闪亮着光芒。千盏万盏灯放射异彩，暗淡了天上的星星。也许是银河倾落黑河城，黑河的龙节之夜才这样光辉灿烂，灯光辉煌。兴安街的两端各有一座龙门，龙门由四根巨大的原木做柱，圆柱漆成大红的颜色，中间两根高大的圆柱上，分别盘着一条龙，龙头相对，卧在门楣上，门楣的正中镶嵌着一个红球，构成“二龙戏珠”图。从龙门走进去，就走进了灯的王国。各式各样的过街彩灯，几个或十几个构成一组，一直伸展到很远。灯有百花争艳灯，有仙女捧寿灯，有走马灯、迎春灯、宫灯，也有五谷丰登灯。用龙作为造型的各式彩灯，给龙节增添了魅力。二月二龙节之夜的高潮是在黑龙江上燃放焰火，这恐怕是在其他地方很难觅得的景象，因为这是由黑河所处的地理位置决定的，黑河与俄布市距离最近，而且城市规模最大。在冰封的黑龙江上燃放焰火，就是为了让对岸异国的城市市民也能看得一清二楚，与黑河人一道分享节日的欢乐。黑河数里长的江堤上万头攒动，人流如潮。江岸的楼顶上挤满了人。对岸的布市江岸上也是观看焰火的人群。两国人共赏焰火，成为黑河一大奇观，“隔岸观火”在这里有了新的解释。前来采访的中央电视台的记者曲静、路彪说：“在北京多次看过焰火，但都没有与黑河人一起观看焰火过瘾。”燃放焰火后，工人文化宫里的中俄演员同台演出，将欢乐的龙节之夜推向尾声。

后来，大黑河岛经贸洽谈会取代了“二二”龙节经贸洽谈会，时间也从二月二挪到了夏天，再后来变成中俄文化大集……

一段插曲，再回到二月二习俗。小时候，二月二还有吃炒黄豆的习俗。除了炒，也可以用油炸，香得很。我们的衣服兜里都装满黄豆，走到哪儿吃到哪儿。有时也互相交换，尝尝不同的口味儿。炒黄豆时，有的人家加了盐，有的人家加了糖。不过随着时间推移，这习俗也不知不觉没了。过去日子过得紧巴，没有什么小食品，喷香的炒黄豆，对于小孩儿来说也就是过年才可以吃得到。

二月二与惊蛰节气同一天或挨得很近，到了惊蛰节气，冬眠的动物开始苏醒。惊蛰，就是蛰伏了一个冬天的动物起来活动了。这时的黑河，冰雪虽没有融化，但气温也开始回升了，大地也有一丝解冻的迹象，“猫冬”的农人也开始活动了。黑河不比黄河流域、长江流域，到了惊蛰，还是白雪皑皑，早年的冬天，以吃喝玩乐为主，有人这样形容这种情形：“耍正月，闹二月，哩哩啦啦到三月。”但现今早已革除旧习。过完二月二，种地的人们开始动起来、忙起来，到镇上、城里或亲朋好友处，筹措资金，联系种子、化肥，检修农机具，又开始了新的一年的忙碌。

一年之计在于春。过了二月二，村屯里，开始忙备耕了……

何日走出“深闺”

地处神州北疆的黑河市五大连池矿泉水是真正的矿泉水，她与法国的维希、俄罗斯的高加索齐名，并称为世界三大冷矿泉，含多种对身体有益的微量元素，是真正的矿泉水。不像有些水，虽标榜为矿泉水，实则就是纯净水，或取自湖中、河中的水。五大连池矿泉水从地底喷涌而出，白白流掉就很多，当地人用来灌溉水稻，谓之矿泉稻，是口感好、含有多种微量元素的养生稻米。五大连池市家家户户的自来水就是接入的矿泉水，打开水龙头，就能喝矿泉水，当然除了饮用，也用来洗衣，难免有点奢侈。五大连池市被称为矿泉城，当之无愧。

五大连池矿泉水，与其他地方的矿泉水最大不同之处是：火山喷发形成的矿泉水，天然含气，再有就是冷矿泉，因此低温（在冰箱里储存）饮用口感更佳。不仅可以饮用，还可以洗浴，对消化系统、眼疾、脱发、皮肤病等有神奇的疗效，因此被称为“神泉”“圣水”。

就是这样储量丰富的好水，还是没有打出去，当地近十多年来，也是想方设法，要把五大连池矿泉水推出去，但收效甚微。这些年来，应该是终于走出了市域，在省内叫响了，但与农夫山泉、娃哈哈不可同日而语。就是同样地处东北的内蒙古阿尔山矿泉水（与五大连池矿泉水同属于火山矿泉），现在都风头正劲，被上海世博会选定为指定用水。不知五大连池矿泉水当初是否参加了竞标，不知为何输给了阿尔山。

由此想到公关、营销的重要，伊利、蒙牛提供了营销成功的案例，阿尔山也再添新样本。就是重要的活动、赛事，是营销的天赐良机。哈尔滨啤酒借助了南非世界杯，在央视五套取得了世界杯唯一赞助权，一举实现南下战略，到处攻城略地。原来在我现居住的江苏城市买不到中国最早的啤酒——哈尔滨啤酒，就是世界杯后，有卖的了，我买来细看，原来是在南京生产。阿尔山矿泉水成功打入上海世博会，成为世博会唯一指定用水，也是抓住了千载难逢的机遇。还是水，源自高原的昆仑山水成为广州亚运会指定用水。他们都无一例外地是在央视这样影响特别大的媒体大做广告，取得营销成功。

如今在上海这样的大城市，在一些超市和二十四小时店里，已能见到阿尔山矿泉水售卖，最多的高端水还是来自法国维希的依云牌矿泉水，和维希齐名的五大连池矿泉水难觅踪影，让人不由觉得不可思议。好水却不被认可，令人扼腕。五大连池矿泉水，真正走出“深闺”，恐怕还得一些时日，因为机遇已经错失。另外就是公关意识、营销策略，如果不是与国内顶尖的公关公司联姻，与国内知名营销人合作，走出去还真很难。

阿尔山为五大连池提供了成功营销的榜样，那就跟在后面学习吧。

国内最好的天然圣水——五大连池矿泉水，应该让更多的消费者享用。

由《我的兄弟叫顺溜》提到淮阴城说开去

电视连续剧《我的兄弟叫顺溜》在央视一套及各地方台热播，给淮阴做了非常好的广告，但电视剧里提到的淮阴城，如今叫淮安。对此更名，有许多不同意见，有人称还不如不改，淮阴多有文化意蕴，淮阴侯韩信多有名！原淮安人对自己的名字被拿走，一直颇有微词。有人形象地称这个更名是老子叫了儿子的名儿。

淮阴改淮安前，是淮阴市，更早些时候，是淮阴地区，是江苏省地域和人口最大最多的地区，当然也是江苏省最贫困的地区。后来划出几个县市成立了地级宿迁市，还有一个县划入连云港。这样淮阴市辖淮阴、淮安、洪泽、盱眙、金湖、涟水六县（市），市区所在地为清江市。后来就把淮安的名字拿过来，改淮阴市为淮安市，县级淮安市改名叫楚州，行政区划则变为区，毗邻市区的淮阴县改为淮阴区，市区所在的县级清江市则一分为二，成为清河区、清浦区。洪泽、盱眙、金湖、涟水还是称为县。这样，淮安市辖四县、四区，市域面积1.01万平方公里，人口538万，其中市区人口95万。

淮安是全国历史文化名城，曾经在明清时期，与杭州、苏州、扬州一道，并称为运河沿线“四大都市”，淮阴改淮安，过去的淮阴自然就成了全国历史文化名城。不过淮阴城的文化底蕴也是很厚重的，在外界，有人知道淮阴而不太知晓淮安，因淮阴历史源远流长，韩信因是淮阴人，封官就名为淮阴侯。现今，淮安城内的两所本科院校，一直未改名，称为淮阴师范学院和淮阴工学院。

电视剧《我的兄弟叫顺溜》多次提到淮阴城，就是现今的淮安城。为何淮阴城能屡被提及？除了淮阴城本身在当时战略地位重要以及在此地也的确发生过新四军浴血抗日的战斗，如著名的刘老庄战役（刘老庄连进入近日举办的全国一百位为新中国做出突出贡献的英雄模范人物和一百位新中国成立以来感动中国人物评选活动候选名单），另外的原因就是编剧朱苏进是淮安涟水人，导演花箐是淮安人，是他们为淮安做了一回广告。

文化对经济和社会发展会产生助推力，许多经济飞速发展的地方，往往也是人文荟萃之地。江苏省委、省政府提出“把淮安建成辐射周边两千万人口的苏北腹地重要的中心城市”的战略部署，市委、市政府积极实施“构建大交通、培育大产业、建设大流通、繁荣大文化、开发大旅游”的五大建设。《我的兄弟叫顺溜》的热播，以及淮安筹拍的电视连续剧《大将军韩信》拍竣后播出，对提升淮安的知名度都会有重大影响。最直接的受益者就是旅游业，影视剧可以为一个地方扬名，随后游客慕名纷至沓来观光。听说冯小刚拍的电影《非诚勿扰》就使杭州的西溪湿地和日本的北海道声名鹊起，正是《非诚勿扰》热映后，去北海道观光的人数大幅度增加。

由二人转说艺术的庸俗化

东北的二人转让东北的老少爷们儿沉醉其间，乐此不疲。一出《回杯记》让人百听不厌。我第一次看二人转是二十世纪七十年代中期（直接面对表演者，此前我都是在收音机里听二人转），在林场山场的帐篷里，来自松嫩平原的运材者中的一位，四十多岁，是一个从前的二人转艺人，他与几个同伴和我们住一顶帐篷。结束了一天的繁重劳动，每天晚饭后是帐篷音乐会时间，他自然是主角。有一天晚上他一人唱两个角儿，唱的是《燕青卖线》，我尚记得两句唱词，说街市人多："挤得瞎子翻白眼儿，挤得罗锅直巴扔腾……"七十年代听得最多的二人转是《女队长》，其中两句唱词是："打猎人不怕豺狼叫，打鱼人不怕海浪翻。"再就是坐唱二人转《处处有亲人》听的次数多，说的是一位老大娘到内蒙古的一个城市看儿子，结果没搞准地名，只记得"浩特"，但"我们内蒙的浩特多，有呼和浩特、乌兰浩特，往北还有个二连浩特，不知你儿住哪个"。大娘虽走错了地方，却受到了陌生人无微不至的亲人般的关怀，体现了社会主义大家庭的温暖。那时，《女队长》和《处处有亲人》在广播里隔三岔五就放一遍，因此我们耳熟能详。

二人转的唱、念、做都是很美的，深受东北老百姓的喜爱。近几年，赵本山等人大力推介二人转，宣传二人转，把二人转"转"到了北京、上海。

人们更多的是需要雅俗相谐的艺术，如果雅得通俗、俗得高雅，就会被更多的人喜闻乐见。但通俗绝不能粗俗、媚俗，甚至恶俗，不能只为奉迎一部分人的口味，而使艺术庸俗化。我曾和朋友看过几次二人转，在外地尚可，没有人认识还可抬起头。在本地看过两次二人转，生怕遇到熟人，得把衣服领子掀起来，把头埋起来。是二人转本身让人抬不起来，因为脏口太多，两个男女演员在台上对骂，我们在书上有时见到用×代替的字眼，从演员嘴里说出来，比喝大米粥还顺溜儿。

赵本山一直为二人转鼓与呼，并弘扬绿色二人转，但他的徒弟在央视小品大赛颁奖晚会上表演的二人转就有点出格了，如光膀子，女演员拽起他的裤子（带松紧带的）往里扇风，并唱“巧儿我自幼许配大家，上次劳模会上我爱上了七八个呀”。东北人管这叫“耍狗驮子”，过于耍，就不是幽默，就偏离了艺术轨道，变得庸俗了。

我们生活中是到处有幽默、滑稽的东西的，前些天接待山东来的李总，他第一次到东北来，感受到东北人的幽默，他说：“黑龙江人个个都是赵本山。”但不能把现实生活原汁原味地搬上舞台，要去伪存真、去粗取精、去浊留清、去脏取净。

新拍的电视剧《林海雪原》把本来很高雅的东西拍得很庸俗，在人物的语言、思想和行为等方面，都有着庸俗化的倾向。杨子荣本来是个家喻户晓的剿匪英雄，但剧中他的“匪气”甚至盖过了“英气”，他喝小酒儿、唱酸曲儿，作风散漫，在战友的饭碗里下巴豆，与女匪首蝴蝶迷调情，与座山雕争情人等，敌我不分，犯了阶级阵线错误。此剧可能迎合了一部分观众的欣赏趣味，但伤了许多把杨子荣视为心目中的大英雄的广大观众的心。

前两年有人戏说《沙家浜》，让郭建光、胡传魁争风吃醋，把阿庆嫂写成一个交际花式的人物，把郭建光写成一个花花公子型的人物，也太恶俗了，伤了沙家浜人的感情，伤了新四军伤病员的心。沙家浜人把作者和发表作品的《江南》杂志告了，以胜诉结束。

红色经典在青少年中的魅力不可低估，而今戏说经典成风，把很高雅的艺术品庸俗化，是该到了喊“叫停”和“踩刹车”的时候了。

我们不要低俗、媚俗、恶俗的艺术。

朗诵诗的先驱者高兰

说到朗诵诗，不能不说到高兰；说起高兰，不能不说到朗诵诗。一生致力于朗诵诗创作的诗人，唯有高兰，高兰是中国朗诵诗的先驱者之一。

伟大的抗日战争年代，迫切需要战斗的文艺武器，高兰先生的朗诵诗便应运而生。他的抗战诗篇，像嘹亮的号角，鼓舞着中华儿女的斗志和爱国热情；又像匕首，无情地刺入敌人的胸膛。他是在抗战中崛起的著名朗诵诗人；他是为家乡增光添彩的人，是家乡的骄傲。二十多年前，我到泉城济南，曾专程拜访过诗人的遗孀——刘景秀先生。

我的家在黑龙江

高兰，原名郭德浩，黑河市爱辉区瑷珲镇是他的故乡。他的父辈及他的祖辈，就生长在瑷珲这片神奇的土地上。他的父亲郭福瑞是清朝的下级军官，母亲是达斡尔族人。父亲过世早，母亲拉扯他兄弟几个长大。后来他投奔姑母家，在齐齐哈尔师范学校附小读书，毕业后考入齐齐哈尔省立第一师范学校。

每年的寒暑假，他都回到瑷珲祖母家，常常为祖母和街坊邻居们念小说、鼓词。小说和鼓词使高兰从小就培养了对民间文学的兴趣，家乡的壮丽风光给了高兰诗的灵感。但真正使高兰爱上文学并带他走进文学大门的是他的国文老师。新文学的思潮对他的影响极大。郭沫若的《女神》，冰心的《繁星》《春水》等作品点燃了高兰年轻、火热的诗心，他由衷地热爱着新文学……

1926年，从师范学校毕业后，高兰从齐齐哈尔来到北平，又经两年的文科学习后，考入燕京大学国文系，师从他早已仰慕的冰心先生和郑振铎、郭绍虞、许地山、俞平伯先生等。大三时，"九一八"事变，高兰有家不能归。他积极参加北平学生卧轨南下的请愿活动，到南京抗议国民党政府对日寇侵吞东北采取的不抵抗政策。

1932年夏，高兰大学毕业，参加了驻设在北平的东北义勇军指挥部工作，投身到抗日救亡的洪流中。

1933年高兰来到天津，在南开中学开始了他的教书生涯。从这时起也开始了他长达十多年颠沛流离的生活，这时他写了《心扉之外》等诗，表现了诗人困惑中的思索。

1935年，诗人带着妻子刘景秀和出生不久的女儿苏菲到汉口任教。两年后，卢沟桥的枪炮声把诗人惊醒，这时他的诗一改往日的沉郁而变成愤怒的呐喊。

1937年10月，在鲁迅先生逝世一周年前夕，高兰写下了著名的朗诵诗《我们的祭礼》，在纪念鲁迅先生逝世一周年大会上，由著名演员王莹女士朗诵，引起巨大的反响。这不仅是一首悼念诗，也是一首动员人民大众起来抗战的鼓动诗。诗人提出以伟大的抗战作为纪念鲁迅先生的祭礼，道出了千百万人的心声。诗中写道："我们献上了这祭礼——抗战！这里有血、有泪、有火，也有光。这里有生、有死，也有光荣的创伤。这里有战斗者钢铁般的誓言，这里也有永恒不灭求生的烈焰……"这首诗是高兰成为朗诵诗运动先驱者的标志。自此，高兰与冯乃超、光未然等人一起，全身心致力于诗歌的朗诵运动。这期间，他还写了《展开我们的朗诵诗歌》《给姑娘们》《吊"天照应"》《缝衣曲》等诗篇，这些诗篇洋溢着爱国主义激情，成为激昂的抗战号角，鼓舞了人们的士气，坚定了人民必胜的信心。

诗人这时是多么眷恋他的故乡啊！他是多么想回他的家乡黑龙江去

看看哪！可是，黑土地正在被强盗们践踏。

“那深黑的江水，那长长的山巅，那悲哀的土地和人民，那寒冷的雪地与冰天，九年来，都不曾在我的记忆里，褪下去一点颜色！”虽远在天涯，心里始终忘不了故土，忘不了故乡的人民……

诗人对家乡的感情，表现得更为充分的是在他的长诗《我的家在黑龙江》里。这首诗完成于1938年，全诗铿锵有力，朗朗上口，是抗战诗坛上的力作。诗中用形象对比的手法，用生动的方言土语，描绘了黑龙江的美丽和可爱。生活气息浓郁，地方色彩强烈。有人称其是用新诗形式抒写黑龙江一年四季壮美景色的杰作，现在也难有诗作与其匹敌。诗人自豪地说道：“我的家呀！我的家在兴安岭之阳，在黑龙江的岸上……”

诗人这样写黑龙江的春天：“春风里没有一朵花香，只有檐下的冰溜直伸到地上”；这样写秋天：“蓝天哪，那么高远，那么晴朗，白云飘得无影无踪，飞过来的是一阵雁行。大地上，发散着苎麻的香，燕麦的香，大豆的香，满山遍野都是红了的高粱！细高的身儿，垂着肥大的穗，它好像个青春美貌、含羞低首的大姑娘！”黑龙江一年四季都是那样奇特，那样美丽。可就是在这美丽的土地上，“九一八”事变，日本鬼子的大炮刀枪击碎了人们的梦想。“三千万人民成了牛马一样，雪原成了地狱，再没有天堂！”但黑土地的儿女是不甘心任人宰割的，他们“燃烧起反抗的野火，燃烧起争生存的火光……”“他们要用血，他们要用肉，筑起个铁壁铜墙，保卫自己的家乡！”“让侵略者的血，染红了那远天冰雪寒霜，染红了我的家乡——黑龙江！”

《我的家在黑龙江》的发表，显示高兰朗诵诗已经走向成熟。这首诗无论是在抗战年代，还是在和平的日子里，都会激起读者对故乡的热爱之情，都会成为鼓舞人们精神力量的篇章。这首诗当之无愧地成为高兰朗诵诗重要的代表作之一。

为苦难的人而歌

1938 年 10 月，武汉沦陷，高兰挈妇将雏到达重庆任教。1938 年至 1942 年期间，诗人写下了《武汉！祖国的心脏!》《致日本的劳苦大众战斗员》《致一九三九》《山岗上》《十年》《冬天来了》等诗篇，继续为抗战奔走呼号。他的思想日益成熟，诗歌也日益成熟。其中《山岗上》表现了诗人对家乡的无限怀恋：“虽然我也爱恋，这忧郁而潮湿的南方；但我更怀念那战斗沸腾着的家乡，呼喊着的山岗!”思乡之情表现得淋漓尽致。诗人即使走到天涯海角，也不能忘记那片黑土地，诗人的思乡情没有随着岁月流逝，反倒与日俱增。他想他的母亲，母亲在被敌人蹂躏的家乡，结束了自己苦难的生命；他的哥哥郭德树，在九年多的囚禁似的生活里，哭瞎了双眼；他的弟弟，为了保卫家乡参加了东北义勇军，在战斗中为祖国献出了宝贵的生命……

高兰这一时期的诗歌深沉凝重，保持着积极战斗的精神。

1941 年，高兰七岁的爱女苏菲得了疟疾，由于无钱医治，眼睁睁地看着她离开了人间。1942 年，诗人失业，后到一家牛奶厂当文书。日本帝国主义给中国人民带来了深重的灾难，高兰和许多普通的百姓一样，经受着苦痛，他要为苦难的人们谱写血泪交流的诗章。在女儿离开人世一年后，他的名作《哭亡女苏菲》问世了。

这首诗问世后，激起千万个读者“禁不住潸然泪下，与作者同声哭”的感情，很快就被广为传诵，几乎每次朗诵这首诗时，台上台下一起哀恸，朗诵者、听众一起流泪。诗人自己朗诵的录音五十年代曾在中央人民广播电台播送过。最感人的一次是在 1946 年，抗战胜利后，诗人在北师大给学生们朗诵这首诗，正在朗诵时特务掐灭了电灯，企图阻止朗诵，然而同学们燃起蜡烛，烛光照耀着高兰一直朗诵完毕，引起了师生们的强烈共鸣。

《哭亡女苏菲》之所以长盛不衰，魅力无穷，就在于诗作通过哀悼诗人的小女儿，揭露了日本帝国主义的侵略给中国人民带来的灾难与不幸。诗人怀着满腔悲愤，用滂沱之泪，写出了那个时代的人民从痛苦的心灵深处，发出的声声泪、字字血的呼喊，为生活在水深火热中的人民，发出了内心的积愤和不平。这首诗不是为朗诵而写，是为痛悼亡女声泪俱下而自然流出的诗句，是人间真诗。

《哭亡女苏菲》在抗战的艰难岁月里抒写了五亿人民的眼泪和悲哀，是一首抒写痛苦人民生活血泪交流的诗。正是诗人关注着祖国和人民的命运，关注着家乡的命运，使他的诗有了政治生命力。另外，《哭亡女苏菲》也标志着诗人艺术风格的形成。在抗战的诗坛上，高兰的诗独树一帜，受到热血青年的喜爱，拥有广大读者。

颂歌献给新生活

诗人高兰和全国人民一道，终于迎来了抗战的胜利，这时他是多么盼望着回到那阔别十四年的故乡啊！诗人全家由重庆迁到北平。1946年10月，诗人又从北平回到沈阳当编辑。经过十四年流亡生活的诗人，终于带着痛苦与欢乐，回到了东北，踏上东北的黑土地。遗憾的是，诗人没有能够回到黑龙江那个叫瑷珲的地方，看看父老乡亲，看一看“兴安岭的森林”“无边无际的麦浪”“满山遍野红了的高粱”……诗人在等待机会。

1947年高兰应聘长春大学的教授，不久又回到了北平。

新中国成立后，诗人参加了华北大学政治研究所的学习。结业后，他准备到黑龙江省教育厅做秘书，可一直未能成行。山东省教育厅招聘团到北京，邀请高兰先生去山东，他就来到济南华东大学。

终于结束了颠沛流离的生活，高兰投身于新中国的教育事业。

1950年年底，华东大学从济南迁到青岛，1951年与山东大学合并，诗人这时起成了山大的教授。1958年，山大又从青岛迁回济南。高兰曾担任过中文系副主任、主任，开设现代文学史、现代诗歌研究、写作实习等课程。这期间，高兰写了《向北京、颂英雄》《向工农兵劳模致敬》等诗。曾被选为省人大代表，担任山东省文联副主席、省作协副主席等职。1956 年，新文艺出版社出版了《高兰朗诵诗选》。

1955 年，诗人受到冲击。1957 年，诗人又未逃脱噩运。十年浩劫，高兰受到种种凌辱和折磨。这期间诗人在沉默中生活，很少有机会在公开场合朗诵他的诗。近日通过微信认识了一位丹东诗人孙守涛老师，他是 1965 年入学山大中文系的，他告诉我，入学欢迎会上，高兰教授为新生朗诵了诗歌，他当时朗诵时的动作、神态、语调，他和同学都还记得很清晰。

十一届三中全会犹如春风吹去了诗人心中的阴云，他重又焕发了青春。他写了《致科技朋友》等诗，他带研究生，搞研究，乐此不疲。1982 年，七十四岁的高兰实现了他数十年的夙愿，加入了中国共产党。他还担任山东省政协常委、山东省现代文学研究会副会长、山东省郭沫若研究会会长等职。1983 年他写了《题远方寄来的萧红卡片》的朗诵诗，这是诗人新时期写得最好的一首诗。在诗的开头，诗人写道："在这里，请允许我，叫您一声乡亲吧！您呼兰河的女儿，《生死场》的作者，萧红啊！"亲切自然，充满挚情。我们知道，高兰和萧红，都是在黑龙江的冰天雪地里成长起来的，是地道的老乡。他们相识于武汉，结下了深厚的友谊。故人虽去，但英魂常在，作品永存。"您的理想披着彩羽到处翱翔，如同你当年的裙裾迎风飞扬。""在亿万人民的歌声里，您那心灵的光芒同祖国的朝霞一样，弥漫在黑龙江上。"

这期间，高兰编了《高兰朗诵诗选》《诗的朗诵与朗诵的诗》（有关朗诵诗的资料集），撰写了《李后主评传》等。

1987 年 6 月 29 日，著名朗诵诗人、现代文学史家、山东大学中文系教授高兰先生逝世，享年七十九岁。高兰在走出家乡后，就再也没有回到瑷珲古城看一看。他曾几次准备回故土走一走，他的学生也曾倡议在黑河召开高兰诗歌讨论会，并希望高兰先生到会，为他回家乡创造条件。看一看久违的朋友，热情的乡亲，辽阔的原野，是他魂牵梦绕的一桩心愿，但由于健康原因始终未能成行。高兰先生祈望健康好转，回故乡看看他日夜眷恋的黑土地，但遗憾的是他没有盼到这一天。

高兰，一位朗诵诗的倡导者、实践者，以他的诗篇鼓舞了人们的斗志，净化了人们的灵魂。高兰，“从冰天雪地中走出来的诗人”，在抗战时期崛起，高扬歌喉，“在诗歌中激发起民族的伟大感情”，是“一个清朗的喇叭手”。

高兰的名字，将和他的朗诵诗一起在人间永存！

从济南回到黑河不久，我曾给刘景秀先生写了信，刘景秀先生给我回了一封信，并表示她及孩子们有机会要回故乡看看。她在信中说：高兰若在天有灵，也会为今日故乡的繁荣昌盛和青年一代的成长而含笑九泉的。她希望故乡的人能喜欢高兰的朗诵诗。

此后，就断了联系，也不知刘景秀先生是哪一年仙逝的。与高兰先生的女儿通过一次电话，她是眼科医生，后来也中断了联系。虽如此，对高兰先生的尊崇、对他的诗歌的喜爱，却一直没有变。

纪念抗日战争胜利七十周年的前一天，我突然接到素昧平生的中国社会科学院民族文学研究员吴刚先生的电话，说看到我写高兰先生的文章，约我某日去京城参加一个由北京市达斡尔族学会主办的达斡尔族与抗战的研讨会。吴先生本人是达斡尔族，又是这个学会的秘书长，他辗转联系到了我。由于高兰先生的母亲是达斡尔族，高兰先生又是以写抗战为题材的朗诵诗而闻名，吴先生无意中发现了我写高兰先生的文章，就邀请我参会并在会上就高兰的抗战朗诵诗发言。宣传瑷珲籍诗人义不容辞，这样我就参加了在民族出版社召开的研讨会，我在发言中对高兰先生的生平事迹做了介绍，同时对他推动抗战朗诵诗所做出的努力谈了自己的理解。

为庆祝新中国成立七十周年，爱辉区委宣传部、山东大学文学院、黑河学院人文传媒学院共同主办了“家国·瑷珲——高兰、边疆诗歌朗诵会”。高兰先生的孙女，中央广播电视总台《中国之声》编辑部副主任、高级记者，两次全国金话筒奖获得者，著名主持人郭静也来到她的祖籍地，参加朗诵会，并朗读了祖父的朗诵诗《我的家在黑龙江》。山东大学文学院副院长马兵教授参加了诗歌朗诵会，他带来的三个学生朗诵了诗人穆木天的诗《赠高兰》。还有本土诗歌爱好者、朗诵爱好者登台朗读高兰先生的作品，特别是孩子们诵读了《我的家在黑龙江》。

可喜可贺的是高兰先生致力的朗诵诗活动在家乡得到了传承，高兰先生对故乡一往情深，日思夜想，故乡人帮他圆了梦，他得以魂归故里。刘景秀先生对高兰先生故里年轻人提出的殷切期望，也得以变成现实。

重庆印象

重庆是我十分向往的城市，这可能源于年少时看过的小说《红岩》。

重庆是个拥有革命光荣传统的城市，那里是优秀共产党员江姐抛头颅洒热血的地方。“红岩上红梅开……”那山城绽放的红梅，谁说不是烈士的鲜血浇灌的！

重庆是个充满神秘故事和传奇的城市，那里产生过《一双绣花鞋》的故事，那里有战斗在华蓥山的双枪老太婆。

重庆是个做过陪都的城市，周恩来曾在那里出生入死，毛泽东不顾个人安危去那里与蒋介石进行国共谈判，那里有《新华日报》，那里曾经文化名人集聚，一时风云际会。红岩新村、曾家岩、沙坪坝、北碚、朝天门、瓷器口，这些地名是那样耳熟能详。

重庆是盛产美女的城市，是让人去了“后悔”的城市，一句“到了重庆才知道自己结婚太早”让多少人扼腕。

重庆是出诗人的地方，梁上泉、王尔碑、傅天琳……

到了重庆，川外人带我们一一观赏和寻访了两江夜色、渣滓洞、瓷器口、三峡博物馆、人民大礼堂。我又忙里偷闲去了解放碑、朝天门码头。川外就在红岩魂陈列馆旁，我们去川外开会、看演出，几次途经陈列馆，原本是要参观的，但时间太紧，就取消了。由于在一地耽搁了，遗憾没来得及参观白公馆。

在重庆，住在沙坪坝，紧邻三峡广场，晚间常散步到那里。那也是个商业中心。

到了重庆，感觉重庆的确是寸土寸金，因为是山城，找一块平地很难，因此就往空中发展吧。到处是新楼幢幢，而且都是高层，已难以寻觅旧城的踪影，也基本见不到老房子。

重庆的“棒棒军”还随处可见，在多上坡下坡的山城，他们还真不可或缺。坡多，几乎看不到骑自行车的，在内陆其他城市如万马奔腾般的电动自行车车流的壮观情景，在重庆也难得一见，也没有人力三轮车，倒是能见到大功率摩托车，在路口揽活载客。

重庆话很好听，跟川外的同学学了两句，一句是“好安逸啊”，一句是“好巴适啊”，都是表达爽、痛快、美、舒服的意思，与当下流行的给力有异曲同工之妙。重庆有山有水，城里开门见山，缙云山风景区就在北碚，长江、嘉陵江穿城而过。有美食重庆火锅，城市里遍布温泉，泡温泉极其方便。难怪重庆人觉得安逸、巴适。

重庆，魅力山城，美丽江城，安逸雾都。

鹤城印象

齐齐哈尔是著名的塞外名城，曾长期作为黑龙江将军驻地、黑龙江省省会。

说到此，还得从黑龙江城说起。清朝廷为加强黑龙江流域国防，决定设置黑龙江将军，管理整个黑龙江流域，任命宁古塔副都统萨布素为首任黑龙江将军，到黑龙江左岸建黑龙江城，1684 年建成，黑龙江将军衙门开始办公，现在称其为黑龙江旧城或瑷珲旧城，今在俄境。

后来考虑到京城文书往来便利，弃江左黑龙江城，到江右重新建黑龙江城，也即黑龙江新城或瑷珲新城，即今黑龙江省黑河市爱辉区瑷珲镇所在地。1689 年，清廷与俄在尼布楚就国界划定会谈并签订了《中俄尼布楚条约》，黑龙江仍为清政府内流河，边境也为此稳定了一百七十年。

当时政府没能居安思危，没有预判北极熊的领土扩张野心，把黑龙江将军衙门内迁。当时的黑龙江将军既是军事机构，也是省级行政机关。黑龙江将军衙门原本设置在黑龙江流域，签订《中俄尼布楚条约》次年就迁到嫩江流域的墨尔根（今黑河市辖嫩江市），以后边疆稳定，1699 年又迁到嫩江流域下游的卜奎，即今天的齐齐哈尔。

黑龙江将军驻地一再南迁，成就了齐齐哈尔，黑龙江城却逐渐衰落，兵力缺乏，因此俄兵轻而易举地就进入黑龙江。在武力的威逼下，丧权辱国的中俄《瑷珲条约》以及随后的中俄《北京条约》等一系列不平等条约签订了，从此国土沦丧。

齐齐哈尔其实也与瑷珲一样，是中国的屈辱之城。

齐齐哈尔与瑷珲城相比，建城虽晚，却因作为黑龙江将军衙门驻地时间长，更因为是游牧民族物资集散地，后来又成为民国东北三省之一的黑龙江省省会所在地，而成为一个大城市。特别是清廷李鸿章与俄人签订修建中东铁路的协议，齐齐哈尔成为滨州线上的重要交通枢纽，这样，齐齐哈尔又得地利之便，更是得到迅速发展。

第一次去齐齐哈尔是童年时代，因老家在山东，十岁的时候随妈妈回老家，当时黑河不通火车，要到几百公里外的嫩江坐火车再到齐齐哈尔换车。在齐齐哈尔，因等车还有一段时间，只能在票房子（候车大厅）待着，在站前转悠。记得当时站前有小摊，有当街架锅炸大馃子（油条）的，有卖酱猪肉的，妈妈给我们买了一斤酱猪肉。我们兄妹四人，小妹妹只有一两岁，还吃不下，我们三个狼吞虎咽，大快朵颐。那个年代，少见荤腥，那酱肉特别香，之前从来没吃过，也没吃够，还跟妈妈要，妈妈就又买了给我们，一次吃太多，把我和弟弟吃伤了。

我后来对齐齐哈尔很熟悉，是因为妻的老家在齐齐哈尔。妻的祖籍是河北保定府的，民国时代，她爷爷带家人闯关东，落脚在齐齐哈尔。解放后，岳父在齐齐哈尔钢厂工作，后支援太原钢铁厂建设，调入山西太原，妻就出生在太原，但妻的许多亲戚都在这里，因此有机会常去探亲。第二次到齐齐哈尔就是旅行结婚回来，到齐齐哈尔看亲戚。那一次，妻的五叔、五婶陪同我们游览了龙沙公园。

以后路过和去齐齐哈尔的机会就多起来，因为有七年时间我调动到嫩江县境内黄金之路上的一座新建的煤矿工作，煤矿为省直企业，有时去哈尔滨出差，齐齐哈尔是必经之地。也经常去齐齐哈尔探亲、出差，但那些年还不太重视旅游，也没有怎么溜达，至今我还没有去齐齐哈尔的嫩江畔看一看，也没有去明月岛、黑龙江将军衙门遗址，还有就是响彻华夏的扎龙湿地也不曾到访，也就没有机会和丹顶鹤零距离接触。

齐齐哈尔的吃也是有一绝的，就是齐齐哈尔烤肉，然而也没有在齐齐哈尔品尝地道的烤肉。也许是紧邻草原吧，齐齐哈尔受蒙古族、达斡尔族影响较大，酷爱打鱼、狩猎的人很多。听五叔丈讲过许多打鱼、打猎的故事。岳父也较擅长打猎。一次五叔丈四人在嫩江上打了满满一船鱼，在缺肉少菜的年代，那是多么巨大的收获！二十世纪七十年代初期，曾上映一部当时新拍的黑白电影《钢铁巨人》，别的画面都不太记得，唯有工人去嫩江上凿冰打鱼的画面印象深刻。知道编剧程树臻的名字是多年以后的事儿，那时不知道齐齐哈尔富拉尔基重型机器厂有位工人作家。也许是酷爱狩猎的人多，因此齐齐哈尔猎枪厂出产的猎枪很有名，当时成都还有一家生产厂，在没有禁枪和禁猎时代，齐齐哈尔猎枪（有单筒、双筒两种，我们俗称它为砂枪）绝对是狩猎爱好者的最爱。

齐齐哈尔是一个受民族文化、地域文化浸染的城市，从地名即可了解一些特色，如齐齐哈尔、卜奎、富拉尔基、梅里斯、昂昂溪，还有附近的拉哈、老莱、查哈阳等，都是少数民族名。有的名字超好听，如梅里斯，我第一次听这个名字是在刘白羽写的散文里，听这名字便想到诗与远方。二十世纪五十年代学习苏联，当时还是荒原的梅里斯建有集体农庄，上过报纸，一时间许多有志青年纷至沓来，来到梅里斯当庄员，投入到北大荒的建设中。富拉尔基是红色江岸的意思，当时还是个达斡尔村屯，后来许多大工厂建在这里，使之很快成为一个重工业基地。黑河市爱辉区下面也有同名的达斡尔族村屯，至今仍然是一个小村落。齐齐哈尔民族师范学校很有名，因为境内多民族聚居，也辐射黑河、大兴安岭地区、大庆等地区甚至全省，因为民师全省也只此一家。对应重工业基地，国家在齐齐哈尔建立了东北重型机械学院，也很有影响，遗憾的是改革开放后南迁至秦皇岛，易名为燕山大学。还有齐齐哈尔评剧团、马戏团，也很厉害，马戏团曾经常到国外演出。齐齐哈尔冰球队是国内的强队，为国家队、八一体工队输送了大量队员。还有国家体操队运动员，后来成为国家体操队教练的黄玉斌。齐齐哈尔也是名人荟萃之地，如前面提到的电影《钢铁巨人》的编剧程树臻，后来成为著名作家，还当过黑龙江省作协副主席、《人民文学》杂志主编。程树臻写了他工作的城市特别是工作的单位，富拉尔基第一重型机器厂，《钢铁巨人》就是反映富拉尔基重型机器厂自力更生造万吨水压机的故事。马占山从黑河镇守使任上被提拔为黑龙江省政府主席，从黑河到齐齐哈尔上任不久，就发动了江桥抗战，打响有组织的武装抗日第一枪，抒写了可歌可泣的中华民族正气歌。还有大义凛然的寿山将军，也是抵御外侮的铮铮铁汉。

齐齐哈尔是演艺人才的摇篮，活跃在演艺圈的齐齐哈尔籍演员那是大鼻子他爹——老鼻子了，如影视演员吕晓禾、胡亚捷、吴若甫、周晓斌、任泉、沈腾、姜洪波、金玉婷、张翰、任天野，京剧演员张馨月，歌手吴莫愁、徐千雅、乌兰托娅等。

还有齐齐哈尔下辖县出的名人，如航天英雄翟志刚、刘伯明，歌手刘和刚，央视新闻主播郑丽。活跃在演艺界的齐齐哈尔籍艺人还有许多，把他们组织起来，就可以举办一台春晚了，不用说，嘎嘎滴！哪一个说出来都是名声响亮，如雷贯耳。

齐齐哈尔是著名的老工业基地，是中国重工业基地，也是军工名城。万人大厂就有好几家，如富拉尔基重型机器厂、车辆厂、北满特钢、第一和第二机床厂，富拉尔基还建有当时中国北方最大的氮肥厂。齐齐哈尔还有华安等几家大军工企业。这些都堪称是国宝级工厂。其中二机床厂的马恒昌小组是我国工业战线的一面旗帜。妻的五叔工作的齐齐哈尔车辆厂，是亚洲最大的火车货车生产厂，妻子五叔的长子在和平机器厂工作，次子在车辆厂，妻的老叔在生产鹤牌家具的家具厂上班。后来我的表弟在哈读完中专，也分配到齐齐哈尔第一还是第二机床厂工作。齐齐哈尔还有前面提到的曾经创造辉煌的猎枪厂，还有冰刀厂也是国内凤毛麟角的特色工厂。岳父曾在齐钢工作，五十年代中期，从齐齐哈尔抽调大批技术人员与技术工人，去内地建工厂，岳父随援建队伍来到太原钢铁厂工作。

齐齐哈尔是黑龙江省第二大城市，前些年在黑龙江，省委书记、省长空降的较少，都是本省提拔，但提拔前多是要放在齐齐哈尔历练一段时间。和它相似地位的还有吉林吉林、河北唐山、河南洛阳、内蒙古包头、湖南株洲、广西柳州等，不是省会，但在工业的体量上堪比甚至超过省会，也正因为此，在计划经济向市场经济转型过程中，船大难调头，经济发展速度缓慢。在黑龙江，齐齐哈尔被大庆远远甩下来。刚刚看到的2016年全国城市国内生产总值排名，齐齐哈尔排在一百六十名之外，你说是老工业基地的问题吧，但前面列的几个城市也都是老工业基地，却都进入一百强。江苏就连本省落后的苏北盐城、淮安、连云港、宿迁等城市都进了一百强，这些城市恐怕一家万人大厂也没有。到底是什么原因，真的是令人匪夷所思。

齐齐哈尔也许就是东北老工业基地的一个缩影，振兴东北，齐齐哈尔理应率先前行，杀出一条血路，重振雄风，再创辉煌。

鹤城，一个仙鹤青睐的地方。鹤是富贵吉祥鸟，受仙鹤福佑的城市，一定能展翅飞翔。

过荆州

从宜昌返武汉，路过荆州，我们顺便游览了这座古城。

古城已看不出古来，保留了一段古城墙，当然也是前些年重修的。城墙虽比不过西安古城墙，当然也不能和平遥、凤凰古城的城墙相比，但也颇壮观。我们在大巴里就看到了高大的城门，护城河也保存完好，当然，一定也是近些年整治过，因河面很宽阔，河水清澈，碧波荡漾。河前，是一座漂亮的休闲广场。

登上古城墙，视野开阔，可俯瞰护城河、休闲广场及古城的一部分仿古建筑。意外在这里看到了张居正的故居，便跑下城墙，想进去参观张居正故居。还是前几年看黄仁宇的《万历十五年》，才知道明朝首辅张居正大学士的，他进行了十年新政，但死后也被清算。黄仁宇评价张居正："张居正的不在人间，使我们这个庞大的帝国失去重心，步伐不稳，最终失足而坠入深渊。"足见张居正的重要。原来张居正的老家是荆州，了解张居正的生平也算不虚此行，但还未等进去，导游开始集合队伍了。要离开这里，进市区用午餐。就这样匆匆忙忙看了荆州的城墙，不到半小时时间就结束了荆州古城的游览，遗憾未能参观张居正的故居。

荆州的名声还是相当响的，是因为三国里刘备借荆州与关羽大意失荆州的故事，让荆州家喻户晓。不知作为三国故地，荆州是否还有相关的古迹。年代太久远，恐怕已无处寻觅，但类似纪念馆等还是可以复制一段历史的。

我的后花园

大黑河岛的西半部，有着很好的生态，那密密麻麻的树木，长得无拘无束，自由自在，生机盎然，构造了一处城市近处的天然氧吧，这在缺少树木的黑河城里，实在是不可多得。

我常常在每个周六或周日的早晨，从家里出来，步行到岛上，大约半个小时的时间即可到达。我通常是先走到岛北端的江岸，再沿着江岸向西行进，隔江即是俄罗斯的城市布拉戈维申斯克，我国称之为海兰泡。我不会在江岸驻足太久，当然，一年两度的开江和封江流冰期是个例外，那是大界河最为壮观的场面。

我的目标是岛上那一大片树，那是一个极好去处。到了目的地，我会踏入林中一条人迹罕至的小径，横穿小岛。

那是我的一个私密花园，因为较少行人，我可以自由自在地漫步，尽情呼吸负氧离子充溢的空气；我可以优哉游哉地闲逛，畅快欣赏树林里的景致；我可以信马由缰地高歌，随意抒发树木带给我的心情。因为许多时候，我极少碰到人，不用担心遇到人的尴尬，尽享森林的静谧。

岛是黑龙江上无数个小岛的一座，面积虽只有 0.87 平方公里，却因中俄互市贸易驰名中外。岛的中部建有国贸城、海关监管仓库和新近建设的民贸市场，岛的东部则是口岸，中俄边民、商旅人员进出境在那里通过。有桥与陆地相通，当然在枯水期，也可以从江汉子上踩着石头涉水上岛。冬季，更可以从冰封的江面上岛。

岛上的树多是天然的，只有环岛的杨树是人工栽种的，大概也有四五十年的历史了，那杨树已高耸入云，为小岛筑起了一道屏障。天然的树品种不少，榆树长在岛西部的内侧。榆树是清一色地生长，几乎没有其他树木混杂，挤挤挨挨，蔚然成林。特别是春天的脚步临近，嫩绿的树叶才上枝头，在黝黑的树干的衬托下，益发富于活力和生机。榆树的躯干并非笔直的，但长得很高，上下颇匀称。看到岛上榆树颀长、摇曳的身影，我觉得用婀娜多姿来形容再贴切不过。每到春日，我特别愿意走在两侧长满榆树的小径上，我称其为榆径。走在这里，我恍然置身希施金和列维坦的油画氛围中，那样清新、静谧；又仿佛走进林风眠、李可染国画的意境里，那样恬然、空灵；也可以改动古诗句的一个字，榆径通幽处……

有一年春天，这片榆树林过了萌动期还没有返青，其余的树都已身披绿装了。这让许多人焦虑，担心榆树是否遭遇了病虫害，会不会死去。过了很久，榆树终于萌发绿意，重又焕发了生机。每天在江堤上散步的人，尤其是关心榆树命运的人，悬着的心终于放了下来。还有一年，美丽的榆树竟被人砍伐了许多棵……

岛上天然的树木还有落叶松、柳树、山丁子树，还有一些叫不出名字的灌木。落叶松在春天嫩芽初上时，也令人迷恋，那被强劲的春风唤回的松针缀满枝头，是鲜嫩的绿，绿得能醉人。但最让人震撼的是秋风吹拂下，落叶松的金碧辉煌，那是令你不由发出感叹、赞美的时刻。近几年的秋天，我都会连续去几天，带上相机，拍下落叶松那灿烂的容颜。天空，湛蓝；云彩，洁白。蓝天白云下，落叶松周身金黄，这是怎样一幅色彩明快、色差强烈的画面啊！落叶松，顾名思义，是落叶的松树，学名为兴安落叶松，这是不是松科树种里唯一落叶的树种，我不敢确定。秋的尽头，也是落叶松叶从枝头飘落而下的时日。冷霜使落叶松的松针由绿而黄，迅猛的秋风又让松针脱离树枝，飘舞起来，坠落满地。落叶松的根部，松林里的小径上，都铺满厚厚的一层松针，我称落满松针的小路为松径，走在上面，软软的，暖暖的，特别惬意，这也是我喜欢在岛上漫步的原因之一。有时候，我也离开小径，进入落叶松林深处，那里的松针更厚，也更松软，踩在上面，惬意的感觉也更强烈。

让人遗憾的是，近些年时常有人用车来此取土，破坏了原始生态和大自然的和谐。据说松针土适宜养花，松针适合杜鹃花的栽培。把松针扫起弄走，倒也无可厚非，把土都挖走，就大煞风景了。还有人在松林里供奉神灵，也使森林的原始状态得到改变。近年还有人在林地里开荒种地，建起了简易住房，圈起院落，搬来了住户，甚至存放废品，鸡飞狗跳，破坏了小岛的生态，打破了小岛的宁静。

岛上还有一片樟子松，不知是天然的还是人工的，已郁郁成林，蔚为壮观。十多年前，在樟子松林里，建起了一座寺院，不知是否还要大兴土木，那有可能侵夺林木。民贸市场的扩张，毁掉了一批林木，特别是许多参天的白杨树，令许多人扼腕长叹。真担心城市近旁的这片绿地会越来越小，甚至不复存留。

小城地处高纬寒地，树木生长缓慢，真可谓百年树木啊！正因为此故，小城绿化并非尽如人意。这城市近处的风景就愈发显得弥足珍贵。虽然一直搞城市绿化，但收效甚微，没有找到适合的绿化树种可能是一个原因，适者生存的道理是千真万确的。让黑河人颇为称道的海兰街西段特别是报社附近的唐槭树，就是很好的适合当地的绿化树种。可以借鉴俄罗斯的绿化经验，他们在街头栽种白桦、唐槭、花楸、大果沙棘，以及山里的各种野果树等高纬寒地适宜生长的树种，既能看叶、花，还能赏果，倒也一举多得。城里树少，因此，在城里难得听到鸟叫，而到了岛上，就可以闻听百鸟齐鸣，尽享大自然的天籁之音。“小满鸟来全”，每年小满前后，我特别愿意驻足岛上，聆听各种各样鸟的鸣叫声。画眉鸟的鸣叫婉转动听，真如班得瑞的音乐，不必买磁带，你就在岛上尽兴地听吧，绝对是免费的。

深秋，树林里的山丁子树叶子落光，在阳光映衬下，只见红果缀满枝头，让人垂涎。也怪，山丁子并非年年结果，逢上一年，硕果累累。熟透了的山丁子又甜又面，是野果中的佳品，黑河此地人称山丁子为“糖粒儿”，也许是早年难以吃到糖，吃到山丁子就如吃到糖一般，因而得名吧。我常常在一个早上，不停地采摘伸手可及的山丁子，并不停地送入嘴里，吃得满口生津，能吃个半饱。不过有人杀鸡取卵式地采摘，上树折下树枝或树头，更有甚者，干脆把树锯倒，痛快是痛快，只是断送了一个生命，树林变得支离破碎，让人惨不忍睹。

岛的外侧以柳树居多，大都一簇簇生长。最奇则是岛的最西侧，柳树的身子是向东面一侧倾倒的，就如同一群舞者，都侧身起舞，舞姿是那么曼妙，又是那般和谐。这是由于黑龙江涨水，江水的冲击、侵压，天长日久，柳树们就自西向东倾斜了身子。像是迎接你，又像是为你倾倒。

有时候想，真希望大黑河岛的这片森林辟建一处森林公园，这该是离小城最近的森林浴的去处。有时更希望最好不开发，不要有任何人为的痕迹，就原汁原味地保留这原始自然的生态。不管怎样，此处不应再伐掉一棵树，那可是离小城最近的一处原始林地，是上天赐予的，在人们越来越在意生态环境和追求天人合一境界的今天，岛上的这些树就越发显得弥足珍贵。

这是我独享的园林，是我的后花园。其实，每个人都有精神的后花园，尤其居住在城里的人，都渴望能有一段哪怕是片刻的宁静，摆脱喧嚣，暂别世俗的纷扰，什么也不想，让大自然、让森林给心灵一个慰藉，一次沐浴。当然，这更是小城的后花园，我也愿意和更多的人分享这片树林带来的恬淡、悠然和沉醉，只是谁也别去伤害她。

如今，这里成为植物园，成为每一个本土居民休闲的园林和纷至沓来的外地游客游览的园林。

人类还有没有净土

——看纪录片《北极之旅》

昨天看了央视纪录片频道播出的纪录片《北极之旅》，感觉很震撼。

这部片子不是首播，大约十几天前，偶然在纪录片频道第一次看到《北极之旅》，那天只播出第一集。是一个外国的主持人，显然不是中国人拍的，我以为是俄罗斯拍的，因为第一集是到北极的一个俄罗斯少数民族牧场，片中翻译说是埃文人，实际应该是埃文基人。这个民族在俄罗斯有几万人，以饲养驯鹿为生。在中国，也有与之相同的民族，但名称不同，中国叫鄂温克人，主要定居在内蒙古大兴安岭鄂温克族自治旗，大概有几千人，鄂温克人最多的乡叫敖鲁古雅。

中国的鄂温克人与鄂伦春人，族源相同，习俗和语言也相近，最大的区别是前者“使鹿”，后者“使马”。由于自小就接触过鄂伦春人，对这一民族较为熟悉，也对其民俗文化感兴趣，曾创作过几部反映鄂伦春人生活的纪录片。因此在纪录片频道看到表现与鄂伦春人相近的埃文基人生活的纪录片，就觉得有亲切感。

周日（昨天）在家，起床后就打开了电视机，用遥控器换了几个台，就调到了纪录片频道，恰巧正在播《北极之旅》，刚刚播出不久，是第一集，不过不巧，与上次一样，还是没有看到开头。草草吃了早饭，就看了起来。这一看不要紧，竟然看了大半天，原来《北极之旅》总共五集，周日安排一口气播完，从早晨 8 点多，一直看到将近下午

1点。

原来以为是一部人类学片子，看完后方知这是一部关于人类生态环境状况堪忧和呼吁重视环境保护的片子，提醒人们爱护我们赖以生存的地球，爱护我们人类共同的家园。

《北极之旅》表现了沉重的主题，属于宏大叙事。

五集《北极之旅》容量是非常大的，民俗风情和地域风情也是非常吸引人的，纪实风格突出，画面优美，许多镜头的视觉冲击力特强。我原本就对北极感兴趣，那里的因纽特人与中国人相貌差不多，有人说因纽特人、印第安人都是由中国迁徙去的，那时欧亚大陆与美洲大陆是连接在一起的，由于海平面上升，后来被大洋分开。因纽特人、印第安人与鄂伦春人那么相像，都是以捕猎为生。前些年，看到一本介绍北极风情的书，是香港女旅行家李乐诗写的，她只身一人跑到了遥远的北极探险，是一位让人钦敬的中国人，曾跟随她神游了一次北极。纪录片《北极之旅》又把我带到了魅力无穷的北极。北极，本来是遥不可及，现在，则就在眼前。其实，早已有表现北极原住民生活的纪录片，即美国人弗拉哈迪二十世纪初拍摄的《北方的纳努克》，正是这部无声电影，开启了人类学纪录片的先河，也确立了“观察式”纪录片的美学风格。

《北极之旅》与《北方的纳努克》相隔了近一个世纪，早已是今非昔比。看完全片，到网上查《北极之旅》，原来是BBC的作品。拍摄纪录片水准高超的BBC，国际一流的电视媒体，有超强的制作团队，有雄厚的资金保障，也难怪层出精致之作。在《北极之旅》里，我们看到从摄影上的追求，画面唯美，又不乏纪实风格，有时为了拍摄大场面和全景，经常会用直升机在空中俯拍。该片最大的特色是出镜记者（或称为主持人）布鲁斯（看第一集还以为他是俄罗斯人）的表现，我觉得叫探险者或旅行者更为妥当，他不仅带我们到那里，他还亲自体验极地人的生活，比如与猎人一起赶驯鹿，与猎人一起去猎海豹，与渔民一起捕鱼，与矿工一起飞跃悬崖凿岩放炮。布鲁斯有时对着我们讲述他要到哪里或即将要干什么，也发表观感，那么随意、自然，但又不乏深刻。他带着我们去了北极圈或靠近北极的俄罗斯、加拿大、美国、丹麦的格陵兰岛、挪威以及隶属挪威的斯瓦尔巴群岛。我们不仅看到了北极原住民的生活习俗，也看到了他们的民俗文化。当然不仅如此，更重要的是纪录片创作者的关注现实的那种勇于担当的责任意识。《北极之旅》与《北方的纳努克》时代已不可同日而语，不仅是光阴流转，更主要的是生存环境的变化，全球气候变暖，北极的冰川正在消逝，冰原越来越薄。片子里我们看到与因纽特人一样靠冰天雪地生存的北极熊，也越来越难以有生存的空间。外来资源开采者的入侵尤其让那里已不再是净土，比如在加拿大北极地区、美国北极地区、挪威北极地区，对石油、黄金、铅锌矿的开采，大型挖掘机、自卸车搅起漫天烟尘，开山的隆隆炮声让寂静的北极充满喧嚣声。从直升机上拍摄的画面中，我们看到大片的绿地已不复存在，代之以掘开的土和岩石，只见炼油厂的井架和烟囱林立，片中虽然一位石油开发商说，采过石油后，他们会恢复原样，重新植树，但被损毁的系统再修复恐怕很难。驯鹿迁徙的通道被阻隔，原始森林被肆意砍伐，北极的黎明已不再静悄悄，北极的原住民忧心忡忡。

在第五集也即全片快要结束前，布鲁斯在挪威本土，他说还要到一个地方，就是隶属挪威的斯瓦尔巴群岛，在那里，有世界多位研究气候的科学家在那里工作。其中一位女科学家为我们当场进行科考，她说，原来的冰层厚度是几十米，只短短几年时间，就只有几米的厚度了。另一位科学家说，冰原的消失带来的气候变化，会影响中国的农业。恐怕这不是危言耸听，原来距我们遥远的北极，和我们的生存和生活是那么息息相关。

《北极之旅》不仅给我们带来了北极风光的视觉盛宴，更让我们思索，思索人类的命运。我们感叹传统文化和少数民族文化正渐行渐远，我们更感叹生态环境正发生的天翻地覆的变化，而这种变化又难以阻止。

《北极之旅》的开篇和结尾语耐人寻味：

“数千年来，只有最剽悍的猎手和牧人，才能在这片不毛之地上生活下去。但现在，北极正以难以置信的速度变暖。随着冰雪消融，新的宝藏显露出来，这里是万人瞩目的焦点——石油，所有人的目光都投向了北极。整个明媚的夏天，我都将和北极的居民待在一起，并探索这片神奇荒野的未来将何去何从。”

“我就要离开北极了，回望这六个月的行程，最令人难忘的是当地人的热情和真诚。我与猎人同吃同住，见证了他们为捍卫传统而进行的不懈斗争，我还看到，土地对于人们健康和快乐，有着如此重要的影响。北极财富的争夺赛已经拉开了序幕，发令枪声还在耳边回响。人们能够借此创造财富，但代价又有多么沉重。很多人担心对北极的疯狂掠夺，会深深影响这片脆弱的土地和那里的居民。我们可能会失去对世界的感知，以及与自然和睦相处的能力。北极的未来就掌握在我们手中，这里发生的一切都与我们息息相关。”

“北极的未来就掌握在我们手中”，但愿这不是布鲁斯的美好愿望，不是 BBC 的美好愿望，而是我们全人类的美好愿望。

家　园

——读《狼图腾》想到的

姜戎的长篇小说《狼图腾》是近年少有的佳作之一。看了《狼图腾》后，除了对狼的勇猛、智慧、高超的战术和极富团队精神印象非常深刻外，书中揭示的人与自然的关系让我感慨良多。

《狼图腾》中额仑草原起初是水草丰美、羊肥马壮的，因为蒙古族牧民热爱生养他们的美好家园，懂得让草原休养生息，重视草场保护，绝不乱垦草原。尤其是对草原狼的爱恨交加的感情耐人寻味，让人深思。草原狼是过去游牧民族图腾崇拜的偶像，富于攻击性、战斗性，侦察、布阵、伏击、奇袭的战术高超，不屈不挠，视死如归。由于狼的存在，使马为了生存而保存着野性；由于狼的存在，使草原上老鼠、獭这些破坏草场的天敌不至于猖狂。当然，因为草原狼保持着嗜血的兽性，由于狼的存在，使畜群受到致命的威胁。蒙古族人懂得草原狼与草原万物的辩证关系，杀狼但绝不赶尽杀绝。

蒙古族人像爱护自己的眼睛一样爱护自己的草原，自己的家园。而其中农区来的人则不重视草场的保护，以保护羊群为理由，用各种手段把狼打尽了，把黄羊和獭杀绝了。向白天鹅射箭，掏天鹅蛋，然后烧天鹅肉吃，煮天鹅蛋吃。特别是在草原上开地、种庄稼，使得草原变成屠场，变成米粮川。于是草原没有了，黄羊也看不见踪影，“风吹草低见牛羊”的景象更难以看到了。草越来越少，草原逐渐沙化，但羊群却在扩大规模，越来越多的农耕人群涌向牧区。

有一年，我在中央党校学习期间，与几位同学一起去呼和浩特，到那里后，我们急于想去看看草原，热情的主人派车拉我们去葛根塔拉草原。我们到那里一看，根本不是我从前想象的草原的样子，只看到稀疏的小草长在沙化了的土壤上，繁茂的草只长在用铁丝网等围起来的地方，也就是“草库伦”里。羊太多了，草原得不到休养生息。

我接触过住在刺尔滨河畔的鄂伦春人，他们对破坏森林资源者深恶痛绝，林子没了，野生动物也就越来越少了。他们狩猎时，不打哺乳期的动物，不会用投毒等方法猎获动物、捕鱼。他们说起非法采金者义愤填膺，河床毁了，植被没了，河水浑了。

少数民族的人在爱护家园、保护环境方面很值得我们学习，我们要学习他们强烈的生态意识，我们要学习他们与自然和谐相处的生存方式。我们的家园早已不堪重负，我们要加倍爱惜自己的家园。

从报上得知，黑河已有百年以上沙金开采历史，但掠夺式开采不仅使沙金资源陷入枯竭境地，而且极大地破坏了河流、草原、森林等资源。市政府明令从 2005 年 1 月 1 日起在全市范围内实行沙金禁采，这是保护生态环境的重大举措，应该为之拍手叫好。

花乡，花香

刚刚还在说春天的桃花，转眼已是盛夏。这里的节气还是很分明的，因刚进立夏没几天，炎炎夏日已然光临。从昨天开始，气温就过了三十度。

今天学生毕业论文答辩，从学校回来，感受到了夏天扑面而来的热浪，女同学都用起了遮阳伞，男生有很多都穿起了短裤。早晨出门前，我也找出了 T 恤衫。

桃花谢了，月季接上了头，现在月季开得正火。月季是这个城市的市花，各条马路的绿岛里，盛开着月季；单位的庭院里，盛开着月季；小区的楼下，盛开着月季。我居住的小区，院子里的月季花有一人多高，花有红、粉等颜色。在马路上、别的小区里，还看到白的、黄的月季，还有复合色的月季。月季花的花期长，记得小区里的月季花，去年一直开到 12 月份。对面楼的老教师，在楼的前后栽种了月季，有红色，还有粉色、黄色，那花朵特别大，枝头绽放两三朵，非常耀眼，非常明丽，也非常灿烂。

满城弥漫着花香，从春天一直弥漫到秋天。先是白玉兰，花香宜人，然后是郊外的油菜花香。海棠花开了，紧接着就是“桃花朵朵开”“千树万树梨花开”，都芳香馥郁。桃花开过，樱花怒放，密集的花朵缀满枝头，最奇是樱花落时，它不是花瓣飘落，而是正值繁盛时，大朵的花悄然坠落。紫藤的花，也香气扑鼻。现在是月季花香，还有路边摆放的一种小黄花，路边盛开的一种白色花，都芳香四溢。还有泡桐树的花，据说也很香，因其高大，不好闻嗅。开始不知是什么花，请教对植物颇有研究的盖老师，他说是本地梧桐。由于从大森林里来的缘故，我也是对各种植物感兴趣，尤其是淮河以南的植物，颇觉新奇，总想探个究竟。五一去了河南洛阳，又多次见到这种树，碰巧一位海南的游客认得，才知道原来是泡桐。这个树名还是在县委书记的榜样焦裕禄的故事里知道的，焦裕禄到兰考，就组织大家栽种泡桐，因这种树是速生树种，尤其适合兰考的土质生长。去年还没有注意到泡桐，今年才发现，在我家客厅里北望，就能看到好几棵，小区的围墙外，也有一棵。这是除了我见过的白玉兰还有羊城的木棉树外，长得最高大的繁花似锦的植物了。她的花是介于粉、紫色之间，朴实，但也华美。此次去少林寺，还看到一种高大的开花的树，与泡桐相似，还是这位海南人，问了少林寺的僧人，知晓是楸树。少林寺的楸树是古树，应该有上百年吧，树干粗壮，树干高耸，花的颜色如同泡桐，花型不一样，更具魅力些。后来看到一株楸树下，有标牌介绍，称其花、果皆可食。

这几天，在去单位的路上，在校园里，一股芬芳之气随风荡漾，直入肺腑，知道芬芳之气是来自路边的树，但不知是什么树。今天从校园里出来，听同事蔡老师说，是香樟树，它的枝头正在开花，是色泽淡淡的不引人注意的非常小的花，却也这般香气袭人。临近的小区，栅栏内，近日盛开一种粉色的花，它有两三米高，枝头上花团锦簇，密密麻麻，花香浓郁，问讯一位女士，她说是野玫瑰，过去种植在篱笆墙边，以防外人进入。但和我从前见过的野玫瑰可不一样，我在黑龙江见过的野玫瑰花朵是单片的，没有这么枝干高、花朵大而密。再过一两个月，广玉兰该开了，她也是蛮香的。而金秋时节，桂花那独特的、沁人心脾的香气，会充溢整个城市。

春天里百花香，夏天和秋天里，也有不止一种花香。就是说，一年有十个月，是有各种鲜花次第开放的，而且多数是花香醉人的。近日没有去植物园，不知那里的情景。据晚报消息，五一节期间，樱桃园花卉市场，多种鲜花绽放，那里是花的海洋。

有各种各样鲜花接连不断开放的城市是美好的，有各种各样鲜花接连不断送来馨香的生活是美好的。

第 三 辑

在大森林里认识的上海知青

随着著名知青作家梁晓声编剧的电视剧《知青》在中央电视台播出，又唤起我对认识的知青们的回忆。在那个特殊的年代，少时生活的林区，接收了几十名来自大上海的知青，大森林与大上海，既相隔千万里，却又好像近在咫尺。知青在林场待了十年左右，他们把最美好的青春年华留在了大森林深处。他们中的一些人我至今还印象深刻，因为他们中有我的老师，还有后来同台演出的宣传队友，也有我后来的同事。

一

那是遥远的二十世纪七十年代初，我在大兴安岭深处一所森林学校上小学。记得是个冬天，一天，来了一辆大客车，载来近四十名上海知青，年少的我和小伙伴儿跑去看热闹。

他们下车时，一脚踏上冰天雪地的林区，远离故乡大上海千万里，不知是何心情。其实那时他们也还是孩子，应该都是1969年初中毕业，也就是十六七岁的样子。但看他们当时还是精神抖擞的，响应伟大领袖的号召，知识青年到农村去，在那里是可以大有作为的！青春的热血沸腾，看不出他们有多么不情愿。其中还有知青一下车就把红旗打了出来，上面是“海南中学”四个大字。后来知道，这三十多人中，包括几个学校的学生，其中海南中学占了三分之一，另外人数多的还有长春中学，其次是继光中学、金沙中学。

我不知道他们是如何适应环境的，北疆林区与南方都市相比，居住、饮食、气候等都有天壤之别，他们肯定会不适应。不过我觉得还算幸运的是，他们到了林场，条件总比去农村插队和到兵团的好一些。刚来时，他们住在大食堂里，大概过了一年，林场就为他们建起了两栋平房，一栋住男生，一栋住女生，冬天有专人给烧炉子取暖，还有单独的食堂，厨师就从知青中选，做出的饭菜也能合自己胃口。只是那时黑龙江还没开始种植水稻，主食是以白面、苞米面为主，蒸馒头、蒸发糕，细粮粗粮要搭配着吃。

知青与林场职工一样，从事林区的工作，春天植树造林，夏天和秋天清林打带、打草、育苗、种地，冬天是林业生产的黄金季节，知青们与职工一道去山里采伐、造材、集材、归楞、检尺。上海知青里也有体格健壮的，如周惠中、王金宝、田三勇等，就逐渐成了抬大木头的主力，那可需要一点好体力，六个人或八个人，要抬刚刚伐下的粗大的落叶松原木上跳板，装到运材汽车上。

二

知青毕竟来自大上海，虽然只有初中毕业或小学毕业，但见识和文化还是比地方青年要多些、高些，整体素质都不错。这样陆续有知青学技术，干上不用出大力的工作，林区人称“俏活儿”。周国栋当上了拖拉机手，孙继真等做了检尺员，贺永国管理苗圃，徐国庆到卫生所当了赤脚医生，还有几位到学校当上代课教师。

做代课教师的几位知青都教过我，其中一位不是知青，而是知青大队干部，叫严凡，是在上海从事文化工作的，她与丈夫李鹰一道来林场，是举家前来，把他们唯一的儿子李小鹰也带了来。严老师丈夫李鹰也是文艺工作者，因为我那时小，也不了解他们夫妇二人究竟是干什么工作的，是搞文艺管理还是创作，不得而知。严凡老师戴着眼镜，是很有气质的知识女性，她给我们代课时间不长，是语文课，留下深刻印象的是她教我们舞剧《白毛女》里面的唱段《大红枣儿甜又香》，这是与以往的音乐老师不同的教法，感觉到她的专业水准。当然还记得有一次违反课堂纪律，她对我大发脾气的情景，那次是因为操场有班级上体育课，我正好靠窗户，就转过头趴到窗台上向外面看热闹，被严老师严厉地批评了，她用带着上海腔的普通话大声喊我的名字。现在想来，觉得真的对不起严老师，也不知她是不是还在世，如果有机会，要跟她道歉，不过过去这么多年，她肯定早已忘记了。

还有一位老师也姓严，叫严莹，是一位女知青，文静、漂亮，她也是教我们语文课。还记得她教我们拼音的情景，由于普通话说得不是太规范，她明明是要让我们读一声，她却念出的四声，教我们“观”字，她领读的发音是“冠”（四声），我们也跟着学她的声调，把她乐得前仰后合。可惜后来她不教我们了，去了林场的小卖店当了售货员。再后来，她与也在商店工作的黑河知青曾庆深结婚。曾庆深是老三届的第一届，1966 年高中毕业（高考前赶上“文革”，高校停止招生），底子厚，学养好。后来他到了林场子弟校教初中理化，彼时我已到县林业中学读高中，遗憾没有听过他的课。后来我高中毕业回场，干过林业的大部分工种，两年后，我也到了学校代课，教初中语文，竟与我小学时老师的丈夫做了一年同事。一年后，我参加高考，接到录取通知离开大森林，不久严老师随曾老师调入新组建的黑河五中，几年后举家调往上海。二十世纪九十年代，曾老师回了一次黑河，我们通了电话，约好去看他而不遇，好像他过境去了俄罗斯布市旅游，失之交臂，这以后就再也没有联系。

教美术的老师叫商嘉民，据说他画画儿有家传，那时因为小，听知青和大人们说，他爷爷、父亲都是搞美术的，说他的爷爷或是父亲会气功，那时还是第一次听说气功，感觉很玄妙，不知怎么回事儿，但认为与武术差不多吧。商老师细高身材，有一米八几，他画的画儿的确好。记得他们来场后的第一个夏天，每到傍晚，吃过晚饭，他就在知青当时住的大食堂前面的落叶松树下，给知青同伴或林场职工画像，很快就画好，画得还真像。“文革”后好长一段时间，我们上美术课与许多课一样，也没有教材，因此教得也不系统，每次上课商老师先在黑板上画一幅画儿，然后让我们照着画，但没从基础学起，上来就画人物，肯定画不来。一次他让我们画《小民兵》，也是他在黑板上先画了一个拿枪的少年，然后让我们当堂画，我们多数都画不出，不知从何下笔，他就告诉我们怎么画，还画不好，他就在我们的作业本上唰唰几笔，就把那英姿飒爽的小民兵的形象勾勒出来。只是可惜了这么好的美术老师，在那个连教材都没有的年代，他没有施展开。想想自己也觉得懊悔，遇到这么好的美术老师，竟然不知道跟他拜师学画画儿，其实那时又有几人能有此眼光啊？

写到此，不由想起张洁的小说《从森林里来的孩子》。小说里的主人公伐木工人的儿子孙长宁，也是个林区少年，赶上了那个无文化的蒙昧年代，但“黑线人物”梁启明老师的到来，改变了孙长宁的人生命运。梁启明用音乐开启孙长宁的心门，跟着梁老师学习，森林里的孩子踏上了音乐的殿堂。“文革”后他来到北京，考上了音乐学院，他的演奏给评委带来震撼。正是梁老师的启蒙，孙长宁才走出蒙昧。我是在广播里听到的这篇小说，也由此喜欢上了张洁的作品。从孙长宁身上似乎也能找到自己的影子，只是商老师在林区待的时间短，没有得到他绘画的启蒙。

商老师常常为场里画宣传画，画到办公室的外墙或专门做的宣传板上。当时时兴宣传画，画的题材主要是“提高警惕，保卫祖国”“打击来犯之敌”等，正值珍宝岛事件发生不久，全国上下开展“备战备荒为人民”的时候。对于商嘉民来说，那也是宣传他绘画才能最好的广告，城里人来场，在最醒目位置的宣传画总是夺人眼球，大森林深处，竟有人画得这么好！总有人打听是谁画的，商嘉民遇到了伯乐，最先慧眼识珠的是林业放映队队长李魁武，他把商老师调到林业放映队，说是让他画关于护林防火宣传的幻灯片，那时放映队有宣传防火的任务。到了林业局，又很快被县里有识之士发现了他的美术天赋，《黑河日报》

美编、画家姜荣慧老师在报上刊登他的绘画作品，还曾推荐他到报社工作；爱辉县文化馆的人也赏识他，经常抽调他搞创作。几年后在林业局被推荐上大学，作为工农兵学员回上海，读的是上海戏剧学院舞美专业，毕业被分配到上海沪剧团搞舞台美术，回到了父母身边，绘画才能也有了施展之地。

三

知青里多才多艺的人不少，由于带队干部李鹰、严凡本身就是搞文艺的，自然会组织知青和林场职工排练节目。那时文化生活贫乏，电影放映队也是一个月左右才能转过来一次，自行排练节目为职工、家属演出是主要的文艺活动。学校也组织学生排节目，我也是一分子。组织毛泽东思想文艺宣传队也是那时的一项工作任务，领导重视，大家参与的热情也高。知青里能歌善舞的文艺骨干有张捷、陈雪章、叶雪芬、黄曙霞、陶丽伟等，周惠中、朱纪新会拉手风琴。记得知青来场不久，场里就组织排演了样板戏《智取威虎山》，乐队、演员都是知青和场里职工，以知青为主，记不得是不是李鹰导演，也记不得林场职工都演了什么角色，倒是记得知青扮演的几个重要角色，贺永国、陈雪章、张捷、叶雪芬分别扮演杨子荣、少剑波、猎户老常、小常宝。在那样的条件下，也不知都是在哪里搞到的服装、道具，但演得也蛮像回事的，他们演出的一些场景至今还记忆犹新。

这几位主演后被抽到县林业局护林防火文艺宣传队，排练节目到各林场巡回演出。他们一去就是几年，后来宣传队解散，他们又陆续回场，张捷、陈雪章分别被安排做了防火专职人员、会计，坐办公室。小常宝叶雪芬则由于家里有老人需要照顾还是其他原因，得以提前返沪。因为有文艺才能，他们几乎没有从事多久重体力工作。后来场里每到春秋两季森林防火戒严期，都组织防火文艺宣传队，到联防区演出。联防区由两个林场、两个公社和一个兵团独立营（哈青农场）组成，都排练节目，分别在联防区各单位演出，上海知青文艺骨干张捷、陈雪章、黄曙霞以及黑河知青单威、吕玉光、卢平、孟庆燕等都是主要队员。这时我也在外地读完高中毕业，高中毕业成为回场知青，也参加了防火文艺宣传队，与上海及黑河知青一道排练节目。记得上海知青有张捷、陈雪章、黄曙霞，张捷是我们防火宣传队队长兼导演。黑河知青有单威、孟庆燕、刘玉荣，林场知青有说快板书的孙中信，我还有刘国跃等是新队员。受当时收音机里经常播出的一段很火的相声《猪的故事》（好像是常贵田、常宝华合说）的启发，我编写了相声《木头的故事》，宣传树木的重要，提醒人们爱护和珍惜森林和树木，由我和张捷合说，效果还不错。特别是在鄂伦春族定居的新生公社演出的那一场，表现最好，因为前一晚在一个林场演出时，也许由于紧张，我中间竟忘词了。那时还能见到鄂伦春族妇女挎着摇篮带小孩儿到大礼堂看演出，觉得很新奇。当晚演出结束，我们住在公社招待所的火炕上，听张捷和陈雪章用上海话说我今晚发挥得非常好云云。黄曙霞的女生独唱，还是有一定水准的。

四

知青中，有一些人很快融入了当地人的生活，从生活习俗到衣饰打扮，甚至有的知青还与当地人相爱成婚，如张时云、蔡洁、刘秀兰、郑志英、徐惠娟、陈光伟、严莹、田三勇等人，

张时云与林场人几无二致，后来他因有理发手艺，就当了理发员，同时兼职邮递员，每隔三两天或是每周一次去七十里以外的新生鄂伦春公社取一次报刊包裹信件，我的高考录取通知书就是他给取回，他的妻妹小名儿叫小清的给我送到家里。我参加工作的那年冬天，张时云当时大概就是当邮递员，从林场往山场送报刊和信件。一次从采伐的山场黄窑山返回林场的路上，遇到狍子，这位戴眼镜的上海知青竟然用步枪打到了一只狍子，让人佩服这个个头不高的上海青年竟然成了勇敢的

猎手。

第一个与本地青年谈恋爱的是上海知青蔡洁，本地青年外号三林子，是个性格特豪爽的一个人，他们爱得轰轰烈烈。几经磨难，最后终于喜结连理。后来知青返沪，蔡洁先回，没过多久，也把三林子带到大上海。可是三林子与他名字一样，喜爱大森林，喜欢跋山涉水，他是一位出色猎手，后来练出的涉猎本领不亚于鄂伦春猎人。他在上海生活不习惯，眷恋山林，眷恋让别人帮助代为饲养的猎马和猎狗。不顾蔡的反对，毅然跑回山里，整天骑马打猎，以山为伍，乐不思沪，怎么叫都不回。后来回去一段又跑回，蔡又回山里接他，并一气之下把他的猎马和猎狗卖给了鄂伦春人，这样彻底断了他的念想，夫妻双双回上海，从此三林子再也没回过大森林。前些年听说他在一家酒店打杂，其实他是烧得一手好菜的，大概是 1990 年，我回场探亲，当时他不知是第几次从上海“逃”回，还在场里，还把我叫到他家里，做了一桌子拿手好菜，以野味为主。印象最深的一道菜是他用豆腐乳烧野猪肉，以前从没吃过这样的做法，感觉新鲜，口味也非常别致。习惯了大森林生活的三林子，最终还是融入上海都市的水泥森林中，不知他的梦境里还是不是经常出现兴安岭林海，在白日里是不是经常回忆他当年“左牵黄，右擎苍，锦帽貂裘，千骑卷平岗”的那种畅快和豪情，怀恋纵马驰骋山地和沟塘的难以忘怀的日子，现在是不是还常常东北望，期冀“射天狼”？

也有的不与本地人婚恋，坚决要找上海人，如贺永国就是其中之一，后来如愿以偿，他与同来的吴蓓一恋爱，回到上海后结婚。张捷与知青孙继真恋爱，也是回沪成婚，还有王金宝与大周也是。高培华则与另一个林场来支援集材的拖拉机手谈上恋爱，对方也是上海知青。

离开林场最早的知青是嵇瑞泉，是当兵入伍离开的，他也是唯一一位参军的知青，去北京铁道兵部队，听说在部队表现不错，给首长开小车，后来可能是提干了，不知何时复员，好像在京成家立业。返沪的知青，还有被推荐上大学的金燕雯、周国栋，都是回沪读大学，徐国庆去了黑龙江中医学院，毕业分配到了黑龙江东部煤城。徐国庆离开林场前是赤脚医生，一个寒冷的冬天，我母亲突发疾病，就去找她。她背着药箱，顶着刺骨寒风赶到我家为我母亲看病。她温柔、和善，虽说当时医术水平不怎么高，但待人友善，她毕业工作后回过林场，还专门到我家看我母亲。还有就是可能是因家庭等原因陆续回去的叶雪芬、岳红、施惠琴、马丽萍等，听说马丽萍的父亲是部队高干，她美丽、端庄、文静，落落大方，常穿着绿军装，是我少年时代的偶像，记得隐隐约约听大人们说她好像是因为在沪谈了朋友而返沪，对方是在空军服役。高培华是回族人，头发带点黄还有些卷曲，很洋气，她特别爱笑，见到她时始终是笑脸，她与另外一个林场的上海知青谈恋爱，后来也调入那个林场。

回场上班，在采伐号曾与孙继真一道在山场检尺，是为将要造材木头检尺，也就是量材。我们一人拿一根手腕粗的一米长的棍子，对已经伐倒的大树的质量判定是应该做什么材料，确定有几种：原木（有六米和八米长的）、特桩和普桩（建造桥梁的特殊桩木和普通桩木）、特电和普电（做电线杆的特殊电杆和普通电杆）、坑木（矿山井下用）。我们判定好，用木棍量好，即在上面用手画上记号。木头上面覆盖有积雪，然后油锯手根据我们量好的尺寸把大树锯断，这就是造材。我由于是第一年上山采伐，记得采伐号是离家很远的黄窑山，我又是第一次干这样有些技术含量的工作，孙继真已经是业务娴熟了，我跟她学，她也告诉我应怎样量材，我也受益匪浅。待转过年，大约是 1977 年的春夏时节，她就返沪了，就再也没有回来。后来听依旧在林场的她的男朋友张捷（此时任林场团支部书记）说，她返沪后不久恢复高考，在上海还是哪个郊区县复习报考，由于功底好，学习好，考上了一所中专。

山场检尺，不像楞场检尺那样轻松，需要爬冰卧雪漫山遍野地跑，但比伐木、装车等还是要轻松些。曾与大周（大名叫周爱珍，另一位叫周爱华的称为二周，但二人并非亲姐妹）等知青一起清林，那时刚刚粉碎“四人帮”，听她们用上海话议论“刚青”（即江青，上海话江发音为刚）如何如何，想到，上海人知道的就是多。也正是由于粉碎了

"四人帮"，精明的上海人似乎感到风向要变了，他们在黑龙江畔生活的日子到头了，终于有希望可以回到黄浦江畔了。这个大事件，给他们回沪带来了希望，就在两年后知青开始大返城。

五

冬天去山场采伐，我和知青朱纪新、田三勇等人住在一顶帐篷里，这两人都读了不少书。当时我们晚间下班后的娱乐活动，主要是听人说书、讲故事，喝完酒表演节目，看表演才能高的人耍活宝，再有就是收听广播。至今我还纳闷，当时广播的信号何以那样强大，在遥远的大森林里，广播信号是那样清晰，能收到许多台（当然当时称"敌台"的苏联台信号最强大）。最不可思议的是几个蒙古族地区台接收效果最好，包括"文革"时划入黑龙江的呼伦贝尔人民广播电台、划入吉林的哲里木人民广播电台。因为刚刚粉碎"四人帮"，广播里几乎每晚都有诗歌朗诵音乐会节目，就是歌颂粉碎"四人帮"伟大胜利的诗歌作品以及怀念周总理的诗歌作品，有郭沫若、郭小川、柯岩、李瑛等人的作品，朗诵者主要是殷之光、曹灿、瞿弦和、郑振瑶、陈阿喜等。歌曲除了歌颂粉碎"四人帮"伟大胜利及怀念周总理的作品外，就是一首首老歌陆续解禁，被禁锢的歌唱家也陆续回到我们中间，当时第一次听说王昆、邓玉华、王玉珍、黄婉秋的名字，也第一次听他们演唱，如果王玉珍的《洪湖水浪打浪》、黄婉秋的《刘三姐》在收音机里响起，我们就会在帐篷里一片欢呼。知青比我们年龄大几岁，这些老歌儿他们都熟知，并且会唱，记得张捷就跟随广播里播出的《刘三姐》一同唱和。知青里真有记性好的，我们几个诗歌爱好者一起收听朗诵郭小川的《团泊洼的秋天》和《秋歌》，听了几次，周惠中竟然背了下来。与我一起修运材道的朱纪新，是个文学爱好者，不仅书读得多，也写诗歌、小说，听说他父亲是老师，家学好，文字功底不错，后来到场子弟学校当了语文老师，一直到返城，不知回沪后，他的文学梦实现了没有。回沪后周惠中倒是写作勤奋，发表了不少以林区生活为题材的作品（我后面还会提到）。

我还曾与李小鹰共事一个夏天，严格讲他与其他上山下乡知青有些不同，他是随父母来的，前面提到过，他父母是插队干部李鹰和严凡，是举家前来。大约在林场待了三五年吧，他父母就提前回沪了。李小鹰自己留下来，后来被推荐上了东北林学院，毕业后分到黑河地区林管局。我回场工作的第二年夏天，他来场搞森林病虫害调查，需要一名助手，当时我在检尺班，夏季也没有多少事，技术员蒋德军便向他推荐了我。这样，在李小鹰指导下，我就每天去森林里采集昆虫标本，记得是用玻璃瓶，里面放些白糖做诱饵，我每天去查看，记录数据，单调但并不繁重，现在想来，他这是在搞科研。后来我因参加高考，就没有继续与他合作。他当时还对我报名参加高考予以鼓励，我还把他请到家里，让母亲为他包饺子吃。他的森林病虫害调查研究取得了怎样的成果，后来的情况就不得而知了。前些年，听刘秀兰说过，知青大返城时，李小鹰也离开了林管局，回了南方，但调回上海有相当大的难度，好像是调到了毗邻的苏州或杭州的园林部门。还记得他留着小胡子、温文尔雅的样子，也记得他给予我的激励。

大批返城好像就是在 1978 年的冬天，知青回沪过年，多数人就再也没回来，到 1979 年 10 月我参加高考离场时，还有不多的知青在场里。不像来时，一同前来，返城时没有大规模的集聚高峰，知青陆陆续续离开了他们洒下青春的热血和汗水的黑土地、大森林。记得走得较晚的周爱华、陈鹏丽等，后来也都回去了。张捷走得也是较晚的，因为我离场上学前参加了一次扑救特大山火，当时他还在。最后回沪顶替进了他父亲或是母亲工作的厂子，有名的上海柴油机厂。

六

成千上万的上海知青，还有北京知青、天津知青、浙江知青以及本省城市青年，响应伟大领袖的号召，上山下乡，来到北大荒，来到黑土地，来到北疆，来到当时的反修前哨，广阔天地炼红心，接受贫下中农再教育。不管怎样，时代的大潮让知识青年离开城市，来到那片神奇的土地，对于他们，也是一次特殊的人生经历和生活经历，也是一笔宝贵财富。黑土地走出来大批的知青作家、演员、记者、学者、画家、商人及官员，有人称他们是"北大"（北大荒大学）毕业。知名的有作家梁晓声、金宇澄、张抗抗、肖复兴、邹静之、李龙云、贾宏图、蒋巍、陆星儿、陈可雄、周励、李晶、别闽生、韩乃寅、冯敬兰、郑久婵、黎晶、王国臣等；知名记者、主持人有朱伟、何志云、曹焕荣、敬一丹、于芳、张持坚、徐江善、谢金虎、周确等；知名演员有姜昆、濮存昕、师胜杰、赵炎、翟万臣等；知名学者有陈力丹、胡鞍钢、何新、张鸣等；画家有李斌、陈宜明、刘宇廉、沈嘉蔚、潘衡生、赵晓沫、蒋明、周胜华，以及我的老师商嘉民，还有郑小鹏、龚卫海、张中达、江舟等；官员有王伟光、卢展工、解振华、张志军、崔天凯、姜大明、刘东辉等。还有围棋国手聂卫平、乒乓球冠军张德英都分别从北京、上海来到黑河地区的农场。邹静之、梁晓声、贾宏图、姜大明、刘东辉等也都是在黑河境内的兵团和农场，梁晓声、姜大明、刘东辉、周确还在一个地方，原黑龙江生产建设兵团一师一团，后来改建制后的锦河农场。贾宏图所在的一师独立营，前身为哈青农场，是哈尔滨青年农场的简称，后来改建兵团序列，也来了大批上海、北京、天津知青，兵团撤销也并入锦河，后来撤点，变成爱辉区西峰山乡龙泉岭村。在爱辉县插队的知青韩自力、费凡平、张亮、王建国等，回沪后成为上海滩的名记者、业余作家；梁国伟考到哈尔滨的省艺校编剧班，成为剧作家，后到一所大学任教授。也有的成为赫赫有名的金融家、企业家，如阚治东、张人模、创办高博特的张刚等。

对于黑土地，知识青年的到来，是一次文化冲击，或多或少、有意无意之间引发黑土地原住居民观念的变革、生活方式的变革。比如上海人的精明、上海人的爱清洁，都影响了当地人。记得上海知青穿得都比较整洁、利索，洗衣服勤，衣服都洗得泛白，无论男女，身上都有一股浓烈的香皂味道。上海知青回沪探亲带回的上海糖果、饼干等食品，还有服装等，都让我们感受大都市的气息。

知青有许多人爱学习、看书的，朱纪新从家里偷偷带来一些“文革”前的书籍，我们在帐篷里传看，他把写的小说寄回上海，请父亲找一位同事看，帮助提意见。在帐篷里，他还把父亲的同事的回信拿给我看，说这位老师是“文革”前华东师大中文系毕业的高才生。我曾到知青宿舍，看过陈光炜收藏的小人书，其中有一本是关于我边防军在珍宝岛保卫战中英勇献身的故事。张捷、陈雪章在粉碎“四人帮”后，还从上海给林场图书室买了不少文学著作，使我们身处深山老林，也可以看到刚刚出版的中外文学名著。那时我刚刚高中毕业回场上班，先是属于五七生产队，一年后成为正式的林业工人，这时便与知青一道工作了。他们的勤奋好学等都给我们这些本地青年深深的影响，

因为知青到北疆，大上海也给当地经济的发展提供了一些援助，如星火糖厂的建设。应该是上海市（当时叫革委会）决策吧，在地处边境的黑河地区嫩江县北部山区（算是北疆地区的内地）建造星火糖厂，也许是为了安置知青，也许用现在的话是为了帮助当地农民脱贫致富，由上海来到黑河地区爱辉县二站公社的插队干部姚力任总指挥前往筹建，这姚力可是高级干部，当过周总理的秘书，上海市高教局局长。建星火糖厂的所有设备都是从上海调运过来，就连红砖都是从上海运来，先是用火车运至嫩江，然后再用汽车走三百多里日伪时期修建的火车道的路基，路又窄又险。糖厂还附带有自备电厂，规模很大，只是遗憾，不知何故，厂建好没有运行就废弃了。也许是知青开始大返城，也许是地处大山里，离火车站远，收造糖原料甜菜疙瘩难以及运输成本太高。后来建黑宝山煤矿，糖厂的自备电厂由煤矿接收，经过改造成为煤矿的自备电厂。

七

当时上海没有忘记知青，也因此使北疆人受益，如经常有上海医疗队来，有慰问团来。还有一年，上海还派来放映队，带来电影来放，自然是慰问知青，当然我们当地人也跟着借了光，放的是什么电影已记不得了，应该是“文革”期间拍摄的电影。上海有关部门还专为知青编辑、出版过丛书，除了文学作品、政治理论读物外，竟然有一套涵盖语文、历史、政治、哲学、政治经济学、地理以及数理化等基础学科的丛书，类似今天的考试辅导用书，这样知青能有书可看。本来上海知青文化底子就好，又有家乡提供的精神食粮，对于那个文化匮乏的年代，可谓是雪中送炭，因此无论推荐上大学，还是1977年恢复高考，知青都能有备而来，许多人考上了各类院校。

众多知青参加了修筑战备公路大罕公路的建设，洒下青春的热血和汗水；一些知青抽调到黑河参加“九二九”分队。还有许多知青的宝贵生命之火在北大荒殒灭，生命永远定格在十几二十几岁，有的因扑打山火壮烈牺牲，有的为抢救公共财产而牺牲。最为著名的知青英雄是金训华、张勇、陈月玖，以金训华为原型，黑龙江工人作家郭先红创作了长篇小说《征途》，后来还由上海电影制片厂改编成同名电影。也有意外死亡的，如下乡到黑河孙吴县的上海女知青李志坚，冬天到井沿儿挑水，由于井沿儿结冰，光滑、危险，不慎掉入井里因公殉职，正值二十岁左右青春好年华，非常让人痛心，记得当时的《黑河日报》还发了写她事迹的人物通讯。在林场的上海知青说工作也是很危险的，比如伐木、抬木头、集材等，我参加工作第一次上山采伐，我们乘坐“东方红”链轨拖拉机牵拉的大爬犁去采伐号，到那里搭帐篷，采伐。因路面滑（其实也没有路），弯路和陡坡多，坐在爬犁上，有时在甩弯时会被甩出去。记不得是上海知青周惠中还是谈官宝，就被甩了下去，在大爬犁的横梁上被卡住。拖拉机的噪音特别大，驾驶员根本听不到也未看到，并不知情，拖拉机依旧全速前行。周惠中是个大个子，毕竟不比瘦小的人灵活自如，他被卡在爬犁横梁上上不来，又不能闪到旁边，就这样被拖了好久，如果落到爬犁下面被碾过，后果不堪设想。后来还是有同坐爬犁上的人跳下，跑到前面叫停了拖拉机才免除危险。好在滨南林场的上海知青都安然无恙，到返城时，都完完整整、毫发未伤地回到父母身边。

一次我们去北部山区打火，过一座多年前被火烧毁的木桥，那是一座大桥，全是用粗大的落叶松搭建，桥烧毁后，原木横亘在河上，还能通行，但却是典型的独木桥，离河面高，独木桥又是斜坡状，走在桥面上其实就是走在原木上。去时还好，没有下雪，桥面不滑，回来时再过这独木桥，就让人害怕了，因为天下起了雪，上面还落上雪花，光滑、危险，稍一失足，就会落入下面湍急的河水里，走这样的独木桥，没有几人不心惊肉跳的。但老职工都一点也不含糊，从容不迫就一一过去了，我们几个刚刚参加工作的小青年，也硬着头皮过去了。不过这可难为了来自上海的知青了，其中陈雪章是骑马一样骑到原木上，“出溜”过去的，还觉得有趣，体验了一次童年的快乐。知青田三勇则在河岸连抽了好几根烟，犹豫了好久，逼得没有办法，最后决绝地走上光滑的独木桥，还好，有惊无险，也顺利过了桥。

在林场的知青还真没有偷鸡摸狗的事，与林场职工家属相处和谐，关系融洽。知青回沪探亲，林场的人托他们买上海的衣服等，知青也带回上海的糖果、麦乳精、饼干等，因此林场的人从穿着、打扮、饮食等等，都或多或少受到了知青的影响。比如我也曾穿过母亲让上海知青在上海买的中山装，母亲还曾借来知青给一位林场青年买来的猎装，照着给我做了一件，是咖啡色条绒面料，与买回的几乎不相上下。做了赤脚医生的徐国庆性格温柔，对职工家属都有耐心，当时母亲身体不好，她随叫随到，几次到家里为母亲看病。黄曙霞回沪探亲，还曾在上海帮我妈妈买过药。当然，林区人也善待知青，林场职工、家属也热情、实在，并不把知青当外人，经常有职工找来知青到家里“拉馋”。有些对知青特别厚爱、关心的人家，至今知青还与他们保持联系。另外北疆林区人的豪放、直爽、热情、大气、义气的脾气秉性和为人处世之道，也有意无意地影响了受江南文化熏陶的上海人，如一些男知青也能大碗喝酒、大块吃肉，伐木、抬木头、打羊草等再苦再累的活儿也都不在话下。

在林场的近四十名上海知青除了一位与本地人结婚成家，前几年因病去世，还有一两位留在黑河未返沪外，其余都返沪回到家乡，几位与当地人结婚的，后来也都举家返沪。

八

近些年，随着知青年龄的增长，重返北大荒，回到上山下乡的地方看看，帮助第二故乡做点什么，成了知青们的一个愿望，一个情结。也许林区太遥远，交通还是不太便利，在林场上山下乡的知青还鲜有回去的。2003 年的秋天，市委、市政府在沪召开知青恳谈会，我有幸参加会务筹备，去了上海。当然这主要得益于我的局长郁德宝，他因是上海知青，与另几位上海知青一道被派回上海筹办会议，我则因女儿刚刚考上沪上名校，局长让我随同办会，给我一个顺便看孩子的机会。黑河是上海知青最多的地区，大约有二十二万人从黄浦江畔来到黑龙江畔。恳谈会在上海的美仑饭店举办，时任市委书记、市长、副书记、宣传部长等都赴沪参加并讲话，评价上海知青为第二故乡做出了巨大贡献，同时给边疆人民留下了崇尚文明、精于创业、百折不挠、无私奉献的宝贵精神财富。知青代表阚治东、黄建华、金士英（烈士金训华的妹妹）在恳谈会上发言，为黑河经济发展献计献策，表达了对第二故乡的无限眷恋之情。我也顺邀了几位在滨南林场的知青。此次恳谈会，第一次见到了同台演节目、说相声的张捷，以及马丽萍，还有周惠中，由于人多，匆匆忙忙，也只是打个招呼，没来得及细谈，我又因赶回驻地发稿，提前告退。后来听几个人说，有一个上海知青找我，其中一位给我打来电话，原来是周惠中。他说他如今是上海滩的名医，说不与他好好聊一聊会遗憾云云，但重任在身，也只能遗憾了。后来在上海知青网和《上海知青》上看到他写的许多文章，果然文笔很棒，特别是他写的《一对狍子角》，写的人、情、景、物，都是我所熟悉的，写了马号的马倌、鄂伦春猎人，都是有出处的。此文被收入多本反映知青的书籍中，并被一些网站转载。看来，当时我们在帐篷里收听郭小川的诗，他很快就能背下来，也就说明他有文学天分和潜质。

一晃儿，知青到北疆已过去了半个世纪。许多人早已退出了工作岗位，开始颐养天年。我想，他们会时常忆起当年下乡的地方，想起浩瀚的兴安岭大森林，辽阔的松嫩大平原。

情系黑土地，怀恋北大荒。

读《远去的黑龙江》想到的

我在黑龙江时认识的老师、朋友张持坚撰写了《远去的黑龙江》一书，2011 年 5 月由黑龙江人民出版社出版发行。书出版后，张持坚老师给我寄了一册，捧读他精美、厚重的著作，我想起了跟持坚老师学习写新闻的日子，以及与黑龙江分社社长王长宽等诸位老师的不解之缘。

张持坚是上海知青，1969 年从黄浦江畔来到嫩江之滨，落脚在黑龙江生产建设兵团的查哈阳农场，在农场干了许多工种。由于勤奋写作，被调入团宣传股专门搞通讯报道，后被调到《兵团战士报》（兵团建制撤销后，改为《北大荒日报》），再后来又由于报道成绩突出，调入新华社黑龙江分社。

我正是他在新华社黑龙江分社任副社长兼采编室主任时认识他的。当时我也因为喜爱新闻报道，被地委几位主要领导选中做新华社通讯员。所谓的通讯员，与一般意义的通讯员不同，这个通讯员，相当于是新华社黑龙江分社驻地市分社的社长兼记者，只是因为管理体制如编制等诸多因素，不能名正言顺地叫记者。其他地市都有一个人专职做新华社黑龙江分社通讯员，只有我是兼职的，我当时的另一个职务是地委（后地改市，就是市委）宣传部新闻出版科科长。这样，我就没有其他地市的通讯员那么正规，发稿也就自然没有他们多了。

任新华社通讯员不久，恰逢新华社黑龙江分社召集各地市通讯员在分社培训，就是在那次培训期间，我正式认识了早已在报纸上认识许久的张持坚老师。记得那些年，他和新华社黑龙江分社记者谢金虎合写的新闻稿特别多，因为是写黑龙江，自然新华社的通稿在《黑龙江日报》“落地”也特别多。原来记者发稿是不署名的，大概是二十世纪八十年代末或九十年代初，才开始恢复署名。张持坚和谢金虎合写的新闻稿其中有一篇至今我还记得住名字:《黑龙江企业跳起“国标舞”》。写的是黑龙江大型国有企业开始如何遵循国际惯例，按国际标准要求抓产品质量。当时经常见到名字的新华社黑龙江分社记者除张持坚、谢金虎外，还有王长宽（时任社长)、石勘砺（也在我任通讯员前任过社长)、景博（退休前是副社长)、张广远、王来喜、李春雷、蒋耀波、刘玉勋等，还有摄影记者何宗跃、周确（这两位，前者就是黑河人，后者在黑河附近的生产建设兵团一师一团后改为锦河农场下乡)，以及后来由通讯员调入的高淑华（她也曾给我帮助)、周晓冰。李春雷、刘玉勋来采访，回去发了长篇通讯《喜煞乐煞黑河人》，写国家把黑河等四市列为首批沿边开放城市的消息传来，给黑河人带来的无比欢欣。二位还把我加入到合作者里。《黑龙江日报》给这篇长文落了地，发在一版然后再转二版。参加培训，和这些原来可望不可即的新华社记者“真人”都见面了，都认识了，多数也都熟悉了。他们多数也都到黑河采访，一般都是由我接待。那几年黑河的对苏边境贸易和边境旅游特别火，来采访的记者特别多，这里自然也包括新华社黑龙江省分社的记者。我陪同采访最长时间的是景博和王来喜两位老师，陪他们二位走了边境的三个县市，即黑河市（当时是县级、地级叫黑河地区)、孙吴县、逊克县，走了不少乡村，也跟新华社记者学习了如何深入细致地采访。那次他们二位回去写的稿子因为涉及边境问题，不宜公开发表，发在内参上，而且分量很重。当时不明就里的人还有些不解，过后我就听到被采访到的个别县市外宣办人员跟我说，两位记者采访了那么多人和事，怎么没有见到发稿啊？我就和他们解释，但也解释不清，基层是以见到“落地”的稿子为准的。其实记者的任务除了公开报道，还有一个重要任务就是写内参，特别是新华社记者。不过，内参涉及秘密等级和发至哪一级，到不了地市一级，当然县一级就更看不到，记者又不好一一通知被采访单位（那次采访涉及许多部门、人员），告知对方在什么时间发了内参（告知他也看不到）。这种不理解或误解也没有办法消除，因为外行人并不了解新华社的发稿渠道、规矩以及记者的职责。

我每次去哈开会、办事，都会到位于珠江路 35 号的分社去看看，也领会报道精神。这样与王长宽、张持坚两位社领导接触得最多，也受他们关照最多。这里还要说说王长宽社长，他为了建分社黑河记者站，专程到黑河一次，当时的行署专员是他的黑大校友，由于现在我记不起的什么原因，黑河记者站还是没有落实专门的编制，挂靠到成立不久的地委新闻中心，由我兼任。以后，因为我的住房问题，王社长还给专员写了信，虽没能解决，我还是特别感谢他，也正是由于他的推荐，我后来还为市委书记当了一小段时间秘书，随着老领导调回省城，我的领导秘书生涯也就匆匆结束了。临回省城时，老领导欲给我举荐到分社，我当时由于考虑还没有晋升专业职称，再就是担心住房、两地分居不好解决以及孩子转学的困难，就谢绝了老领导的好意，没有到省城工作。事后想来，也有些遗憾，其实那也是一次改变命运的机会，但我主动放弃了。王长宽社长虽已退休多年，但他对我的特别关照，我永远也不会忘记。其实王社长也还一直记挂我，每年春节都会给我寄上一张贺卡，即使我南来后，也一直没有间断。

还是说持坚老师吧。因为发稿，与持坚老师接触得最多。当时黑河边贸热，特别是 1992 年年初国务院把黑河、绥芬河、满洲里、珲春四市确定为首批沿边开放城市（也就是那之后不久，黑河地区改为黑河市，把原来的黑河市改成了爱辉区，这样地级黑河市就成了开放城市，也因此成了四个沿边开放城市唯一的地级市，被批的沿边开放城市黑河市实际成了新的黑河市下面的区，也是至今唯一的一个区）。黑河成了新闻传播的热点地区，持坚老师经常跟我约稿，我写了稿子，也常常征询他意见。就是那两三年时间，我写了许多反映黑河沿边开放动态的稿子，许多由新华社发了通稿，其中有些新闻在国外都产生了一定影响。

一些稿子在《人民日报》和《人民日报》海外版落了地。经持坚老师处理，我提供的一篇稿子还上了总社的最高级别内参。

持坚，从名字看，硬邦邦的（还有金虎），该是威猛之人，但持坚老师却是那样温文尔雅，典型的江南秀士，多才，又很和蔼，没有架子，脸上始终挂着给人如沐春风般之感的笑，说话和气，从无高声大嗓。无论指导写作，还是布置任务，都是不疾不徐，绝对不会有让人不舒服的感觉。他也不会轻易斥责、批评人，始终有耐心，这也如同他的名字倒过来：坚持。

后来我调入市委办公室工作，任综合组秘书、信息科长、市委书记秘书，就不再兼职做新华社黑龙江分社通讯员了，但和分社老师的联系未断。以后陆续听到持坚老师的消息，听说他被新来的省委书记选作秘书，但他未接受，而是选择了调回故里上海，先是在新华社上海分社浦东支社。谢金虎也在他之前回沪，两人又分到了一起。再后来，他调入新华社上海分社主办的《上海证券报》任总编辑。我也正是在持坚老师任总编辑时，在分别几年后又见了面。是黑龙江分社的李云生老师给了我他的联系方式，当时我已到电视台工作多年，适逢市委在沪召开知青恳谈会，我作为会议筹备人员到沪，在会议间隙，去位于浦东的报社看了他，以后也常常电话联系。他给我的鼓励和建议不少，包括辞官转行、南下，也给了我十分中肯的意见。

我南来后不久，即邀请持坚老师来我供职的大学，给新闻学专业的同学开了一次讲座，讲的题目大概是：新闻事业的现状、机遇与挑战。是我们系主任给出的题目。讲了两场，我都去听了，效果很不错，互动环节有不少同学提问。那时，他刚刚到二线任研究员，有了空闲时间，但他没有就此闲下来，而是真的进行研究，他对自己丰富的新闻实践经验进行了理性的思考，发表了多篇论文。那次我还陪他去了楚州的周恩来纪念馆、周恩来故居、吴承恩故居、河下古镇等处参观、游览。

更为难能可贵的是，持坚老师还把他与新闻有关的经历写成一篇篇稿子，最后结集出版。书出版前，持坚老师谦虚，还把绝大部分书稿给我发过来，使我先睹为快。特别是那篇写大兴安岭“五六”大火的稿子，让我提意见。我认真看了，觉得无可挑剔，不过也不谦虚地指出了几处差错。接到著作《远去的黑龙江》，我正在给10级广播电视新闻学专业同学上课，就在课堂上第一时间先让同学们传看了一遍。接着我给他们讲了我了解的张持坚的事迹，给同学们树立一个学习新闻的榜样。我恰好讲新闻采访与写作，正在讲采访方法，就以持坚老师这本书为例，谈了记好（也要保存好）采访笔记的重要性。我说他的这本书，主要是根据采访笔记写出的，当时是猜想，我还未来得及看他的大作。回到家细细翻阅持坚老师的大作，看贾宏图老师给持坚老师写的序言《永远的光荣：为祖国的复兴鼓与呼》里提到，这本书是持坚用几十本采访笔记写成的，果然，我还没有瞎掰。

持坚老师自己对这本书是这样概括的：“这本书共分五个部分。一、和前辈的交往。主要写了自1979年我从农场总局报社调到新华社黑龙江分社当记者后，联系省里的上层建筑达十六年，得以有机会和中央及省市领导接触，而那时又是改革开放的初始和起步阶段，参与和记录了一些大的事情。二、时代一页。一些自认为有一定价值的人和事。三、人生底色。下乡的一些感悟（大部分在征文栏里和大家见过面）。四、回望新闻。这是我对新闻工作的一些思考。五、情愫。几篇散文。其中一、二为重点。出版之前，重点中的主要章节，在黑龙江省委组织部办的《退休生活》杂志、《哈尔滨日报》、哈尔滨人民广播电台连载和连播了一段时间，引起了一些关注。主要是干部，他们对那个时期发生的事有兴趣，还有是宣传新闻文化方面的工作人员，因和我是同行。”

书中的主要章节记录了他参与采访的发生在黑龙江大地上的一些重大新闻事件以及他与中央和省领导交往的史实等。如时任中共中央总书记胡耀邦1984年对中苏边境地区的“破冰之行”，1987年发生在大兴安岭特大森林火灾的全程记录等。他随耀邦书记在黑龙江边境考察，写出的稿子没有公开发表，当时发的是内参，第一次公开发表胡耀邦的黑河之行，是我跟他约的稿。1992年，我与同事编了一本《外地记者看黑河》的书，我向他约跟随胡耀邦总书记黑河之行的稿子，他很快交稿，写出的稿子名为《难忘的黑河之行》。我编的时候，把持坚老师的这篇稿子自然排在了第一篇，隆重推出。看贾宏图老师的序言得知，贾老师在写作他获奖的长篇报告文学《解冻》时，其中写到关于胡耀邦的黑河之行，就是来自《难忘的黑河之行》这篇文章。

“五六”大火，持坚老师是第一个到火场并发出报道的记者，当时他恰在大兴安岭采访，他成为那个黑色五月的亲历者、见证人。还有就是轰动一时苏联劫机事件，他也幸运地成为见证人，那是在二十世纪八十年代中期，一名苏联人劫持一架小型客机到中国，降落在齐齐哈尔市的甘南县境内，记得当时看到一则新华社发的通稿，很短，那时还不署记者的名字。看了亲历者持坚老师的回忆，重温了那段历史，也让我们知晓了许多内情，特别是紧张了多少年的中苏关系，竟是以此为契机，开始松动、缓和。

除贾宏图外，还有也是曾在黑龙江下乡的上海知青、时任《人民日报》协调部主任的曹焕荣为该书作序。这本书的出版，战友们给予了热情的帮助。封面设计、书名草书、排版、装帧、作者简介的照片等，均出自兵团战友。

在网上看到一段介绍，说此书经中央党史研究室审定，总体评价是：“一部非常出色的书稿。政治观点正确，政策把握到位，文字生动流畅，是可读性很好的书。”

这的确是一本好书，尤其是对于新闻记者，对于通讯员，对于学习新闻采访与写作的学子，对于新闻研究者，对于老知青们，对于流逝了的岁月，持坚老师的《远去的黑龙江》都是一本好书。

看《我的兄弟叫顺溜》

这些日子一直忙着看电视连续剧，主要是央视一套每晚黄金时间播出的剧。前些天看《我的青春谁做主》，被剧中人物搞笑、幽默有时又富含哲理的语言吸引。人物的亮点主要是王珞丹饰演的钱小样，赵子琪饰演的赵青楚，扮演赵青楚姥姥的演员也演得非常棒。再有印象较深的是扮演赵青楚母亲的演员，她的声音很特别，很动听。然后就是《誓言永恒》，几乎是一集不落地看，不过时间安排上似乎欠妥，因为同一时间段八套又安排了《人间正道是沧桑》，两部剧都很精彩，不知看哪部好了，把遥控器按来按去，最后还是选择了情节紧张的谍战剧《誓言永恒》。在两集中间插播广告时，赶紧换到八套，看不多久，又赶紧换回来。有时八套也恰巧是广告，就什么也看不好。虽说一套重播《人间正道是沧桑》，但有些太晚了，要晚上十点多开始，播完要十一二点钟。后来又有江苏卫视等台重播，也断断续续地没看完整。不知央视为何跟自己过不去呢，非把两部同样精彩的电视剧安排在了同一时段播出。

看完《誓言永恒》，央视又安排了《我的兄弟叫顺溜》（以下简称《顺溜》），这部剧更是扣人心弦，我几乎一集不落地看。恰好是7月7号，最后两集播完，好像是预先安排好了似的。“七七事变”，日本侵略者开始全面侵华，企图征服中国；“七七事变”也标志着中华民族的觉醒，全民抗战的开始。《顺溜》反映的年代正好就是抗战期间，一直表现到抗战胜利。

《顺溜》一剧，张国强、王宝强两位主演的表演都非常出色，再有就是郝蕾的友情出演，也使电视剧增色不少。除了这三位，剧中绝大多数演员都是南京军区前线文工团的，比如饰演军区司令的宁晓志、饰演翰林的徐洪浩等，编剧朱苏进也是南京军区的作家，曾写过中篇小说《射天狼》等。

电视剧的结尾让人心痛。顺溜，这个让鬼子闻风丧胆的神枪手，在鬼子投降后，却倒下了。他的死似乎很不值，但这仍然是鬼子造的孽，不是鬼子丧尽天良，顺溜就不会违反纪律，这笔账还是要记在鬼子头上。

喜欢《我的兄弟叫顺溜》的理由，主要是主要演员对人物的成功塑造。王宝强越来越成熟，他的本色演出，让人拍案叫绝。顺溜与王宝强已然合为一体，顺溜就是王宝强，王宝强就是顺溜，顺溜的坚韧、倔强、勇敢、顽强以及固执，都是由他的出身、他的经历决定。国家有难，外敌入侵，让他可以视死如归，可以置一切于不顾。战火的洗礼，新四军这所学校的教育，应该让顺溜成长起来，懂得服从命令、遵守纪律，成为一名合格的战士。但家仇让顺溜变得丧失理智，这也合乎情理，任何人对这样的奇耻大辱也难以忍受，何况顺溜。不是鬼子欺人太甚，顺溜就不会擅自行动，顺溜的死显得不那么气壮山河，但不是这样，也就不是顺溜了，那可能是陈二雷了。顺溜从坚持不叫陈二雷的那一刻起，就彻底还原为顺溜，那个从小以打猎为生、勇猛无畏、倔得像一头牛一样的顺溜。王宝强把顺溜演得张弛有致，准确到位。张国强把陈大雷司令也演绝了，陈司令还真得由性格豪爽的黑龙江人来演。国强、宝强，的确是“强强联合”，二人都比《士兵突击》有突破、有飞跃。相信《我的兄弟叫顺溜》之后，“二强”会更强。

看世界杯琐记

四年一次的世界杯，是全人类的一场视觉盛宴，其畅快淋漓堪比奥运会，那一场场惊心动魄、扣人心弦的赛事，比奥运会还让人紧张十分。连日来看球，也真是对人的身体耐受力的考验。还不是真正的球迷，没有看后半夜的比赛，就搞得体倦身疲，颈椎不适，犯了眩晕症。八分之一比赛结束后休赛，身体也休整一下。

从今天开始，战火又起，以后的比赛，会越来越精彩纷呈，让人目不暇给。

遥想四年前的世界杯，也是在六七月间，也是酷热的夏季。我出差宁夏，在银川城外的石化宾馆，也经历了难以忘怀的不眠之夜。怕影响同屋的陕西电视台的一位记者朋友，半夜把电视机的音量调到最小，但黄健翔那声嘶力竭的狂喊，还是让我听得真真切切，刻骨铭心。齐达内一头撞向对方球员被红牌罚下黯然离场的背影，至今还记忆犹新。每次的世界杯，总是有那一幕场景让我们怦然心动，过目不忘。

观看世界杯，使人不禁联想到人生，人生在世，总有让我们欣喜若狂、黯然神伤、唏嘘不已、浮想联翩的时候。被许多球迷看好的球队，却大失水准，让人惋惜，让人扼腕长叹。一支名不见经传的球队，却超水平发挥，大爆冷门，大出人们的意料之中。人生无常，球场上有太多的意想不到，波谲云诡。球场瞬息万变，你的双眼要牢牢盯住荧屏，就在你离开去洗手间、去倒水的短暂时间，有时甚至就在你一旁顾、一眨眼、一分神的一瞬间，可能就发生了翻天覆地的变化。就是在你不经意间，载入足球史册的一幕出现了，让你错过了。你转过神来，会觉得茫然，为什么会一片沸腾？一回首、一低头时，历史发生了巨变，你错过了不只是一个精彩的进球，你可能和一次重要的人生际遇失之交臂。虽然回放让我们知晓所以然，但所有的激动、兴奋、感叹，都是在第一时间自自然然产生，都成了过去时，改写历史的一刻发生了，你没有成为幸运的见证人。你可能懊悔，为什么错过？错过了，就失去了一次珍贵的体验。当然，历史总有极其相似的一幕重演，事过经年，相同的一幕再度重演，只是主角发生了变化。

一场球赛，让我们经历喜怒哀乐，知道什么是心花怒放，喜极而泣；了解什么叫撕心裂肺，欲哭无泪。世事难料，也有峰回路转处；命运弄人，总有云开日出时。人生不会只是让你有挫败感，换一个战法，调整一下战略，会有新收获，会见新成效，会取得意想不到的胜利。当然，团队意识至关重要，没有默契配合，没有精诚团结，纵然你有天大的本事，也难以奏效，“他不是一个人在战斗，不是一个人”。当然，球场也如江湖，也有险恶，如黑哨、蓄意冲撞、假摔等，须小心提防，尽量减少受到的伤害。

从今晚开始，又是一场场波澜壮阔的活剧上演。世界杯比赛，是球迷的狂欢节，也是全人类共同的节日。不知还有什么能让全世界的人都可以尽情享受饕餮盛宴，感受如梦人生的大起大落，好在有四年一度的世界杯。

说雅与俗

文学艺术作品有雅与俗之分。雅与俗是一对矛盾体，既对立又统一。我们通常理解高雅的东西往往是贵族化的，曲高和寡，如阳春白雪。而通俗的东西则是平民化的，套用一下该叫“曲低和众”，如下里巴人。

其实，真正意义上的雅、俗之分并非泾渭分明。雅并非只为少数人青睐，如果雅得情怀高贵，雅得博大精深，雅得美妙绝伦，照样受到大众欢迎。维也纳金色大厅的新年演奏会、美国杨百翰大学舞蹈团的舞蹈、莫斯科国立艺术剧院演出的芭蕾舞剧《天鹅湖》和《胡桃夹子》，贝多芬、勃拉姆斯、门德尔松和柴可夫斯基的四大小提琴协奏曲，莫扎特的钢琴协奏曲，张艺谋执导的芭蕾舞剧《大红灯笼高高挂》、歌剧《图兰朵》，等等，都属于高雅艺术，受到了人们普遍的欢迎和好评。当然欣赏高雅艺术要求欣赏者本身要有良好的素养，要有一定的审美能力和鉴赏水平。其实，这也是人们生活水平的观照，雅的东西被更多的人接受，反映出社会的进步，时代的发展，经济的发达。当生活水准日益提高时，人们对高雅艺术的渴求也就会不断增长。

如果说雅常常使人们联想到贵族化，即雅常常与等级、地位、身份、品位、格调等相联系的话，那么俗的东西却使普罗大众趋之若鹜。因为所谓的俗，即为大众的、普通流行的、通俗的，那种以平民百姓的生活为载体、以一种平民化的视角反映优美的精神世界，或在优美的精神世界里寻找到了世俗世界中的世俗生活中的不同寻常处。俗的东西里也蕴含着雅，呈现着雅。这时雅与俗是统一的，可互相转化的。

赵本山的小品应该是俗文化最淋漓尽致的反映。他的《相亲》《送礼》《红高粱模特队》《昨天、今天、明天》《送水工》等小品，以及由他执导并主演的电视剧《刘老根》，无不“土”得掉渣儿，如满口的大楂子味儿，东北农民的奇特装束、幽默性格等，无不让我们感受到通俗的魅力。但通俗中有高雅，即向我们展示了高贵的情怀、优美的人性、多彩的精神世界。这是大俗，大俗即为大雅。

学学山东的“节文化”

据说黑龙江人有半数以上祖籍是山东。改革开放以来，山东在发展经济方面有很多值得借鉴的地方，独具特色的“节文化”即是其中之一。

我于金秋时节随黑龙江赴山东新闻代表团走访了齐鲁，逢上不少节，都是那样热烈喜庆，产生了巨大的经济效益和社会效益。到泉城济南，巧遇首届山东电影节开幕。如果说这个节是纯文化活动的话，那么几乎同时举办的第三届中国无棣金丝小枣节，则是以枣为媒，做的是经贸文章。小枣节期间，前去洽谈项目的有清华大学等二十余所大中专院校及科研单位，以及日本、加拿大、美国等国家和中国港澳地区的客商5000多人，签订经贸协议95项，协议金额达3.1亿元，贸易成交额2亿多元。无棣县狠抓外向型经济，以枣为媒，吸引国内外客商前来投资，带动了全县经济腾飞。这样的节，其意义绝非区区小枣所能包容的。

这期间影响较大的节还有泰山国际登山节、曲阜孔子文化节、菏泽牡丹节等。我们日夜兼程来到青岛，又一个节让我们赶上了——第二届青岛国际啤酒节。几十万市民通过游行、大型文艺晚会等参加了节庆活动。啤酒节期间举办的国内经济技术协作洽谈会、名优特新工业产品展销订货会等，使啤酒节融科技、经贸、文化、体育和旅游等活动为一体，达到了“宣传青岛、发展经济、振兴科技、发展旅游、活跃城乡文化生活”的目的。

到了烟台，恰逢烟台国际葡萄酒节刚刚落下帷幕。据介绍，参加葡萄酒节的中外来宾达4600人，其中有外商650人。节日期间，谈成对外技术合作项目172项，合同、协议总投资6.75亿美元。

影响久远的节事活动当属我的籍贯地潍坊，潍坊国际风筝节，今年是第九届。当初潍坊人办风筝节只不过是借此开发旅游资源，后来因势利导，走出了一条和经济贸易相结合的路子。在风筝节期间，他们出奇制胜，办工业产品交易会、外经外贸洽谈会、经济技术协作会、技术转让咨询会等多种经济技术贸易活动，使得潍坊风筝飞出了行业，飞出了国界，带动了整个市的经济腾飞。

山东的各类节不仅与经贸活动紧密结合，而且在形式上有浓郁的民族特色和丰富多彩的文化活动，因而有极大的吸引力。黑龙江目前知名的有四大节：冰雪节、饮水节、观鹤节、金秋节。除冰雪节外，其他节事活动尚未产生较大的轰动效应。看来似应从山东的"节文化"中受些启发，把各类节事活动办得既有社会效益，又有经济效益；既热热闹闹，丰富多彩，又传播城市形象，拉动消费。

闹秧歌

瑷珲镇是爱辉区的一个大镇，离黑河城区三十多公里的路程，今年元宵节，瑷珲镇的秧歌队迎着凛冽的寒风，扭进了黑河城。

看到那扭得起劲的瑷珲人，我的思绪却飞到了一百八十多年前，眼前扭秧歌的人，该不是老瑷珲人的后裔吧，如是，那他们的祖先一定是个扭大秧歌的高手，没准就是个打头的，或者是推车的老汉，或者是扮演“蜡花”“船娘子”的俊俏女子。因为当时拥有“居民四万”的瑷珲是黑龙江流域最大的城市，元宵节自然会是热闹非凡，有诗为证：“倾城鼎沸闹秧歌，红粉新妆细马驮。不信使君真有妇，罗敷过处看人多。”这是雍正初年瑷珲流寓诗人杨锡恒著《艾河元夕竹枝词》中的绝句，道出昔年瑷珲城正月十五闹元宵的盛况。

试想若不是1900年的“庚子俄难”，瑷珲也许仍会是一个大城市。瑷珲是又一个庞贝城，庞贝城的消逝是因天灾，火山喷发淹没了庞贝城；而瑷珲城的衰落则是由于人祸，沙俄匪徒的疯狂屠戮和纵火使瑷珲城夷为废墟。瑷珲没有从地图上消逝，收复失地的姚福升与瑷珲人一道使瑷珲再生，但瑷珲作为城市的历史却结束了。幸运的是，黑河却由一个小屯子，逐渐跃升为一座城市。过去沿江一带的人说上街是指去瑷珲，如今当然是指到黑河，不然瑷珲镇的秧歌怎么扭到了黑河。从古城瑷珲，到今天的黑河，我们看到了沧海桑田。世界上的任何事物都是变化着的，听人说黑河城区就曾经是恐龙的家园，而罕达汽、木耳汽一带曾经是汪洋大海。

世界在变化，地球在变化，我们周围的事物也在变化。其实，就是我们身边也每时每刻都在变化。时代的脚步坚实有力，历史没有停止过前进，作为时代的一分子，我们只有适应变化，才不会被遗弃。

还是再回到秧歌上来吧，上元夜是每年黑河“倾城鼎沸”时，因为有秧歌闹得正欢，因为有绽放的礼花红透夜空。正月十五贵在一个“闹”字，闹元宵、闹秧歌、闹花灯。边城闹秧歌、赏花灯，是有悠久历史的，早在三百多年前就有热闹的秧歌、五彩的花灯。三百年，弹指一挥间，如今的秧歌扭得更欢，花灯亮得更美，烟花燃得更红。秧歌队伍中的靓女赛过罗敷，引得看秧歌的人忘却寒冷，心随秧歌队伍走，但行观罗敷。绚丽的礼花满天，引得喝彩声阵阵，彼岸也有驻足观赏者，隔岸观“火”在这里有了新解。

鄂伦春族文化传承面临挑战

下山定居五十年来，黑龙江省鄂伦春族群众的生产、生活方式发生了很大的变化，物质生活水平有了根本的提高。然而，这一古老民族传统文化的现状却令人喜忧并生……

独具魅力的文化

1953 年，国家为长期过着游猎生活的黑龙江省的鄂伦春人兴建了新村庄——新生乡新生村，从此他们结束了漂泊、动荡的日子，开始了定居生活。现在新生村居住着鄂伦春族人一百七十一口，他们与汉族、达斡尔族、蒙古族、满族同胞一起共建秀美山乡。

每当猎人冬季进山狩猎时，都穿上民族服装“尼罗苏恩”（男皮袍）、“额勒开依”（狍皮裤）、“奇克密”（狍腿皮做的皮靴），手上戴“考胡鲁”（手掌中间有活口、手指可以从中伸出的一种皮手套，打猎时很方便），头上戴着皮帽。

在饮食上，鄂伦春人还保留着吃野菜、采野果的习俗。他们愿意把老山芹、柳蒿芽、黄花菜、野百合等野菜采回来晾干，供冬天食用；还喜欢吃猴头蘑、桦树蘑、榛蘑、木耳；也喜欢吃都柿、臭李子、高粱果（野草莓）、一把抓、托盘儿、山丁子等野果。过去鄂伦春人游猎时，用老山芹、柳蒿芽炖野猪肉、炒狍肉。如今在新生乡宾馆的餐厅，还能吃到这些山野菜。

用桦树皮制作生活用品是自古以来北方狩猎民族特有的一种地域文化，被人称为“桦树皮文化”。游猎时代，鄂伦春人就住在用白桦皮围制成的“斜仁柱”（俗称“撮罗子”）里。在乡展览馆，藏有许多早年鄂伦春人使用的桦树皮器皿，用“阿达玛拉”（桦皮箱）、“阿汉”（桦皮盆）、“阿参”（桦皮碗）、“玛达拉”（桦皮烟盒）、“红改”（带盖的桦皮篓）等。这些桦皮器皿做工精致，造型美观，装饰手法以点刺打花和剔刻为主。纹样以植物纹、几何纹居多。桦皮盒、箱、篓上多加纹饰，且设计华美，色彩绚丽，其中象征爱情的“南绰罗花”（兴安杜鹃）花纹最多、最漂亮。

在鄂伦春族乡，最富民族特色和风情、最能体现鄂伦春族文化魅力的莫过于篝火晚会了。那情景、那氛围让人按捺不住想与艺人一道歌、一起舞。“罕拜”舞跳起来，“坚达温”唱起来，夜幕四合，篝火映红了人们的笑脸。

民间文化濒临失传

鄂伦春族是能歌善舞的民族。上个世纪，新生乡鄂伦春族歌手吴云花曾登上哈尔滨歌剧院舞台，演唱鄂伦春族民歌，并荣获第一届哈尔滨之夏音乐会二等奖。而现在，五十岁以下的鄂伦春人会唱民歌的已是凤毛麟角，只有吴瑞兰、葛长云等几个为数不多的人会唱。有一年我去新生乡，听到莫桂红老人演唱民歌，唱得声情并茂，引人入胜。可是，后来再去新生乡一打听，她已作古。

新生乡还有一批民间艺人。据中国民间文艺家协会会员、中国少数民族民俗学会会员白长祥介绍，他搜集整理了许多莫庆云、关吉瑞、孟安臣、吴双梅等人讲述的鄂伦春族民间故事，有些故事还入选《鄂伦春民间故事选》等书。他们不仅是讲故事的能手，而且民歌唱得也好，但是，他们均已不在人世了。

新生乡展览馆介绍的为保护、保存民族文化遗产做出贡献的十位新生乡鄂伦春人中，只有一位尚健在，她叫张玉花，她为保存鄂伦春民族语言做出了贡献。由于鄂伦春族只有语言，没有文字，因此，鄂伦春语言的传承艰巨而困难，鄂伦春族年轻一代已基本不会讲鄂伦春话。原乡中心小学鄂伦春族教师张玉花当上了鄂伦春语言教师，她在中国社会科学院民族语言专家胡增益的指导下，学习国际音标，自编了一套鄂伦春语言教材，教材中有九百个词汇、一百多个民间故事和几十首民歌，她教了十五年的语言课。但是后来张玉花老师由于患腰椎间盘突出症，无法坚持上课，于 2000 年病退回家。她病退后，这门课也就停了下来。如不采取措施，鄂伦春语言会随着时间的推移而灭绝。

会做桦树皮制品的人如今也不多了。在新生乡，我们看到鄂伦春人张玉霞做的桦树皮制品很精美，可年轻人几乎没有谁愿意学习这一技艺，他们嫌摆弄桦树皮太脏太累。另一个问题涉及生态环境保护，制作桦树皮工艺品，需要从活的白桦树上剥皮，这很显然会影响白桦树的生长，是应该坚决禁止的，因此从这个角度来说，桦树皮制品必然走向衰落与消亡。虽然无奈，也是必然，除非找到替代品，如人工仿制白桦树皮。

口弦琴，鄂伦春语叫“朋奴化”，是鄂伦春人的传统乐器，也是黑龙江省境内许多少数民族的乐器。过去青年男女恋爱时，多演奏口弦琴，用以互相吸引。有时一边演奏，一边用手招呼对方。现在，鄂伦春族的年轻人却觉得它音质不好，品位不够，几乎没人愿意学。在新生乡打听了好久，我才听说吴瑞兰家有这种乐器，吴瑞兰为我们演奏了一段，由于常年不用，琴音微弱。我担心再过若干年，恐怕就找不到口弦琴，也找不到会演奏的人了。

官方民间共同致力抢救文化遗产

民间艺人后继乏人，是鄂伦春族文化濒临失传的一个突出原因，要想让鄂伦春民族文化不失传，首要问题是要培养一批致力于本民族文化研究、并使之发扬光大的年轻人。在新生乡，我接触的年轻人对民间文化感兴趣的不多。

新生乡党委、乡政府重视对年轻一代鄂伦春民间艺术人才的培养，定期组织民间艺人到乡学校去，对学生言传身教。现在，乡学校的鄂伦春族学生都会跳“罕拜”舞。乡里还积极开展文化大院建设活动，定期举办周末文化广场歌舞晚会、篝火晚会等，培养和挖掘民间艺人。为了留住民间艺人，乡里为他们提供良好的艺术环境，改善他们的居住条件，提高其福利待遇，签订用工合同，收到了一定效果。

据介绍，爱辉区为抢救鄂伦春民族文化遗产做了许多工作，共整理出神话传说、故事、民歌等共一百二十万字。还计划把民俗旅游搞起来，发展桦树皮制品，如桦树皮摇车、桦皮船、桦皮鞋垫、毛皮制品、山产品及鄂伦春人用的传统草药、都柿酒、黄芪茶、野花卉茶等。

为让游人了解鄂伦春族丧葬习俗，乡里正在建原始树葬群；并计划建设原始图腾景区，让游人了解鄂伦春人的图腾崇拜；他们还打算建祭祀景区，再现游猎时代“萨满”活动景象和敬拜山神“白那恰”的情景。白长祥被新生乡聘请为民俗顾问，他帮助设计并选址建各种景区。他还建议乡里及有关部门开发黑河至新生乡沿途景区，如振边酒厂、卧牛湖、古淘金地、二战遗址等，把新生乡的民俗旅游搞红火。

而在民间，不少人也尽力在让外人了解鄂伦春文化。鄂伦春族同胞关宝祥在自家院里搭起了“斜仁柱”供游人参观。新生乡粮管所干部吴海柱是鄂伦春族摄影家，他善于运用镜头捕捉鄂乡的精彩瞬间，他拍摄的猎人露宿的情景、猎人骑马挎枪的英姿、鄂伦春少年的机警、鄂伦春老人开怀的大笑，都淋漓尽致地反映了鄂伦春人独特的生活习俗。曾在乡文化站工作的莫鸿苇是鄂伦春族著名女画家，她一直矢志不移地致力于桦树皮镶嵌画的创作，她把鄂伦春族传统工艺与现代绘画技巧结合起来，创作出了一幅幅精美的桦树皮艺术品，使古老的桦树皮文化发扬光大起来。她多次举办画展，并出版了画集，为桦树皮文化的创新做出了贡献。

上海世博会，不说再见

转眼上海世博会和我们说再见了，开在家门口的世博会百年难遇，当然上海开了头，也许不要很久，我们会申报下一次世博会，也许是一个小城市，日本不是办过两次世博吗？筑波、爱知，都是知名度不高的小城市，下一届主办国韩国也是在以前没有听说的一个小城，县级市丽水。当然能成功举办世博会，还是和综合国力有关。再过十年、二十年、三十年，相信我们国家会有越来越多的城市能有条件、有实力申办世博会，不只是像上海这样的特大型城市，也不必举全国之力来操办这样大型的盛会。

“城市，让生活更美好”是这届世博会的主题，表达了中国人对举办这届世博会的美好愿景。还是在 2003 年，那次是作为市委、市政府在沪举办的知青恳谈会筹备组成员来到上海。10 月，上海最好的季节。我们一行人下榻在久负盛名的百乐门大酒店，地处沪上最寂静、安闲的静安区。酒店隔一条马路是一幢二层小楼，楼上是一家港式茶餐厅避风塘，就在这座小楼上的外墙上，我第一次看到了这句口号，到了夜晚，射灯映照在上面，特别耀眼夺目。从那时，我记住了这句只有八个字，却别致、优美、生动而又耐人寻味的宣传标语。

9 月酷暑难当的时候，也是恰好在经历了一次炼狱般装修、搬家之后，待新房收拾得差不多的时候，我也做了一次世博之旅。此前，我接待了从遥远的北疆来看世博的几拨朋友，他们或看完世博转道来看我，或看过我之后去看世博。看过的说也没什么意思，人太多，排队太痛苦；没看过的说世博在家门口举办机会难得，一定要看看。这就应了那句话：不看一辈子后悔，看了后悔一辈子。女儿也多次催促，让早点去。这样等到放暑假就去看世博会，我一共去看了两次，都去得较晚，到入口处队伍早已排起长龙。第一次看了浦西的城市案例馆和城市最佳实践区。国外的看了鹿特丹、杜塞尔多夫、伊萨玛尔、巴黎市巴黎大区、布拉格、首尔、大阪、巴塞尔、日内瓦、苏黎世等馆，国内的看了深圳、台北、香港馆的展示，还有城市未来馆。印象较深的是巴黎市巴黎大区馆，特别是窗子上的不断变换的人物剪影，透露出巴黎的时尚；再就是台北案例馆，市长郝龙斌与成百上千张台北市民的笑脸，以及三百六十度环幕3D电影反映出台北市的世俗生活场面，也给我留下很深的印象；城市未来馆内容丰富，有雕塑，有3D电影，表现未来城市低碳、环保的理念。在浦西的展馆里游览，实际上最能感受本届世博会“城市，让生活更美好”的主题和精髓。只是时间太紧，还有好多城市案例馆没有来得及参观。

快到黄昏时，坐船过江，走过韩国、英国、日本、沙特几个热门国家馆，看见长蛇般的队伍，就却步了，闻听沙特馆要排五六个小时，天又这么热，更失却耐心。转到世博轴附近时，眺望了国家馆，但不敢去排队，再说国家馆也没有拿预约券。只去了一个人不是太多的尼泊尔国家馆，参观过展馆里的佛像等独具特色的工艺品后，登上一座宝塔，在夜色中俯瞰了场馆里的中国国家馆、世博轴、世博中心、世博文化中心、卢浦大桥等建筑，流光溢彩，美轮美奂，让人目不暇给。月亮又圆又大，特别明亮。正是：江上升明月，天涯共此时。世博文化中心造型独特，就像一个天外飞来的大飞碟，停泊在黄浦江畔。晚饭就在这个飞碟里解决的。

又过了两天，再次走进世博，还是从半松园入口进园。仍然先参观浦西的场馆，这次看了上汽集团通用汽车馆，放映的电影制作精良，还有故事情节，介绍了未来的汽车，就是小巧化、智能化、快捷化、低碳化。乘船过江，选择那些排队不要太久的甚至不必排队的国家馆，走马观花地看了法国、西班牙、摩纳哥、波黑、丹麦、荷兰、斯洛伐克、保加利亚、格鲁吉亚、委内瑞拉、秘鲁、古巴等十多个国家馆，其中法国、西班牙、丹麦等国家的馆需排队，最长大概得一两个小时。其中法国馆的七件国宝、丹麦馆的小美人鱼、西班牙馆的藤条外装饰以及馆内的巨大装置娃娃，给我留下深刻的印象。乘船回浦西的世博展馆，又看了航空馆。

有点遗憾，还有那么多国家的展馆没去参观，与它们失之交臂。现在，世博会闭幕了，下一次，不知哪一年，还能在自己的家门口看世博。

世博论坛开过了，《上海宣言》发布了，闭幕式也结束了，上海世博会画上了一个圆满的句号。希望通过上海世博会，使我们的城市、生活越来越美好。

宜家：色彩斑斓夏日风

炎炎夏日，逛宜家，是收获美好心情的一个去处。

宜家家居上海店，坐落在上海八万人体育馆附近。这是一个面积很大的店面，二楼是选货区，一楼也有选货区，另外就是提货区。

宜家家居是经营家具、厨具、餐具、灯具、卧具等日常生活用品的专营店，是瑞典的连锁店，在世界上有二百多家门市，在全球五百强中位居前列。IKEA，宜家，这中文翻译真牛！不仅是取发音大体相近，更是意蕴精当、传神。宜家的商品还真是很适宜家庭，适宜居家过日子。在中国，差不多是按大区设店，除北上广外，还有南京、成都、沈阳、大连、深圳等宜家店。其经营方式与我国的家居用品店经营方式迥然不同，选货区几乎看不到店员，顾客有极大的自由空间，每一个区域都有选货单、铅笔、纸质米尺、样品规格手册，可随意取用。顾客可以如同在超市一样，把选好的商品放入购物车，大件即填好货号、名称、规格等，然后到楼下的仓库取货。宜家的经营理念，以及简洁、实用又美观的产品，配套的、周到的服务，信得过的“品质保证”，特别受到城市年轻人的青睐，受到都市里奉行简约主义的人的追捧。

酷暑季节，到宜家购物，自然是一种享受。难怪有本埠的一些有闲的老人会到宜家，不一定购物，就是闲逛，把卖场当成了纳凉的地方，有的还自己带上各种食品，到宜家餐厅享用自带的午餐，然后边吃边聊，消磨时间，真的把到宜家当作是一次野游。媒体对“蹭凉一族”也有评论，对这种并无任何消费、纯属贪图商场冷气的行为颇有指责。

当然我不是蹭凉来的，因为我在沪上只是小住，来去匆匆，犯不上去那里蹭凉，实实在在来购物，因为很喜欢宜家里的商品，对许多产品爱不释手。

算今夏的这次，我是第三次逛宜家，差不多近年每年夏天去一次，自然每一次都满载而归，买回许多自己非常中意的生活用品。

在宜家店里，感受到五彩斑斓，体会到人们常说的一个词：视觉盛宴。愿国内的一些店铺，也能学学瑞典人的经营理念：把购物与休闲结合起来，让人们轻松消费，快乐购物。

听余秋雨畅谈城市文化

余秋雨及余秋雨的散文早已名满天下，如果说1995年余秋雨还不是家喻户晓的话，那么今天恐怕已经妇孺皆知了。因为你可能不看散文，不知道《文化苦旅》《山居笔记》《千年一叹》，但你不能不看电视，而电视上曾连续多日播出的大专辩论会也罢，青年歌手大奖赛也好，都有余秋雨当评判或场外评点。于是余秋雨走进了万户千家。

余秋雨来黑河时，正是走进万户千家之前，因此余秋雨的到来并没有引起轰动，只是几个喜欢散文的人雀跃起来。

余秋雨来黑河正值1995年的夏末，那是一个很平常的夏季，但因了余秋雨，黑河的那个夏季变得不平常起来。

其实，余先生来黑河是因为另一个从黑河走出去的黑龙江本土散文家刘邦厚先生。《北方文学》杂志社应刘邦厚之意将刘邦厚散文研讨会选定了在他的家乡黑河召开。

在大黑河岛国际贸易洽谈中心的一个会议室里，余秋雨侃侃而谈，他这样评论刘邦厚与刘邦厚的散文：刘邦厚是黑龙江的代言人，他的散文有种大气，有种高贵的情怀。他希望刘邦厚的散文写得更好，努力创作黑龙江文明的缩写本，争取达到这个高度：如果想了解黑河两岸文化、黑土文明、民族心态，读刘邦厚的散文即可。

刘邦厚也许没有忘记这一期冀和激励，因为此后不久，他的散文集《人生彼岸》出版，五十四集电视连续剧《黑龙江三部曲》拍竣并在各地热播，长篇小说《百年风流》出版。

那次报告会其实重头戏在后边，在评论了刘邦厚的散文后，余秋雨突然来一个转折，大谈特谈起当代文化的构建问题。他一路走来一路演讲，为现代城市文明构建鼓与呼。他做得最多的不是创作散文或是为散文家评论，而是到各地演讲，演讲由传播新时期的艺术观点和人生观念始，又转向城市文明问题的探究。

余秋雨在黑河纵谈城市文化的构建问题说：城市文化、城市文明的建设问题，是比较严重的问题。现代城市应该有什么样的文化构架、应该明确什么样的文化定位、应该确定什么样的文化性格等等，要请那些具有全国视野乃至国际视野的文化设计者来把它做好，然后由城市的文化操作者来完成。他还谈到文化的层次问题，认为没有层次的文化是平面文化。散文中的高贵的情怀就是文化层次，就是人格层次。没有人格化的文化是卑微的文化。他说文化崇拜是一种高贵。

我们现在正倡导创建北方文化名城，余秋雨的话应该对我们有所启发，从黑河与内地发达城市和与一江之隔的异域城市布拉戈维申斯克（海兰泡）层层叠叠的对比中，来确定黑河的文化角色和文化前途。在大黑河岛上演讲后，余秋雨从黑河乘船，在“北方的河”（张承志语）上进行文化考察，先向东，到著名的瑷珲，再向西，到呼玛，后回黑河。

他眼中的黑龙江，是“惊人的安静，但这种安静使它成了一条最纯粹的河。清亮、冷漠、坦荡，岸边没有热闹，没有观望，甚至几乎没有房舍和码头，因此它也没有降格为一脉水源、一条通道。它保持了大河自身的品性，让一件件岸边的事情全都过去，不管这些事情一时多么重要、多么残酷、多么振奋，都比不上大河本身的存在状态。它有点荒凉，却拒绝驱使；它万分寂寞，却安然自得。很快它会结冰，这是它自己的作息时间表，休息时也休息得像模像样”。“如此抽象的黑龙江，反倒特别接近我心中的河。难道，上一辈子，我曾坐着狗拉雪橇驶行在冰封的黑龙江上？”

余秋雨在黑龙江上航行时，巧遇一位同姓船长，这一切，更加深了他对梦中长河的缱绻。

余秋雨更向往的是秋江，“我所期待的，是春潮初动、冰河结冻的时分；而更倾心的，则是秋风初起、霜天水影的景象。为什么更倾心？因为只有那个时候，春天的激情早已减退，夏天的实用也已终结，大地霜降，河水骤冷，冷走了喧闹的附加，冷回了安详的本体。凉凉的河水延绵千里，给收获的泥土一番长长的宁静，给燥热的人间一个久久的寒噤”。他愿意看到“霜冷长河的雄伟长卷”，这是他心中的“至高美景”。

啊，霜冷长河，多么令人遐想、令人感慨的命题，它使我们想到纯净、想到高洁、想到中年……

正是这一次黑河之行，余秋雨把他不久后付印的散文集定名为《霜冷长河》。我 2001 年金秋在北京买得此书时，已是第二十三次印刷了，已发行了五十三万册。加上盗版的话，也许有五十多万人或者更多，通过这本书，与余秋雨一道神游那条梦中的北方长河。而黑河，则是这条长河上的一颗闪亮的珠宝，余秋雨放大了黑河的光辉。

诗人：一个城市的名片

没南下来到这个城市前，就知道有个诗人叫赵恺。

是在二十世纪七十年代末八十年代初的时候，那是个激情飞扬的时代，读诗、写诗蔚然成风。我那时风华正茂，也狂热地写诗、读诗，亦是《诗刊》的忠实读者。我就是在《诗刊》上知道了赵恺的名字，他是我喜欢的当代诗人之一，他的成名作《我爱》《第五十七个黎明》就是刊发在《诗刊》上。至今还依稀记得《我爱》中的一些经典段落和句子："我曾轻轻地说，我爱/声音羞涩又忸怩/我爱我柳枝削成的第一支教鞭/我爱乡村小学泥垒的桌椅/我爱篮球/它是我青春的形体/我爱邮递员/我绿色的爱情在他绿色的邮包中栖息/可是，我的第一声爱还没落地/就凝成一颗苦涩的泪滴。""我爱上了报纸/它成为我一位诚实的伴侣/它带着诗歌和诗一样的消息……""我爱音乐/我爱一切发自心底的旋律/我爱朱崇懋/我爱关牧村/我爱李谷一/高音像鸽子飞上蓝天/低音像沉雷滚过大地/中音最醇厚/一曲《吐鲁番葡萄熟了》/真像熟了的吐鲁番葡萄一般甜蜜/可是/我不敢抚摸提琴/我觉得那根被切断的喉管的鲜血/还在琴弦上滴……"

到淮安工作后不久，偶然从知名散文作家吴光辉处获知，赵恺就生活在这座文化底蕴厚重的城市，他是省作协副主席，是淮安市的作协主席。我为这个城市有这样一位在国内诗坛有重要影响的诗人而感慨，这应该是这座城市的幸运。

今年盛夏 7 月，由吴光辉召集举办市作协散文创作指导委员会成立会，赵主席莅临会议，他就坐在我对面的位置，我才第一次而且是近距离领略诗人赵恺的风采。他个子不是很高，面相和善慈祥，鹤发童颜，看不出已过古稀之年。会前交谈得知他祖籍山东，我们还是山东老乡呢，这一下把我们的距离拉近了。在会议开始后，光辉介绍了散文创作指导委员会的工作设想和打算，市作协副主席兼秘书长龚正（也是一位有名的诗人）发表祝贺讲话，之后就是赵主席的即席讲话。他肯定了本市散文创作的成就，肯定了散文创作指导委员会的工作设想，然后就谈起创作，谈起诗，谈起他反复吟咏的爱。

他这样诠释爱：“什么是爱情？爱情就是亚当的左臂疼痛，夏娃的左臂也疼痛，诗歌也是。”

好作家是这样炼成的：“没有经历苦难、生死、爱情的话，怎能成为一名优秀的作家？”

诗人赵恺就是一个历经磨难的人。1943 年日本鬼子大轰炸，让年仅五岁的诗人失去了父亲，他九岁时母亲又去了美国，小小年纪就经历了丧父、别母之痛。他在南京投靠在家境也很窘迫的亲属家，十几岁就考入晓庄师范学校，毕业后被分配到洪泽湖畔的一所农村小学教书。他兴趣广泛，爱打篮球，还是县篮球队的队长。可是平静的生活没有持续多久，他因言获罪，十九岁的诗人被打成“右派”。之后便经历了丧妻之痛。直到上世纪七十年代末，年过不惑的诗人才重新获得创作的权利。诗人没有放弃，没有沉沦，诗人正是凭着对祖国、对家园、对生活的一腔炽爱，才没有被击倒，虽然历经磨难，但“虽九死其犹未悔”。心里有爱，才写得出《我爱》。

赵恺这样评价当下的散文：“整体上说，散文小家子气，小格局多，大格局少。《古文观止》中有的文章虽然只有几百字，却是千古传颂的名篇。要把散文贵重的头颅低下来，在生活的底层扫描。”

他对作家的理解：“孤独着、坚持着、与众不同着，这样才是真正的作家。作家就是给社会提个醒。”

他这一观点和普利策对记者的理解不谋而合，普利策关于记者的名言说：“倘若一个国家是一条航行在大海上的船，新闻记者就是船头的瞭望者，他要在一望无际的海面上观察一切，审视海上的不测风云和浅滩暗礁，及时发出警报。”

作家和记者有着同样的责任和使命，没有这种对国家、对民族、对社会的强烈的责任感和崇高的使命感，是难以写出能产生重大影响的文学和新闻作品来的。

看看诗人赵恺，是有这种责任感和使命感的，他为时代代言，为人民代言，为足下的土地代言，为自己生活的城市代言。他写长诗讴歌周恩来，他写诗吟咏与这个城市相关的韩信、漂母、刘老庄等等。每到重要活动或重要纪念日，总是能在报纸上看到赵恺的名字和他的诗。一个不关心社会、不贴近时代的诗人不能算是好诗人，诗人就应该跟人民“同呼吸，共命运，心连心”。

赵恺，成为这座城市的一张重要名片。有了他，城市就有了不一样的形象。赵恺也经常去学校等单位演讲，他也登台朗诵他的诗。

那一次见面不久，我又一次远距离领略了诗人风采。《淮安日报》举办成立六十五周年系列活动，其中之一是请来上海音乐团举办专场音乐会。音乐会正式开始前，就是赵恺老师登台朗诵他特意为报纸大庆创作的长诗《方太阳》。长诗表达了他和这张报纸的难以割舍的情结，表达了他对党报的一腔热爱。记得贾平凹说过：“有什么样的城市就有什么样的报纸。我们每天都需要报纸，关心报纸就是关心我们自己，热爱报纸就是热爱我们的生活。一张报纸对于一座城市来说太重要了。”赵恺与贾平凹一样，对自己所在城市的报纸饱含深情。其实，我对我曾经生活许多年的城市的报纸也有这种难以割舍的情缘，因此，赵恺老师的朗诵使我的心灵产生强烈的共鸣。

走近写过《我爱》的诗坛大家赵恺，倾听他对爱的真诚呼唤和声情并茂的朗诵，是一次畅快淋漓的听觉盛宴。

一个尊崇诗人的城市，是重视文化构建的城市。一个城市，因为一位诗人而使影响力得到提升。尤其这个诗人心中有大爱，不断地用诗歌来吟咏城市，为城市文化鼓与呼。善待心中有大爱的诗人，也是善待我们自己。有了诗人赵恺，也可以说是淮安的幸运。

师者吴宝三

我的一本新书今天姗姗而来，黑龙江名作家吴宝三老师作序。因为写森林的缘故，序言就自然想到了从小兴安岭大森林走上文坛的吴老师，就冒昧地打了电话，约请他作序。他没有婉拒，而是让我把稿子寄给他，说先看看稿子再说。没想到，没过多久，就接到了吴老师打来的电话，称已把序言写好，让我告诉他我的邮箱地址。这让我好生感动，毕竟我和吴老师没有深度交往，再说给人写序，是件很辛苦的事。从这件不大不小的事儿看，吴老师的奖掖后学、热情待人的精神让我对他由衷地敬佩。

其实前些年，我和吴老师有过一次一面之缘的。那时他还在《北方文学》当主编，我专程去拜访他，虽匆匆一晤，但他的谦和、慈善、热忱及温文尔雅，给我留下了很深刻的印象。他结识的文朋诗友太多，我那次又没给吴老师带作品，因此也就不会记得。但吴老师还记得我参加省作协举办的一次征文，还记得我的征文题目及获得的奖项，这颇令我感动。征文评奖时，吴老师已经调任省作协担任领导工作。

最初看到吴宝三的名字，是读他的森林诗，在报刊上认识他的。也许是因为我是大森林里长大的，对写森林的诗文以及森林作家、诗人特别留意和关注。大概是二十世纪八十年代，《人民日报》“大地”副刊上会经常见到吴宝三的名字，那时《人民日报》副刊发表作品在署名前，要加上作者单位，遂知晓他是黑龙江森工总局兴城疗养院的，以为他是从加格达奇走出来的，后来认识吴老师后，才知晓他来自小兴安岭。他在辽西工作多年，是在兴城加入辽宁作协和中国作协的，并跻身辽宁知名诗人的行列，对兴城满怀感激之情，称其为第二故乡。

近几年，陆续收到吴老师寄赠的作品集，对他的经历以及人品、文品有了更多的了解。

吴老师可以说是阅历丰富，人生旅程也可以说饱受艰辛。他年少时代，赶上三年困难时期，家境窘迫，随着开杂货铺的父母颠沛流离。以筋饼驰名的兰西县榆林镇是他的故乡，他还在庆安县城居住过，后来辗转到铁力林区。作为一个小镇青年，因父亲过世，他过早地承受生活的重负。课余去卖过菜，给泥瓦匠当小工，还在初中毕业后搞过长途贩运，按照现在的说法是“下海”，可谓是最早的下海少年。高中毕业后，他来到当时亚洲第一的铁力木材干馏厂当学徒工，就是在那里，他开始写诗，得到著名诗人满锐、陆伟然等的书信指导。他的第一首诗刊登在了《东北林业报》（《黑龙江林业报》前身）上，和郭小川发在同一版面，可谓出手不凡。之后《黑龙江日报》多次发表他的诗作。他在林区工作生活，和林业结下不解之缘，成为继满锐、傅仇之后的又一位在全国有影响的森林诗人。

经历“文革”的磨难，他没有放弃自学，幸运地进入北京大学中文系读书，这是他青少年时代的梦想。这里可谓大家云集，他成为王力、吴组缃、林庚、川岛、王瑶、朱德熙、吴小如、陈贻焮、严家炎等大家的弟子，他也和后来成为全国著名生态文学作家的徐刚成为同窗。他在上大学期间继续写诗，他发表在《北京日报》的诗歌《我到北京上大学》，我所在的黑河地区文联主席、诗人索久林多次提及此诗。一位获鲁奖的著名诗人说，当年她曾把这首诗抄录在笔记本上。北大教授严家炎曾撰写诗评，黄益庸先生在他主编的《北方文学》转发了此文，可见作品影响之大。北大毕业后，他回到伊春林区工作两年，调入中央人民广播电台黑龙江记者站当记者。在辽西工作期间，为宣传开发建设第二个北戴河——兴城，他邀请了一批批文化名人、体育明星、演艺界明星来到这里。他挥动手中之笔，写出一首首激情满怀的诗篇，我也正是由此知道了这位诗人。

他奉调回到哈尔滨，创办了《大森林文学》期刊，以此为阵地，培养了一大批森林作家。这期间，与人合作创作了《马永顺传》，在全国引起极大反响。是年，《光明日报》先后用两个版面，刊发了他撰写的纪实散文《生命的号子》。也是因为吴老师的文学造诣，他被调到省作协，接手黑龙江文学第一刊《北方文学》。他在主编的任上，我去省农垦总局参加全省广播电视新闻奖评奖，会议间隙去《北方文学》编辑部，第一次拜见了他。吴老师任秘书长期间，他和省作协的同人一道开展了许多活动，为繁荣黑龙江文学创作尽心竭力。我的一篇征文获得二等奖，我由衷钦佩吴老师记忆力惊人，在他为我的作品集写的序言里提到了这个细节。没承想一个作者的一篇小文，吴老师却记忆犹新，这不能不让我心存暖意。

我调入江苏一所大学任教，距离吴老师远了，因为我的一本小册子约他作序的机缘，又把我和他的距离拉近了。每有新作出版，吴老师都寄给我，他退休后创办了一本杂志，多次向我约稿。他近些年寄给我的著作有《瓜园远去的背影》《此情未被风吹去》《心家在乡土》《吴宝三散文选》等，我经常翻读他的这些散发黑土地芳香和洋溢大森林气息的散文，给我颇多的启迪与教益。获悉黑龙江省森工总局为其建立了文学馆，实至名归。

这几年，我经常和吴老师通电话，为吴老师提供了我工作的城市举办以母爱为主题的散文大赛信息，他的作品获了奖，受邀来参加颁奖会，这是我第二次见到他。前两年，他曾策划了一个省内外作家鸡冠山采风活动，吴老师邀我参加，而且还照顾我后面的一个师范同学聚会，特意把时间定在了这之前，我颇有些过意不去。吴老师心细，安排了接站，活动结束时，虽然身体不适，仍周到地给我安排好了省城的宾馆，吃饭住宿吴老师都大包大揽下来。正是吴老师的精心安排，让我重返黑土地，亲近大森林，只是我没有与他一道去小兴安岭参观他的文学馆，留下些许遗憾。

师者吴宝三，他诗文的魅力影响了我几十年。说起他今年发表在《光明日报》和《北京文学》的散文，《作家文摘》选发了三篇，他淡淡地称其为“小打小闹而已”。谦恭低调，从不张扬，他似一株成熟的稻谷，其人格的魅力，更是让我铭刻在心，难以忘怀。

诗的眷恋和眷恋的诗

丙连出版诗集，这是可喜可贺的事儿，他诚邀我作序，让我有点忐忑，我虽是狂热的诗歌爱好者，但对诗歌评论却是门外汉。所幸我比较了解丙连的诗歌创作历程，也就接受了。

考虑这篇序言该从何处落笔，我自然想到了我们初相识的时候，想到了我们的学生时代。那是二十世纪七十年代的最后一年，我们成为“新三届”的最后一届高考生，成为“大学漏子”，来到我们的母校——黑河地区师范学校，学中文专业。我和丙连成为同窗，这一转眼，就是四十年过去了。

他来自嫩江县乡下，我来自爱辉县大森林里，当时我们都不太善于言表，这一点我们十分相像，也就特别投缘，但真正让我们惺惺相惜的，还是源于缪斯女神。他有内秀，喜欢写诗，我们有共同的爱好。我们一起听课、自修，涉及诗歌的内容总是让我们激动，比如古代文学讲到汉乐府的诗，李白、杜甫、白居易等人的诗，现代文学讲到艾青、郭小川、贺敬之等人的诗，都让我们兴奋不已。我们读诗、背诗、抄诗、写诗，乐此不疲。

当时也正是诗歌最火的时代，也正值舒婷、顾城、北岛、王小妮、叶延滨、杨炼、杨牧等诗人声名鹊起的时候，他们中有的诗人也正在校园读书。我们一起听著名诗人沙鸥的报告，那是怎样的欣喜若狂，因为我们都是第一次近距离与大诗人接触。报告会后，我们又一起受邀去北方宾馆，到诗人下榻处座谈，记得丙连就山水诗创作向沙鸥提出了问题。这之后，我们受沙鸥老师的影响，开始学写沙鸥老师根据古代的七律创新的八行体诗，我们在塑料皮日记本上写了一首首八行体诗。毕业前，我邀请爱好写诗的丙连、铁春，还有写小说的振彪，到海兰照相馆拍了一张合影相片，我还请照相馆给照片上题写“我的诗友”四个字，给我们的青春时代、校园生活、写诗追求，留下一个珍贵的影像，保存了一份美好的回忆。

毕业后，丙连分到了最基层的逊克县村学校任教，我则阴差阳错分到了煤矿子弟学校。我们遂开始“两地书”，交流的话题自然少不了诗歌。我们有时把各自写的诗寄给对方，我们也都相继在《黑河日报》上发表过诗歌，他写的诗歌《古伦木沓》我就是在报上看到的，诗中“古伦木沓”四个字循环往复，音律跳动，如同舞蹈的节奏，至今我还记忆犹新。

他后来从中学语文教师岗位转行到县广播电台当记者，一直都坚持创作。不久他又被县委办选作秘书，转行从政，由于政务繁忙，他写的诗少了。这也与当时的大环境有关，全民经商，已很少有人坚持写诗。这期间，为了迎接鄂伦春族下山定居四十周年，我提议，和丙连合作创作一首长篇叙事诗。创作鄂伦春族题材诗歌，我们各具优势。他是鄂伦春族女婿，耳濡目染，自然有许多生活积累，有丰富的创作源泉，对鄂伦春族民俗等，他也方便请家人来解疑释惑；我则小时候生活的地方与鄂伦春族聚集地相距不远，曾多次去过鄂乡，接触过许多鄂伦春族猎人，也有一些感性认识。我也想了大体框架，就是以一位鄂伦春族老猎人为主人公，写他定居前后的生活经历，反映鄂伦春人生活的巨大变化。后来他和我的工作变动频繁，也没能静下心来创作，这个计划也就搁浅了，现在想来为没能实现夙愿，还感到深深的遗憾。

丙连的诗写得少了，但业绩突出，凭自己的踏实做人、辛勤努力和出众才能，一步步做到了县里的最高职务级别。近年他忙里偷闲，又重拾诗笔，诗歌创作到了一个井喷期，一发不可收拾，创作了一首首诗歌作品，聚沙成塔，集腋成裘，遂成就了这部诗集的出版。收入诗集里的作品，大多是他近两三年创作完成的。他的创作热情、创作的勤奋，也让我汗颜，值得我学习。我出版了散文集、新闻作品集后，有几位朋友都鼓励和希望我出版诗集，由于新作太少，我的诗集到今天也未能出版。如今，我们曾经一起写诗的丙连的诗集出版，也算是弥补了我的一个缺憾。

他的诗最为突出的特点是感情饱满，特别是他写乡情、乡愁、至亲的诗，饱含深情，情感真挚，读了他写至亲的诗，让人流泪，让人感动。例如："如今我跪在姥姥的坟旁/送给她几个纸钱/姥姥不理会缥缈的青烟/我磕了男人的三个响头/姥姥好像抬了抬眼睑/我讲了她自己的故事/姥姥没吱声/结尾是我的一声长叹。"（《姥姥的故事》）他能从小处落笔，聚焦一个寻常物件，写出对亲人的怀念，如回忆姥姥家，从屋门、磨盘落笔，写姥爷的烟袋锅儿，写爸爸身边的老狗等。姥爷的烟袋锅儿这一再寻常不过的物件，却让丙连捕捉到，透过烟袋锅儿，依稀看到一位老人的勤劳与辛苦："姥爷的烟袋锅儿/每天总是早醒/他自己也忘记了从啥时候起/烟袋锅儿成了清早的一盏灯。"（《姥爷的烟袋锅儿》）《跟妈妈说的话》《妈妈》《母亲节》等诗，回忆他英年早逝的母亲，读后让人怦然心动，潸然泪下："我知道/你是多么不愿意/多么不愿意/就这样悄悄远走/儿子的笑/是你的心声/生命中怎能缺少这甜蜜的节奏/儿子的哭/是你的歌声/这歌声灿烂了你暗淡的双眸/妈妈你不愿走/妈妈你不能走/妈妈你不该走。"声声呼唤，如泣如诉，催人泪下。丙连少时命运多舛，幼年丧母，这是怎样的一种痛楚！这是怎样的一种悲伤！因此，写对亲人的眷恋、写对乡愁的追忆，是他倾注笔墨最多的，也是写得最为成功的。我觉得这些诗是沉重的，基调也是忧伤的，读了令人压抑，但正是这种沉重和忧伤，构成了丙连诗歌的魅力，读者可以走进诗人的内心世界。当然，诗人没有沉湎于沉重与忧伤里，他经受了磨难，养成了坚韧、顽强的性格，不向生活妥协，而是追求美好，珍惜亲情友情。诗歌创作上，他也再不断突破自我，写出了许多明快、明朗的诗，让人心情愉悦。

诗集中写乡愁的诗占的比重较大，如《乡愁》（一）（二）（三）以及《故乡的路》《故乡的云》《回故乡》等，以《过年》为题的有三首。叙写童年的回忆、师范读书时的回忆等。《乡愁》三首，都是运用“乡愁是什么”的句式，通过辣椒、石头、炊烟、冬雪、小米粥、热炕头儿等意象，让我们寻找那依稀远去的乡愁，唤起美好的回忆：“乡愁/是一句软乎乎的呼唤/‘吃饭了’/只要端起碗/就会千万次地咀嚼温柔。”（《乡愁》三）。

丙连的诗，以饱含深情的笔触关注历史与现实，诗集里的《瑷珲风铃》《瑷珲条约》《瑷珲魁星阁》《眺望黑龙江》《界江黑龙江》《胭脂沟》《眺古驿道》等诗，是对历史的观照。无论是对屈辱一页的翻动，还是对国土沦丧的感慨，都让我想起民国瑷珲著名诗人边瑾的边塞诗，想起边瑾的《龙沙吟》。对黑土地、北疆风光、风物的描摹，看出丙连对这片土地的热爱，如《冰排》（一）（二）（三）以及《黑土恋歌》《库尔滨雾凇》《雾凇美》《山丁子果之恋》《冰灯》《阿廷河的支流》等，都是对北疆景观的描绘，对北疆的关注。是这片土地养育了作者，因此充满无限深情，自然会浓墨重彩地抒写。“一列列凯旋的队伍/每一张脸都笑逐颜开/最冷的雪/最硬的风/都挡不住英雄的情怀。”（《冰排》一）把冰排的壮观景象淋漓尽致地表现出来。

他的诗篇幅较长的少，短诗多，这也符合碎片化阅读的需要，但短诗写好了也不容易，要抒发丰富的情感，表达多彩的内容，蕴含深刻的哲理，需要阅历，需要经验。在几十年的探索实践中，丙连逐渐找到了适合自己的路径，摸索到了属于自己的情感表达方式。篇幅较长的《因为一条美丽的江》，虽是献给会议的一首诗，却是给美丽黑龙江吟出的一首赞歌，是发自肺腑的对黑龙江的一腔热爱。当然他也写别处，他乡的风土人情也能激发诗人的创作热情。

丙连的诗另一个突出特点是朗朗上口，不晦涩，有节奏感，音韵优美。他坚持写有韵的诗，这一点看，他是尊崇传统的。中国古典诗歌对他的影响很大，他的诗基本上都是押一个韵，一韵到底，一气呵成，这样的诗读了不拗口，尤其适合朗诵。这不由让我想起瑷珲籍著名朗诵诗人高兰的诗。高兰一生致力于朗诵诗运动，他在抗战时崛起，写的诗铿锵有力，节奏鲜明，富有战斗精神，富有艺术感染力。丙连承接了高兰的诗歌创作传统，在2020年春天这场抗击新冠疫情的战役中，他及时用诗歌的形式记录这场全民抗疫，表现了他的自觉担当意识，给人鼓舞，催人奋进。第一辑中几首写抗击疫情的诗，如《这一场突如其来的大雪》《雨水来得正是时候》《最美的人·我看不清他们的容颜》等诗，用诗驰援武汉，而且都是很适合朗诵的，有些抗疫诗还被朗诵名家朗诵，在微信公众号上推出，传播甚广。纵观他的全部诗作，几乎没有不押韵的诗。重视押韵的同时，他也十分注重意境的营造，写诗，关键是要炼句、炼意、造境。

丙连的诗明白晓畅，通俗易懂，但通俗不等于肤浅，恰恰相反，他的许多作品都耐人寻味，引发读者思考。“诗言志”，丙连的诗歌也是富有理性色彩的，诗里有对人生、对社会的思考，表现他的价值观。从《站台》（一）（二）（三），《地铁》（一）（二），《时间》（一）（二），《读山》（一）（二）和《登山》《路》《看山》《对岸》《旧鞋子》《日历》《唱歌》等诗里，可以发现诗人的哲思，在读出诗的韵味的同时，触发读者的思考。生活中的寻常遇见，他都能敏锐地发现不寻常处，他能有感而发，如《树瘤》，讽刺了社会上存在的一种畸形现象。此外，《睁着眼睛的白桦》《小菜摊儿》等诗，写的都是我们司空见惯的景象，但不是人人能从中发现诗意。比如冻葱，在北疆冬天再寻常不过，丙连却有意外发现：“冻不死的一颗心/冻不死的一个梦/给我一丝风的温暖/还你一片春的葱茏。”（《冻葱》）生活处处皆有诗，关键是善于发现，善于捕捉，善于提炼。表达思想极容易把诗写成口号，容易概念化，这是许多习作者经常会遇到的困扰，但丙连克服了诗味儿不足的问题，他的诗很少有干干巴巴、空洞直白的弊端。

丙连写山水风光的诗并不多，即使写到北疆或他出差旅行见到的风光，也不是止于对风光的讴歌，而是寄情山水，着重写他所见之后的所感所悟。这与他的诗的追求以及他的个人阅历有关，那个当年向大诗人沙鸥提问如何创作山水诗的青年，早已不再停留在写景状物上，而是更多地关注人，关注人性，直抵人心，直抵读者心灵最柔软处，写出让人感动、产生情感共鸣的诗。

丙连从少年时代即开始了对诗的眷恋，四十多年后他把眷恋的诗奉献给读者，归来还是少年。希望诗友丙连同学再上层楼，不断写出更多脍炙人口的好诗。

什么样的栏目是好栏目

国家广电总局前不久公布了一批创新栏目和提出表扬的优秀栏目，可以看出总局对栏目发展的导向意见。也让我们深思：到底什么样的栏目算是好栏目？好栏目的标准是什么？

从公布的创新栏目和优秀栏目看，当下热播的综艺选秀类栏目只有央视的《星光大道》和湖南卫视的《天天向上》入围，反响较大的江苏卫视《非诚勿扰》、上海东方卫视的《东方达人秀》、黑龙江卫视的《本山快乐营》及《一周立波秀》等都没能入围。《非诚勿扰》主持人孟非在节目中屡次谈到，该节目全球有几千万、上亿观众收看，应该说影响力是很大的，但并没有得到广电总局的推荐，很耐人寻味。谈话节目应该是紧随选秀节目之后，当下最火的节目，有一定实力的上星台几乎都有类似的节目，如江苏卫视的《人间》、北京卫视的《BTV 秀场》、天津卫视的《津夜有戏》……但只有上海东方卫视由骆新主持的《东方直播室》入围。

解密类的栏目受到推荐，如央视的《国宝档案》、深圳卫视的《解密》、北京卫视的《档案》，也颇让人深思。这类栏目虽打着解密的旗号，让人有一种窥视欲，但其实还是属于知识性栏目。如北京台的《档案》，很有看点，融知识性、趣味性、惊险性于一体，题材大多都是少有披露的，的确能满足人们的猎奇心理，却又不是故弄玄虚。

农村栏目中央视的《生活 567》、河北台农村频道的《村里这点事》上榜，看出对农民朋友的关注，但对于数亿农民朋友而言，显然是凤毛麟角。

另外在创新栏目里，中国教育台的《成长不烦恼》位列其中，是关乎青少年成长、心理健康的情感栏目。对于广大的青少年及其家长而言，这样的栏目还是多多益善。

其实现今情感类栏目也很火，好多台都办了情感类栏目。如江苏广电集团就有一大批影响较大的情感类栏目，江苏卫视就打出了幸福牌、情感牌，除《非诚勿扰》外，今年又推出了《老公看你的》等。此外城市频道在全国最早创办，也曾经是最具影响力的民生新闻栏目《零距离》此次未被推荐，此类栏目推出的是陕西台的《都市快报》。江苏台城市频道号称是新新闻栏目的《新闻夜宴》也是不错的栏目，今年也进行了改版，特别是加大了与新媒介的融合力度。江苏广电也不是没有收获，创新栏目中还是占有一席之地，不过获推的是城市频道的一档养生栏目《万家灯火》，推荐语强调了它的权威性，是与国家某部门合办的。但每晚几近午夜（23 点 10 分）播出，不知有多少人能看到，影响力何来？湖南卫视的《百科全说》在全国应该比它影响要大，但被张悟本搅了一下，公信力受到影响，这也是“一条臭鱼腥了一锅汤”。

央视的《我的这五年》获得创新栏目，但严格讲，它不属于栏目，是在栏目里临时开辟的专栏。另外，法制、经济、文化、少儿栏目都各有一档或两档栏目获得推荐。纪录片栏目也有央视的《探索·发现》、天津台《泊客中国》两个。

积极向上、有较强导向性的、争议不大或没有争议的栏目，是获得推荐的一个重要尺度。这就给栏目策划人提出了命题，到底该办什么样的栏目？主流媒体，还是应该办符合主流意识和核心价值观的栏目，有效引导舆论，唱响主旋律。在坚守媒体责任的语境下，媒体和节目主创人员还是要精心策划，抵制低俗之风，办出深受观众满意和喜爱的思想性、艺术性、观赏性俱佳的栏目。

东北话里的儿化音

东北方言儿化音很多，有的已经被普通话接受，也就是在许多新闻播报等主流话语系统已被接受，当然不是所有。东北方言里的儿化音与北京方言里的儿化音大体相同，而与山东、山西、河南等部分北方省份的儿化音有所不同，这应该是因东北与北京同受满语影响有关。

东北方言里带儿化音的词比比皆是，作为生于斯长于斯的东北人，如果说话不带儿化音，我都不知道该怎么说话。南来也好多年了，仍不能改掉张口说话带儿化音的习惯，南方人说话是不带儿化音的，有时觉得听着不习惯，这大概和他们听我这个北佬带儿化音觉得新鲜一样。

东北话里儿化音可谓俯拾皆是，如说人的身体部位就有：脑瓜门儿、后脑勺儿、肿眼泡儿、耳朵眼儿、高鼻梁儿、小嘴儿、小眼儿、红脸蛋儿、肚脐眼儿、胳膊肘儿、簸箩盖儿（膝盖）、小脚儿、小头儿小脸儿等。和饮食有关系的：土豆丝儿、土豆片儿、土豆块儿、白菜丝儿、豆角丝儿、饺子馅儿、黏豆包儿、花卷儿、蒸饺儿、水饺儿、面包渣儿、土得掉渣儿、窝窝头儿、熘肉段儿、熘豆腐泡儿、熘肥肠儿、熘三样儿、熘肝尖儿、小葱儿（说大葱时不加儿化音）、年嚼裹儿、筋头巴脑儿、猪下水儿、小苹果儿等。我们是小孩儿时过年，脸蛋儿冻得通红，嗑着瓜子儿，吃着糖块儿，不时放几个小鞭儿，晚间放蹿天猴儿，用磕头撩儿（小蜡烛）把灯笼点亮，拎着到处跑着玩儿。有人拿着电棒儿（手电筒）照亮儿，到俱乐部里看电影儿，也有的在院子里玩儿藏猫猫儿，也有的到小伙伴儿家让大人给出题破谜儿。白天俱乐部里有游戏活动套圈儿、吊瓶儿。女孩儿可以玩儿翻绳儿、欻布子儿、跳皮筋儿，男孩儿可以玩儿推轱辘圈儿（滚铁环）、打滑冰板儿、打滑跐溜儿、弹溜溜儿。

儿化音可以说举不胜举，有些是普通话里带儿化音，南方人也听得懂，如热乎儿的、凉快儿的、礼拜天儿、包圆儿、当间儿、眼巴前儿、大老远儿、小心眼儿、显大眼儿、美格滋儿的、冰棍儿、汽水儿、小不点儿、小猫儿小狗儿、招猫逗狗儿、小样儿、精大点儿、大眼儿瞪小眼儿、干瞪眼儿、有头儿有脸儿、头头儿脑脑儿、撒谎撩屁儿、小鸡崽儿、小羊羔儿、小马驹儿、小毛驴儿、小米儿、小庙儿、枪子儿、传话儿、唠嗑儿、孩子头儿、串门儿、河沿儿、海边儿、江边儿、早市儿、夜市儿、一块儿、一对儿（如树上的鸟儿成双对儿）、一块儿堆儿、喝小酒儿、小偷儿、小丑儿、小九九儿、老头儿、对门儿、门脸儿、花儿、电影儿、歌片儿、菜单儿、名片儿、小孩儿、老爷们儿、老娘们儿、一点点儿、烟卷儿、蒜瓣儿、包袱皮儿、顶针儿、小调儿、小曲儿、写材料儿、圆圈儿、小葱儿、蒜苗儿、松子儿、大枣儿、桃儿、玉米面儿、魂儿、开春儿、开花儿、开化儿、月牙儿、说快板儿、耍猴儿、作文儿、作业本儿、造句儿、手戳儿、手印儿、抽签儿、虚头巴脑儿、葡萄粒儿、锅嘎贝儿（应该是嘎巴的变读），等等。

有的是在东北方言土语里带儿化音，如果不加注解，东北以外的人特别是南方人听了就云里雾里。如赶趟儿（来得及）、轮大襟儿（轮流，顺时针转）、有来倒去儿（有头有尾）、劲儿劲儿的（与人隔膜、不友好）、燕别咕儿（蝙蝠）、把家虎儿（顾家）、小拉渣儿（最小的、最后生出来的）、一对儿双儿（双胞胎）、小铺儿（黑龙江黑河人对小杂货店的称谓，黑龙江其他地方不知道是否也这样说）、小店儿（小气、吝啬）、小抠儿（吝啬）、借壁儿（隔壁）、借壁儿邻右儿（左邻右舍）、慢声拉语儿（说话慢、声音低）、带色儿（色读 sǎi，带颜色）、有根有蔓儿（有根据，例：他说得有根有蔓儿的）、打小宿儿（宿读 xiǔ，野外露营）、径意儿的（故意的）、得惯意儿（得读 děi，有成习惯了、尝到甜头了之意)、灯笼挂儿（指肠胃心肝肺)、小烧儿（散装白酒)、蹲小号儿（被关押)、钢镚儿（硬币)、媳妇儿（妇读 fēn 音)、整个啷儿（整个、全部)、不是个儿（不是对手)、大荒儿（大概、轮廓)、锣鼓镲儿（镲儿：学名铙钹、铜钹)、放片儿（倒下)、小鬼儿（称心机过人的人)、下道儿（说话走板儿、不正经)、小毛道儿（人迹罕至的小路)、下晚儿（晚间)、好信儿（爱打听消息)、左溜儿（反正)、混儿（打麻将时翻出的一张牌，可以任意顶。指本事大的人，什么都离不开他，略带贬义，例：他可真是个混儿)。

搜百度百科，称儿化音主要在北京使用率高，其次是天津和河南开封，但我觉得，东北是说话带儿化音最主要、范围最广泛的地域。据我考证，东北话的方言与北京话的方言最接近，儿化音说得大体一致，但也略有差异。北京文化学者刘一达在其著作《北京话》里称北京话的儿化韵，把体育里的球类运动小球加儿化，大球不加，这一点东北话有所不同。东北话不分大球小球都加儿化，如小球儿：乒乓球儿、羽毛球儿、高尔夫球儿；再如大球儿：篮球儿、排球儿、足球儿、橄榄球儿、曲棍球儿、手球儿、冰球儿、垒球儿。地球大，东北方言也是加儿化的，地球儿。有人说按大小来区分，何时加儿化音何时不加，也不能一概而论，如少先队员、共青团员、共产党员，东北话里只有共青团员可以加，少先队员按照年龄应该属于小的，却不说少先队员儿。

东北方言里的儿化音是约定俗成的，也不是所有的词汇后边都可以带，比如人名特别是女孩子名字的尾字，娟、燕（艳)、珍、兰、玲、娟、芬、莲、波、静等，都能带儿化音，而尾字是丹、琴（芹)、杰、萍、贤、丽、敏、姗等一般不能带。再如演员、地位、银行卡等不会带。但到江苏后，所在的单位来自五湖四海，就有在东北方言与北京方言里不带儿化音的，他们却带，听着也觉得很新奇，如山西人就把演员说成演员儿，山东人也包括江苏的徐州人把地位说成地位儿。一次听一位即将毕业的徐州籍博士生来试讲，他就把学位说成学位儿，介绍自己在哪里拿到的硕士学位儿，即将拿到博士学位儿。山东的同事把卡称为卡儿，如银行卡儿、饭卡儿，山东人还把条件说成条件儿，把印刷的排版制版说成排版儿制版儿，把唱片说成唱片儿。河南的邻居把磨叽说成磨叽儿，还有的把课题说成课题儿。这些在东北话里都不带。到贵州旅游，导游小姐把东北话里的蒙圈说成蒙圈儿，虽说圈与一些词组合时带儿化，如套圈儿、扑克里的 Q 也读圈儿，但说蒙圈时却不加儿化，这也许是约定俗成。她一口一个蒙圈儿，让我这个习惯了说儿化音的北方佬儿听了反倒不习惯，真的蒙圈了。

第 四 辑

回家的路有多远

在中央电视台汶川抗震救灾的直播节目中，看到这样一个场景，我的心被深深地打动了。

央视主持人李小萌在陡峭的山路上，偶遇几位老乡，这几位老乡或挑着担子，或背着简易的行囊，有两三位老乡结伴去一个方向，有一位老乡则孤身一人奔赴另一个方向。我们在画面中看到其中一位老乡背着的筐里，装着从震后倒塌的房屋中找到的几瓶酒，还有几块腊肉，单独行走的老乡挑着的担子是两只乳胶漆桶，因为我刚刚装修过房子，认得那是盛涂料的器具。

李小萌与老乡聊天得知，结伴而行的老乡去山下或城里的集中安置点，而独自上路的老乡则是从城里的安置点赶回到震区的家里。李小萌极力劝阻老乡不要回去，因为还有余震，随时可能有山体滑坡，再加上他没有同伴……

老乡信念非常坚定，他没有回头，挑起担子，独自一人踏上了陡峭的山路，不！是踏上了回家的路。

走了几步，他又停了下来，转过身，对李小萌说："谢谢，让你操心了。"然后就义无反顾地上路了。语言和情感是那样诚恳，那样朴实，那样真挚。没有一丝矫情，没有半点虚伪，也没有任何犹豫。那是怎样的一种心胸，怎样的一种气度，怎样的一种胆识啊！

这一刻，李小萌泪如泉涌。坐在电视机前的我，也禁不住泪流满面。就是这位憨厚的老乡，一位刚刚经历了大地震生死考验的灾民，由于对家的眷恋，而表现出的言行，让我们感动。

虽然家已不成其为家，也许家已成为一片废墟，也许妻亡子散，但还是要回去，那是他的根，那是他的希望。那里是给他生命并养育他的故园，那里有他为之流血流汗、为之投入付出的热土。救灾的帐篷他住不习惯，也住不下去，他抱定一个信念，就是回家。不管回家的路有多么遥远漫长，不管回家的路有多少艰难险阻，就是要回家看看。两只乳胶漆桶，就是全部家当。只要是回家，即便一个人上路，也不寂寞。

有人在异乡工作，听说家乡地震了，通讯、交通中断，他们就长途跋涉，日夜兼程，走上几天几夜，就是为了回家看看。

当然，这一刻，也有人离开家乡，那就是从四面八方赶赴灾区救人、抢险的解放军指战员、武警官兵、白衣天使、志愿者、建设者们，他们置个人生死安危于不顾，为了让更多的人脱离生命危险，让灾民早日住上新家。有的战士，家就在震区，尚不知亲人生死，但使命让他们选择抢救他人。

家是什么？有人说，家是一座房子，院子里养着猪；有人说，家是上有老，下有小；有人说，家是老婆孩子热炕头……家是亲情，家是团圆，家是希望，家是过日子，家是和和美美的相处，家是红红火火的生活，家是甜甜蜜蜜的爱恋。

由此，我们理解了“烽火连三月，家书抵万金”以及“马上相逢无纸笔，凭君传语报平安”的诗句中，家书和口信的重要；我们理解了“江南虽好是他乡”和“锦城虽云乐，不如早还乡”的归心似箭；我们理解了每年春节前的返乡潮；我们理解了漂泊海外的华人最终选择了叶落归根。

是的，有人选择了四海为家，“埋骨何须桑梓地”，是大男人的气吞山河；也有人选择了回归故土，“少小离家老大回”，是伟丈夫的儿女情长。周恩来总理少年离开故乡淮安，一生再也没有回去过。钱学森流离他乡，最终回归故国。

有家不能回，是多么痛苦和无奈！只要人在，就可以有家，有了家，就有美好的未来！

一句普普通通的话，一句发自肺腑的话，何以让李小萌也让我泣不成声，泪如雨下？他让我们看到了一个经受大灾难的中国农民博大的胸怀和坚韧不拔的精神。我对这位老乡充满敬仰，他不是狭隘，也不是固执。回家的想法是单纯的，回家的信念是坚定的，他没有被大地震吓倒，他要回家看看，他要回家看看能干点什么。

他不想等，也不愿等。他还有两只手，更有不曾泯灭的希望之火。

他，这位可亲可敬的四川老乡，一往直前地上路了。不管路途多么遥远，也不管征程还有多少艰险，一直朝前走，那是一条回家的路。

恋家的老乡，挑起的是担子，挺起的是中国的脊梁！

地震毁灭了我们的家园，我们不怕！有你，回家的四川老乡，还有我们——地震吓不倒、天塌砸不折腰的千千万万中国人，家园就一定会重新建立起来！

苍天洒泪

“在举国哀悼日，让我们为玉树灾区人民祈福！天下起了大雨，好像是老天爷为因地震而遇难的人洒下了泪水。”今天恰巧有课，在正式上课前，我对面前的七八十位同学们说了上面的一段话，表达了我的心情。

昨晚一直守在电视机前，看完了“情系玉树，大爱无疆”的晚会，被奔赴抗震救灾第一线舍生忘死的解放军战士、武警官兵以及来自祖国四面八方的救援队的成员感动，被来自受灾地区的康巴汉子的舍小家为大家的精神感动，被来自香港的义工阿福为抢救孤儿而英勇献身的情怀感动，被视受灾藏民孩子如自己的孩子而为其哺乳的护士感动，被那个可爱的藏族少年的天真和淳朴感动，被陈光标、范曾、毛阿敏等许许多多人的善举感动……

今天是全国哀悼日，我所在的城市下了整整一天大雨，早晨去上班，顶风冒雨，异常艰难。到了近午夜了，雨还没有停下来。这是苍天为地震中不幸遇难的人尽洒悼念之泪水、缅怀之泪水。

全国人民和玉树人民心连心、同命运、手牵手、肩并肩，没有过不去的火焰山，没有战胜不了的困难。玉树不倒，青海常青！

七月随感

党的生日的到来，也标志着下半年开始了。不知不觉半年过去了，时光就这样一天天地流逝，随着岁月更迭，我们经历桑田沧海。

中国共产党迎来了八十八华诞，共和国也即将过六十岁生日。近期看电视连续剧《人间正道是沧桑》，又重温了一遍中国革命史。有多少志士仁人为了理想和信念抛头颅洒热血，也在所不辞。我们不应忘记那血与火的岁月，应经常回想那些为共和国而捐躯的先烈们。近日看《我的兄弟叫顺溜》又是一次很好的教育。战争年代，生与死就是转瞬间的事，说着很有意思方言的三营长倒在顺溜眼前，对顺溜牵肠挂肚的姐姐、姐夫就在顺溜眼皮底下死去，看了让人唏嘘不已。

七月是酷暑季节。

前天做完试卷阅评、分数统计并登录、试卷分析等工作，并将相关表格、教学的有关材料交到教务员处，期末琐碎、繁杂的忙碌工作就算告一段落。

今天再去学校，往日热闹的校园一下子变得沉寂起来，路上已基本看不到人影，镜月湖畔也没了恋人的踪迹，只有满湖的荷花兀自盛开着，到处是静悄悄的。教学楼内，也寂静无声。一万多人仿佛顷刻间就都踏上了返乡的路，剩下一些参加暑期社会实践的同学，准备参加考研辅导班的同学，在这硕大的校区里，也已难见他们的身影。

一个学期就这么结束了，暑期正式开始了。

今年的社会实践没有老师参加，只是在前天动员时，与同事去讲了几句，我主要是对写作、拍摄电视片提出了一些要求和建议。其实，应该有老师去指导的，再有也不一定去这么多人，抽十几个人，由两三位老师带队即可，进行一周左右时间的采写实践，对提高采访和写作水平是会有帮助的，另外与课堂教学也能联系起来。目前这样有点脱节。团组织搞的活动“拜访革命前辈，感恩幸福生活”非常有意义，如与教学部门实现有机结合也许效果更佳。

暑热难忍，也怪，就像听得指令似的，假期开始也是高温的开始，否则这样的天还上课，于师于生，都是煎熬，教室的电风扇开着也无济于事。

近两个月的暑期说着说着就过去了，还真该有个计划。其实要做的事情还是蛮多的，比如为新学期做准备，写点东西，但恐怕因暑热也懒得做，搞不好就虚度了。

七月流火，好多人用这个词来形容炎热，虽然《诗经》里不是这个意思，但就算是今人赋予了新意吧，我倒觉得还是蛮贴切、准确、形象，七月的酷热，还真像烈焰流动。但也有好些人把“人间正道是沧桑”错用，不敢苟同，常听人在讲到人应行得正、坚持正义时引用这句诗，曲解了其变化、巨变的本意，属于滥用。其实也无所谓，大家也明白是把诗句用错了地方，但明白他要说的意思，何必较真。因为不是每个人都能读懂诗，包括古诗词，也包括伟人的诗。

不过，“七月流火”是个例外，谁都懂错用的意思，而不是学古典文学的，就没有多少人知道古人是说七月天渐渐转凉了，扫帚星移向西（这里的七月当然是农历）。现在人们是针对阳历七月的，描绘七月的天气，还有哪个词比它更好？

乔迁之累

终于能上网了，由于搬新家，过了接近三个月没有网络的日子，但也不是绝对与网络隔绝，毕竟在单位还可以上网。但由于工作不用坐班，一周只有两三天时间在单位，还是很不方便。新买的房子只有一家网络运营商进入小区，不像原来的小区，还有选择。唯一的一家运营商，是中国电信，搬进去后，还没有建好，好像它也不着急。也许是入户还不多的缘故，多次反映，也迟迟没有进展，只此一家别无分店，它还真的拿一把。当然有线电视也可以办理宽带入网，但我有原来的电信固话要迁移，入电信网络，固话可以免迁移费和不改号费（这是否属于霸王条款？竟然还有这样一项收费，简直闻所未闻），就只好耐着性子等待。这就看出三网融合的好处了，真正实现三网融合，可能就不会有这么多家网络运营商重复建网，造成资源浪费，对用户肯定也会更有利，费用能否降下来还不知道，起码不必到几家网络运营商营业厅东跑西跑，会少许多麻烦。

说到搬家，现在想来还觉得可怕，乔迁之喜，有何惧焉？因为我赶上最热的时候装修、搬家，真的是扒了一层皮。本来南来后，经过一小段时间住周转房，装修不到两个月就搬入了新家，房子也很宽敞，住得还是蛮舒适的，离单位也不算远。但年初开始，单位要整体开发我们居住的校区，所有建筑全部拆迁，包括我住的只有三四年房龄的住宅。当然从长远看，拆迁是好事，居住条件会得到改善，小区全部建高层，环境也会更好。但需要三年时间才能回迁，这三年多的时间得安排居住的地方，安居才能乐业啊。租房或买房二选一，也不是短时间，还好对付，经过权衡，就决定买房子。就这样在没有打算买房的情况下，准备买房。先是看房，由于单位规定了搬出时间，因此时间很紧。看好的房源，要么离单位太远，上班不方便；要么是正在建房，最快也要明年上半年交房，远水不解近渴。最后看了一大圈，又回到最初看的小区（起初没太看好的原因是没有另几处房源的周边环境优美，那几处都有亲水公园等因素，这个小区附近没有大公园或水域），它还有几个月就交房，正好和要求拆迁的时间接得上。

新房是小高层，钥匙是六月初拿到手的，但没有时间装修，就等到暑假开始动工。紧赶慢赶赶上了暑期，今夏也热得可以，还好离装饰城很近，买装修材料不用太费劲儿。因是单位拆迁，同意我们可以把原来的用品拆走，买材料的时间还是省了不少，当然还有成本。这样却多了一个拆卸的活儿，适逢最热的那些天，新房装修要催进度，旧房的物品要拆卸，陆续开始卸厨房橱柜、灯具、电源开关和插座、卫生间洁具、家具，拆地板、空调。有些有技术含量或需要工具的只能找人拆卸，如地板、橱柜，还有一些就自己干了，整天搞得满头大汗，也练出来电工、木工、瓦工技术，心想，再装修的话，我也可以自己当装修工了。拆卸下来，再租车运过去，再装上。新房装修，其实除了贴瓷砖、刷墙外，基本都是用原来房子的材料，地板、灯具、厨具和洁具，因这些物品也只用了两年，还是很新的，家具也悉数搬过来，也不用新打或买家具。这样，新房几乎没有什么胶或油漆的气味，也不用通风一段时间才可搬家。

就这样，在最热的时间里，装修、拆卸、搬家，忙得翻蹄撩掌，脚打后脑勺儿，累得不可开交。拆卸以后，家就乱糟糟了。橱柜拆走了，就用微波炉做饭；灯具拆走了，就临时接上白炽灯；床拆走了，就睡在沙发上。好在太阳能热水器没拆（小高层无法装太阳能热水器），还能冲上凉，要不然就更惨了。其实装修、搬家，也没什么可怕，人人要经历，但我却多出一道工序，就是拆卸，再就是赶工期，要在规定的截止日前搬出。这样，时间紧，任务急，又是暑热难当时，这就不比平常装修、搬家，搬家后，还有组装家具、归位、整理等好多活儿等着呢。不论搬家前还是搬入新家后，整理的活儿量最大，也最费工夫，这主要是孩儿她妈做，累得她抱怨说："再也不搬家了！"这一次可真是对人身体极限的考验，说可怕不是危言耸听。三伏天，不是装修、搬家的时节，没有办法，大小尽赶上了。

由于是最早搬进的住户，小区二期入住的不是很多，还有人家再装修，还有噪声污染，卫生状况也很糟。还好，网络终于开通了，不必为收发邮件还得特地往单位跑。前几天，有学生正申请毕业出国留学，让我推荐，她很急，就专程跑到单位去发邮件，不方便得很。

过去的一个夏天，真是不堪回首啊！那怎是一个"热"字、一个"累"字了得！一晃儿，秋天就要和我们说再见了，这不，这几天气温下降，似乎隐隐约约传来冬天的脚步声，但愿来临的不是专家预测的冷冬。

三 九 天

“十冬腊月三九天哎嘿嘿，妇女队扛着大镐进了山哪哎嘿……” 这是那个年代的一首歌的开头两句。由于开始就交代了气候的寒冷，再加上那时好歌不多，这首二十世纪七十年代初期的歌儿至今还记忆犹新。

眼下正值三九天，就想起来这首歌儿。在老家那边，有“三九四九，棒打不走”的说法，听单位的同事说这里关于三九的说法是“三九四九不出手”，是说天冷手不愿拿出来。今天晚间看《零距离》的《小鹿说天气》（《小鹿说天气》是我看到的所有说天气或播报天气资讯节目中最好的一个，喜欢小鹿的播报方式，比如她的表情、动作都很有特点，很亲切，又很有贴近性）。她说是“三九四九，冻死猪狗”，这个俗语我还是第一次听到，一般都说人如何如何，这条俗语说开了动物，而且把猪狗都冻死了，有点雷人。

上午没出家门，并没有感觉出天气寒冷。一直在阳台上看《南方周末》，奇怪，感觉比每天还都暖和，后来热得我还有些受不了。也不奇怪，今天天格外晴，太阳光也就格外强，因此在封闭极好的阳台上，就可以尽情地享受阳光的照射，惬意而又舒服，冬日里也有暖暖的太阳。

下午去单位监考，知道天很冷，就多穿了点，也就是平常的装束，当然也是从头到脚，全副武装，戴上了我在俄罗斯买的意大利皮帽，还有棉衣、棉裤、棉鞋。由于穿得多，骑上速度很快的电瓶车，也没觉出冷。但当地人还是抗冻，就是三九天骑车，照样不戴帽子，光着头，还真不嫌冷。其实动物的生存能力要强于人，人光着脑袋，还穿着单皮鞋，都无济于事，动物就更无所谓了，因此小鹿说的这条谚语不是太确切，还是“三九四九，棒打不走”或“三九四九不出手”来得更贴切。

棒子打都不愿意走，这是真的，想想北疆零下二三十度的天气，谁愿意往外走。家里有扑脸的暖气，有热腾腾的火炕火墙，有烧得通红的火炉，有烫得热热的烧酒……但该走还是要走，“妇女队进山了”，“上班的走了，上学的也走了”，就是在露天摆摊儿做买卖的人也不能自己给自己放假，为了生计，还得出床子。回想我在林区工作时，就是在这三九天里，每天都要顶风踏雪扛着大斧、锯进山，那冷真是滴水成冰，哈气成霜，有人夸张地形容撒尿要拿根棍儿敲，不然就冻住了，但说话嘴都直发瓢是真的。可真甩开膀子，干起活来，就不觉得冷了，真待下来，才觉得冷。如果在楞场归楞还好，间歇时有火烤，还可以听能侃的老工人唠俏皮嗑，也就忘了冷。

就是在棒打不走的三九天，还有人在大界河黑龙江里破冰冬泳，零下三十多度的气温，我们全副武装还冻得嘶嘶哈哈呢，冬泳健儿可是就穿夏天游泳的装束啊！这才叫货真价实的冬泳。

看新闻，说是今冬北半球出奇的冷，加拿大有冻死人的报道，我国渤海、黄海都结了厚厚的冰，渔船都不能行进了，有的渔船还被冰冻损毁，说这是近三十年不遇的冰冻。南方限电，也许是天冷，家家都开空调、电取暖器的缘故才导致的电力紧张吧，为此我倒是建议没有搞集中供热的长江流域也可以搞，这样是不是可以缓解电力供应紧张的状况？那会省多少电？反正每个城市都有热电厂，利用余热供热，也是节能减排，让长江流域的人也能享受到暖气，岂不是两全其美。

瑞雪兆丰年

2009年春节前三四天，一场大雪铺天盖地，给这个不是有很多降雪的城市平添了独特魅力。人们兴高采烈，踏雪、赏雪，在家门口就可以饱览冰天雪地的情景，而不必跑到遥远的北国。当然，大雪也给人们出行带来了不便，因这里不比北方，气温低，雪站得住，这里雪边下边融化，因此雪泥遍地，到了夜间，就结冰，路面滑得厉害，车行困难，人行走更难。

这场雪还未来得及消融，新的一场豪雪又悄然而至。庚寅虎年刚刚到来，大年初一的凌晨，鹅毛般的大雪从天而降，纷纷扬扬，煞是壮观，整整持续一天。大雪覆盖了屋顶、地面，银装素裹，使大地成了银白世界。

2009年的元旦，我到北京去看朋友，到京的第二天，就赶上了2009年的第一场雪。朋友的女儿说：瑞雪兆丰年哪！雪大成灾，交通受阻，牧区的牲畜遭了罪，但对冬小麦保墒还是有利的。民谚云："冬天大雪盖厚被，来年搂着馒头睡。"庚寅年的第一场雪，对农民来讲，也是一场喜雪。我在发给朋友的短信里写了这样的话：

"天降瑞雪，预兆丰年。虎年吉祥，好运常伴。红梅花开，绽放笑颜。寄托祝福，快乐永远。

"一场罕见的大雪，在大年初一早晨翩然而至，这是吉兆。飞雪迎春来，金虎送祥瑞。给您拜年了！"

大年初二，我到桃花坞公园赏雪，踏雪寻梅。蜡梅在瑟瑟冷风中，在冰侵雪袭中，依旧顽强地傲然绽放。一剪寒梅，傲立雪中，冷冷冰雪不能阻隔。

春天，正在向你我走来……

春天来了

今天立春，它标志着春天确确实实地向我们走来。

在黑龙江，立春这天，几乎家家都烙春饼，然后炒土豆丝儿、豆角丝儿、茄子丝儿、青椒丝儿、榨菜丝儿、瘦肉丝儿、韭菜加绿豆芽等，卷起来吃，有的还往里卷大葱、抹大酱。近些年，好多人直接去饭店吃春饼，也有的买了春饼回家，自己炒卷入春饼的丝。立春这天一大早，要啃春或叫咬春，一般都吃大萝卜，现在多数人改吃苹果代替。吃春卷是近些年从南方传入的，超市里有卖。在黑龙江，立春也叫打春，有民谚不是说"春打六九头"嘛。前些年，各家都用日历，上面有立春的时间，几点几分都告诉我们清清楚楚。长辈说，打春不能打在炕上（黑龙江早些年，家家都睡热乎的火炕），就是一定要在打春的时间到来前起床，否则不吉利。我想，这个习俗还是蛮有积极意义的，它旨在提醒人们春天到了，不能再睡懒觉了，因为"一年之计在于春"哪！

春天，是四季的起始，是万物复苏的时节。在北疆，立春到来，在天气方面并没有明显变化，依旧是冰天雪地，依旧是年味儿十足。过去讲的是"不出正月都是年"，"要正月，闹二月，哩哩啦啦到三月"，就是吃喝玩。当然这是旧俗。现在勤劳的农民兄弟也秣马厉兵，开始备春耕。在北疆，春天是让勤快的人给唤醒的。

北疆真正感到春意盎然要到四月下旬，那时春风尽吹，冰消雪化，大地萌动，兴安杜鹃盛开。

在我现在居住的这个城市，立春前，一直细雨霏霏，雾气蒙蒙。这个冬天，只是在1月5号、6号下了一场大雪，待天晴即刻就融化了，只是在背阴面，残雪停留了数日，此后就再也没有看到雪花的影子。但死水有十余天是会结冰的，而流动的河水，则难觅冰凌的影踪。许多树依旧是绿的，草坪里枯草下面还可见到近一半的绿草，一到刮风下雨天，梧桐树上大大的、美丽的叶片还依旧簌簌飘落，使人恍然觉得是在秋天。立春到来前的这几日，让人依稀感觉到春的气息了，比如空气不像冬天那样干爽了，有些湿漉漉的，感到很舒适，也很惬意。从北京过年回来的邻居刘君说："下了火车，觉得空气清新，就想大口大口地呼吸。"出去走走，见小区的两株玉兰树已经含苞了，竹子也显得葱翠了。

春天到了，不能睡懒觉了；春天来了，该下地干活了。

春天来了，想起海子的诗《面朝大海，春暖花开》……

从明天起，做一个幸福的人
喂马，劈柴，周游世界
从明天起，关心粮食和蔬菜
我有一所房子，面朝大海，春暖花开

从明天起，和每一个亲人通信
告诉他们我的幸福
那幸福的闪电告诉我的
我将告诉每一个人

给每一条河每一座山取一个温暖的名字
陌生人，我也为你祝福
愿你有一个灿烂的前程
愿你有情人终成眷属
愿你在尘世获得幸福
我也愿面朝大海，春暖花开

在春天到来的日子，读着海子优美隽永的诗，想想逝去的海子，此时此刻的心情难以描述，用东北话来形容最贴切到位：啥也别说了，眼泪哗哗的……

立　　秋

今天立秋，又逢中国传统的七夕节。

立秋我提前知道，七夕则是远方的朋友告知的。

也是一位朋友，说她听《黄玫瑰》时想起了我，并希望这一刻，让我们共同感觉世界的美好，人生的幸福。

当时我并没有听过《黄玫瑰》，晚间，在网上第一次听到这首歌，果然好听。我此前也不知道黄灿，有些孤陋寡闻。她的歌有一种沧桑感，使我想起凤凰传奇，尤其是伴奏的乐器。听了后，我几乎要泪流满面，也许是我远离了故乡，也许是共鸣吧。我喜欢的马头琴声悠扬、悱恻，敲击着我的心。

啊，朋友的牵挂和祝福，总是让我感动。只是遗憾，黄玫瑰，开在远方。

这里立秋时节没有黄玫瑰，但有莲荷。今天我凑巧一个人去了校园的人工湖，湖里恰是“莲叶何田田”的繁盛，不过，赏荷该是夏日，“夏赏绿荷池”是古人认定的四大快事之一。我不知道人工湖的荷花会这般茂盛，因为放假时，还稀稀拉拉，不是很多。我来晚了，荷花大多已凋谢，但也有正艳丽地开着，也有含苞待放的，绽放的荷花的颜色、品种颇为丰富，颜色有粉红的，也有纯白的，还有白里透红，即花的大部分是粉白颜色，边缘却是粉红的；品种有花瓣稀少的品种，也有层层叠叠的花瓣簇拥着的品种，就如观世音菩萨座下的莲花。我用了近半天的时间，一顿狂拍，环湖一圈半。其时正是酷热难当，已进秋日了，但还没有一丝秋日的凉爽。

由于是假期，校园很静，半天的时间，湖畔只看到不到十个人。其中有我认识的邻居一家，她们也是到校园来看荷花的，再有就是留校的学生偶尔从湖滨走过，当然，都是成双成对的。

湖里的荷叶有的已经枯萎了，残荷告诉我们，秋天真的到来了。

三十功名尘与土

“三十功名尘与土，八千里路云和月。”不由想起岳飞的这两句词，虽说这里的“三十”是虚指，但我借用过来，却是对此时此刻的我们最好的写照。因为，今天是我们毕业三十年聚会的日子；因为回首逝去的三十年，一切的功名利禄都是过眼云烟。但是，同学的情谊是最真挚的，三十年前同窗的朝朝暮暮是真真切切的，年少时的读书时光是最宝贵的，我们每个人在各自的岗位上三十载奋斗的足迹是清晰的。

在人际交往中，同学，也许是最为重要的一个对象和圈子之一；同学聚会，也许是最为重要的社交活动之一。时光荏苒，一晃我们毕业三十年了。在这三十年里，我们为事业忙碌，为生活打拼，皱纹悄悄爬上了眼角，白发悄悄爬上了额头，但再度相逢，三十年前的日日夜夜仿佛就在眼前，我们又回到昨天，我们的心依然年轻。

我们回到三十年前读书的城市，我们回到母校。小城早已是今非昔比，“旧貌换新颜”；母校也难觅往昔的踪迹，校园里，也难见熟悉的身影。在岁月的长河里，三十年只是短短一瞬，在人的一生中，却是漫长而又久远。

1979 年，那是一个硕果累累的秋天，我们相聚在美丽的黑龙江畔；我们结识于当时条件还很简陋的校园。彼时，国家恢复高考只有两年，同学们高考前，有的来自各行各业，已在社会的大课堂得到培训；也有的是应届毕业生，从旧的校园又跨入新的校园，但都是二十上下。国家刚刚开始改革开放不久，正在拨乱反正，结束运动，工作重心调整到以经济建设为中心。还记得一些我们经历的一些事件，从大的方面，如给被打倒的党和国家领导人以及许多名人平反昭雪，给天安门事件平反。从小的方面，当时十年动乱还给我们留下阴影，老百姓的日子还很艰难，比如那时男女同学之间还鲜有交流；当时各方面条件还很差，开始我们住过教室改成的宿舍，睡大通铺，冬天冷得要死，食堂伙食很差，每周星期天改善一下生活，吃的最好也是唯一的菜是熘豆腐泡儿，有同学要从家里带咸菜。留在记忆中的一些关键词是：伤痕文学、朦胧诗、《小说月报》及《青春》（当时刚刚创刊的我们喜欢的文学杂志）、张洁《爱是不能忘记的》、沙鸥（来校为我们讲诗歌创作的著名诗人）、班级舞会事件（我班的几位舞迷在教室举办舞会，竟吸引城里的人乘解放牌大汽车前来，校长带人来驱赶，有人关灯有人跳窗逃跑，我班组织者在全校检查）、三百（当时边城的标志性建筑）、北疆春和大众（我们上街偶尔光顾的饭店）、王肃电影院、小黑河泡子（后来的同学给取了个异常美丽的名字月牙湖，也称爱情湖）、北安实习。还有一些事情和经历让我们记忆犹新，如食堂给我们吃“痘肉”（长了绦虫的猪肉）酿成的绝食事件；新年当成旧历年过，我们也贴春联、包饺子，到其他专业的班级去拜年；冬天滑冰，夏天去黑龙江游泳，到瑷珲古城去野游……

人生旅途的三十载时光，我们为事业奋斗，我们为生计打拼。我们苦过、累过，也哭过、笑过，而今我们不能说功成名就，我们中不曾有谁大富大贵，都是芸芸众生里普普通通的一个，但我们可以说无愧于母校、老师，也无悔。如今我们都到了天命之年，除了工作和事业，我们可能更多地关爱子女，关心身康体健，关注同学情谊。如今我们全班同学大多都保持着联系，除了远去美国的丁凤鸣同学少有联系，再有就是王振彪和许廷林同学音信杳无外，我们能常常在边城或其他县市见面，也有部分同学曾在山东聚首。最神奇的莫过于分处黑、鲁两省从事不同工作的祁丙连同学和鞠志照同学，某年的夏天，竟然在丽江古城和大理古城两次不期而遇，在偌大的中国，这真是小概率事件，这也许就是同学的缘分吧。毕业十年、二十年，我们都曾经欢聚一堂，我也分别写过

《难忘今宵》和《相逢是首歌》（在报上刊发），为同学聚会留下纪念。

说到岳飞的《满江红》，不由想起三十年前的校园、课堂和老师。这首词我们在古典文学课上学过。当年的我们是多么年轻，青春的岁月真的是美妙无比。我们的老师也都年轻或正值年富力强的时候，教古代文学的于东升老师温文尔雅、教现代文学和语文教学法的程顺之老师激情洋溢、教文学概论和外国文学的刘淳老师旁征博引、教现代汉语的陈洪阁老师幽默风趣、教古代汉语的阮鸣久老师的学究气、教教育学的张克远老师的儒雅、教党史的白子新老师以及教哲学的王维臣和教历史的王淑芝伉俪老师的严谨、教写作的赵宗乙老师的洒脱、教古代文学的王连弟老师的睿智，还有教体育的张建国老师和阎崇唯老师、教心理学的卢明华老师、老顽童性格的李剑平老师，还有刚毕业的工农兵大学生 S 老师，还有把我们当小孩子一样的 L 老师，都让我们不能忘怀。如今，我们知道的除了班主任赵宗乙老师和王连弟老师还在南国高校执教，张建国老师在市里某局任局长外，绝大多数老师早已退休，颐养天年。师恩难忘，在此，向前几年在北京过世的班主任白子新老师表达我们的缅怀之情。向我们所有的老师致意，献上我们真诚的祝愿：健康长寿，幸福美满！

相识的三十二年后，又是一个硕果累累的秋天，我们再次相聚在美丽的黑龙江畔，再次相逢在美丽的北疆边城。

让我们斟满浓浓的美酒，为同学友谊地久天长干杯，为难以忘怀的往事干杯，为绚丽多彩的明天干杯！

听到要举办同学聚会的消息，多少天激动得辗转反侧。当时孟敏同学打来电话，我正在武夷山，李桂荣同学打来电话，我正在沪上。昨天从哈尔滨正往边城赶去参加聚会的路上，桂荣、丙连、陶成同学在车里又打来电话，同学的邀约，使我这个在异乡漂泊的人再度引发思乡情，昨晚又是一夜难眠。由于种种原因，未能返回母校，参加同学聚会，感到深深的遗憾。但我的心此时此刻已和你们在一起，我在远方思念你们，让明月清风捎去我的祝福，带去我的祝愿。

让我们再度唱起当时我们班级学的一首歌：唱吧，唱吧，尽情地唱吧，年轻人怎能不歌唱？让我们的歌声插上了翅膀，带着理想自由地飞翔……还有那首耳熟能详的歌儿：再过二十年，我们重相会，伟大的祖国该有多么美，天也新，地也新，春光更明媚，城市乡村处处增光辉……

“三十功名尘与土，八千里路云和月。”愿我们永葆壮怀激烈的豪情和赤诚，始终不渝地珍视同学情谊，矢志不移地追求我们青春年少时立下的理想和目标。

说 短 信

也不知从何时起，有了“短信”这一称谓，它也如“上网”“超市”“大款”等一样，是新语词。短信就是短信息之简称，是以手机为载体，借用现代化的无线发射渠道，传递和交流信息的一种形式，语言通常言简意赅。书店里面有短信集锦之类的书，据说还挺畅销；有专业的短信写手，据说获利颇丰。常收发短信的 MM、GG 居多，我们常在公共场合看到这一场景：有人不停地在手机上揿动手指，速度飞快让人眼花缭乱。这些人也有新称谓——拇指一族。

我接触的短信以祝福一类居多，尤其集中在年节。如春节时，短信拜年渐渐取代了贺卡和电话拜年。在快节奏的信息时代，它适应了人们的需要，从网上下载或自己编几句话，可以通过移动或联通公司群发，也可自己依次按动手机键发出，也不是很费力气。拜年的短信也有很精彩的，如我接到的省城的朋友发来的这样一条短信：“瑞雪积丰门，闲阳照景深。又到换岁时，围炉思友人。笑斟一杯酒，遥举香可闻。”还有一条也颇精彩：“在新的一年里，所有的希望都能如愿；所有的梦想都能实现；所有的期待都能出现；所有的付出都能兑现。”在中央电视台工作的同学春节前恰巧在雪域高原采访，他发来的短信也叫我感慨。“我在拉萨，求佛保佑你及家人猴年身体健康，万事如意！扎西德勒!”新年期间的短信多是祝愿的内容。洋节如圣诞节、父亲节、母亲节、愚人节、情人节也都是短信热闹时。今年父亲节，在沪读书的女儿就发来了“祝老爸节日快乐”的短信，提示有小女在远方还惦念着你。中华民族的传统节目除春节外，元宵节、端午节、中秋节这三大节也都越来越引起人民的重视，当然中国的节文化也可以说是吃文化，短信也就离不开元宵（或汤圆）、粽子、月饼，好多短信都有诸如用×××做皮，用×××做馅儿，包进祝福和思念之类的话语，倒也充满温馨和乡情。

祝福的短信除年节外，也适用于平时，如这一条："让平安登上冬天的快车道，让快乐与你轻轻地拥抱，让困难见你就会绕道，让烦恼低头悄悄走掉，让吉祥对你格外关照，让幸福对你永远微笑！"这样的短信就有点让人回味处。而这一条则更有品位和内涵："喜欢一种声音，是微风吹落露珠；欣赏一幅图画，是朗月点缀星空；陶醉一种气息，是幽兰弥漫旷谷；祝福一个朋友，是笑看短信的你。"这样的短信就别开生面："我怕明天起得晚，所以现在就预订了第一缕阳光给你，祝福你幸福！预订了第一缕晨风给你，祝福你一帆风顺！预订了第一声鸟鸣给你，祝福你开心快乐！""嗨！朋友，你好吗？我的祝福收到了吗？我已托付给了阳光。"有起伏，有转折，让人喜出望外。去年"非典"肆虐期间，我为在京城的朋友担心，而她则发来那条"非典"时期流传最广、影响最大的短信。"有阳光照耀的地方就有我默默的祝福，当月光洒向地球的时候就有我默默的祈祷，当流星划过的刹那我许了愿，祝福正在看短信的人远离'非典'，平安健康！"那种身在"虎山"却提示山外的人要防范老虎的精神让人分外感动。

传送友情、提醒人们要保持快乐心情的短信占的比重比较大。如："无论时光如何改变，让真诚永远；无论世界如何改变，让善良永远；无论眼前还是天边，让美好永远；无论缘分是深还是浅，让朋友永远！""有朋友同行是种安全，有朋友声援是种力量，有朋友忠告是种激励，有朋友惦念是种幸福。"

搞笑的短信也许占的比重最大，幽默是智慧的表现，幽默的短信就是生活的调味剂。流传最广的幽默短信也许就是这一条："妈妈，等咱有了钱，天天吃大馃子蘸豆浆，豆浆买两碗，喝一碗倒一碗。"由此衍生出来的一批同样模式的段子。搞笑短信多是让人一笑了之，倒不是一定非得给人以启示。如这样一条短信："老鼠女儿对他的妈妈说，我现在正与蝙蝠先生谈恋爱。鼠妈妈说，他长得太丑了。老鼠女儿说，怎么也是个飞行员哪!"如把老鼠女儿换成了儿子，那最后一句就是：怎么也是个空姐啊！最经典最精彩的幽默短信就是那则阿拉伯数字的。"6碰到9说：走两步就走两步呗，练什么倒立啊；0碰到8说：胖就胖呗，还系什么裤腰带啊；7碰到2说：行了，别跪着了，再跪也不嫁给你；2碰到5说：几天不见隆胸啦!"这都是比较规矩的，有调侃、戏谑的成分，让人们在忙碌之余放松一下。但搞笑短信有很多是荤段子，俗倒是俗，但却是粗俗，由于难上台面，恕不录入。

最使我激动的短信是去年的夏天收到的。省城的朋友将我的手机号码输入一个信息台，它在第一时间告知我高考成绩和录取结果。那是个午夜，我有预感一样，没关手机，睡梦中被那"嘟嘟"的短信提示铃声惊醒，打开一看，果然是小女的高考成绩，她以总分589分的成绩成为全市的文科第三名。小女不信，反反复复看了几遍。我们一家三口度过了一个难以忘怀的、异常欣喜的不眠之夜。再过一个月，手机短信又传来好消息，她被一所沪上名校录取。

短信的魅力在于其方便、快捷和丰富多彩，同时又经济、实惠。移动和联通两大公司获利丰厚，比如一个春节，短信收入就数以亿计，实在不可小视。

短信，在不知不觉间进入了我们的生活，也在不知不觉地改变着我们的生活。

再说短信

短信可以传达祝福，寄托情思，尤以其方便、快捷、费用合理而受人青睐，但也有不法分子利用短信做他用。

不知从何时起，诈骗者也看好了手机这一载体，相中了手机短信这一传播途径。利用短信诈骗，有多种形式，手机号码中奖可能是最为常见的，几乎每个手机用户都不止一次地收到过类似的信息：本公司为答谢新老用户，特举行手机号码抽奖活动，您中了×等奖，将得到一套价值××元的高级音响（或电脑、彩电、汽车），如不领奖品，也可换成现金，云云。然后还有地点、联系电话。起初许多人将信将疑，谁都希望自己真的是幸运者。如真联系，他告诉你将××元税款、邮寄费等，或邮寄过去或存入××账号。有信以为真者，结果可想而知。近年，电视上曝光了多起利用手机短信进行诈骗活动的案例，我们才恍然大悟，原来诈骗人用自制的手机短信群发器，向全国各地发送，一分钟可发一万多条，广种薄收，不愁没有上当受骗者上钩。

还有的诈骗者称能提供六合彩特码、做假证的。原来都是在墙上涂写办证号码，是令人头疼的城市形象污染，现在这些制假证者也盯上了手机短信。我曾收到这样一则短信，先是称“您好”，然后就直入正题：“我公司长期办理各种文凭证件，身份证，警官证；刻章，发票……”越往后看越惊险、恐怖：“另有走私车辆枪支……”（竟然敢倒枪，胆子真是够大的！）这还没完，该公司业务还有假钞提供，真是胆大妄为！短信最后还留了手机号码以及联系人。更恐怖的还有呢，有人发送短信称能提供黑社会杀手……

不知手机短信运营商们能否拦截住这些骗子，让短信更多一些纯净，多一些让用户们喜闻乐见的内容。由《天涯》杂志社和海南移动通信联合发起的首届短信文学大赛反响火爆，这就是一个可喜现象。广东省作协推出了手机短信连载小说《城外》，这部小说的作者千夫长，是广东文学院签约作家，小说每篇只有七十字，共四千二百字，都创意独特，有亮点，有包袱。这部几千字的连载小说是按长篇小说的情节发展创作的，是一部很吸引人的情感小说，卖了十八万元的天价。著名短信写手戴鹏飞也创作了短信小说《洋葱问世》，也许不用多久，短信小说这种快餐式文化会走进千千万万个手机用户中。当我们为短信小说的情节忍俊不禁或沉醉其间时，会忘掉收到诈骗短信的不快，也会减少看了个别黄段子后作呕的次数。

情系北疆黑土地

到黑河去，到祖国的北疆去！

追寻拓荒者的足迹，学习拓荒者们开发建设祖国北部边疆的艰苦创业精神，了解北疆特有的风土人情，感受今日北疆沿边开放的火热场景。这片肥沃的土地上，有无数转业官兵、生产建设兵团战士、上山下乡知识青年，以及新老支边大学生，还有许多有志者，留下了坚实有力的足迹……

由团中央直属机关团委组织的“追寻拓荒者的足迹”社会实践团一行二十二人，由机关团委书记李勇带队，踏上了赴黑河的行程。成员来自团中央机关、中国青年旅行社、《中国青年报》、《中国青年》杂志、中国青年出版社、少儿出版社、中央团校、中日青年交流中心等单位。他们绝大多数从校门走进机关，为了补上社会实践这一课，机关团委组织了这次活动，于三月中旬来到了仍然是冰天雪地的北国边陲黑河，进行了四天的社会实践活动。黑河团市委、驻军、农场、学校、鄂伦春族乡等单位和部门热情地接待了他们。到黑河的当天，社会实践团的同志们来到黑河口岸，与黑河市的部分团员、青年一道参加“青年志愿者”公益劳动，顶着凛冽的寒风清扫积雪。鲜红的团旗，映衬着青年人冻红的面颊，铁锹翻动，扫帚飞舞，青年人的汗水滴落在北疆黑土地上。

社会实践团团员们来到锦河农场，这里是原黑龙江省生产建设兵团一师一团所在地，到这里来，也是此次“追寻拓荒者的足迹”活动的主要内容。社会实践团的同志与锦河农场的老垦荒队员、老兵团战士们一起进行了座谈。锦河农场党委副书记张喜山、锦河农场副场长何有春都是二十世纪六十年代到农场的大学毕业生。锦河农场职工医院院长王传义来自双鸭山市，三队队长周军则来自上海，供电站站长于长龙是哈尔滨人，他们是二十世纪六十年代末参加生产建设兵团来到这里的。他们分别谈了自己到北疆屯垦戍边的经历和数十年来的感受。张喜山、何有春等人回顾了当年垦荒的艰苦岁月，他们不畏艰难困苦、艰苦创业的精神深深打动了青年人的心。周军、于长龙表露了他们对第二故乡的热爱和眷恋之情，他们说，回到故乡则有外乡人之感，而这里的一山一水都留下了他们的足迹，这里的一草一木都有他们洒落的汗水，他们已与这片神奇的土地紧紧融合在一起，有了不解之缘。难以割舍的情，无法了断的爱，让人无不为之动容。王传义谈到把自己的青春献给了这片黑土地无怨无悔，只是谈到农场的现状时，觉得第二故乡还有不尽人意处。虽然经过了二十多年的辛勤建设，农场彻底改变了面貌，很令人欣慰，可是我们的第二故乡还不富裕……谈到这里，这位五尺高的汉子泣不成声，社会实践团团员们的眼睛湿润了，他们心潮起伏，生活工作在大都市的优越感荡然无存。他们钦佩拓荒者们为彻底改变第二故乡的容颜始终不渝的决心。在与农场职工一起联欢的晚会上，我作为陪同采访记者的负责人，也按捺不住自己的感情，朗诵了诗人艾青的名句：“为什么我的两眼常含满泪水，因为对这片土地爱得深沉。”并高歌一曲《战士的第二故乡》，表达对拓荒者的深深敬意。

当年一团的战友们没有忘了这里，人虽离去了，却想念着第二故乡。团中央书记处书记姜大明，黑龙江大学党委书记刘东辉，著名作家梁晓声、贾宏图等人都得到过这片黑土地的恩惠。原一团战友们回访锦河，留下的那面锦旗上写着他们的心愿：沉沉黑土地，悠悠故乡情。还有人想着这里，团中央直属机关社会实践团的同志来了，给垦荒者的后代带来了图书和文体用品，小小的礼品，大大的情意。

在黑河师范学校，当年上海下乡青年刘铸老师向社会实践团介绍了他的工作、生活经历。他在北疆这块黑土地上，经受了去留的考验，从政、下海还是执教的考验，最终他还是留下了，而且放弃了做官的机会，在黑河市的一隅，默默无闻地当讲师。生活虽清贫，在精神上却充实；生活虽平静，志向却高远。他说：回顾这二十多年的时光，把自己的青春献给了北疆沃土，是值得的，可以说我的青春是无悔的。

在边防某部八连，连长石宝军的事迹，战士们为保卫祖国驻守风雪边疆的无私奉献精神，都使社会实践团团员感动，他们与战士们一起欢歌起舞，他们与哨位上的战士合影留念。一面写着“风雪成边人，忠心献祖国”十个字和签着八连全体指战员名字的国旗送给了社会实践团的青年朋友，表达了战士们对祖国的无限热爱之情。

在黑河市边境经济合作区，社会实践团看了正在拔地而起的高楼，登上大黑河岛，置身中俄边民互市贸易大厅，看了合作区的规划模型……黑河的发展前景是光辉灿烂的。合作区管委会副主任曹虹是一名刚转业不久的团干部，他说：黑河市合作区近两年来接收了七十九名来自包括清华大学、同济大学、青岛海洋大学、哈尔滨工业大学的毕业生，引进、招聘各类人才八十七名，储备了大量人才，这些青年人将会成为合作区的中坚力量。这是北疆热土的新一代拓荒者，他们将成为跨世纪人才，肩负起时代的重任。

在新生鄂伦春族乡，鄂伦春族后代正在上鄂伦春语言课。鄂伦春族自己的青年艺术家莫鸿苇的桦树皮镶嵌画、吴海柱的摄影艺术展，让社会实践团的朋友眼界大开，赞不绝口。北疆黑土地后继有人，明天会更好。

北大荒的拓荒者们，你们镌刻在黑土地上的足迹永远清晰，永远年轻！

又是新年

又是新年，岁月的年轮又画圆了整整一圈儿。

新年，是全世界人民共同的节日。世界上没有一个节日能像新年这样被所有人认同，不分肤色，不分种族，不分信仰。

在国人心里，也许新年不像年，因为春节，也就是我们俗称的旧历年，那才是年。围绕过春节，要倾注人们多少的渴盼、希望和期待啊！过年前就开始“忙年”，要杀年猪，买年货，备年“嚼裹儿”。要贴对子、刷房扫尘、穿新衣、放鞭炮、包饺子，要守岁、拜年等等。有许多的欢乐，有许多的喜悦。年味儿就是那种喜庆，就是那种红火，就是那种热闹，就是那种大快朵颐。平时有人形容热闹事儿，就会说像过年一样。平时有人遇到美味佳肴可以尽情品尝时，就会说“这下过年了”。当然这说的更像是从前，现在谁还不是遇到再喜庆热闹的事儿，也是泰然自若；现在谁还对吃表现出那么大的热情？

话还得说回来，我们今天说的是新年，如果与春节的“年味儿”比，新年也许平淡无奇，也许波澜不惊，也许悄无声息。但新年的平民化、新年的不事张扬、新年的包容性、新年的简单，还是耐人寻味。可以不必为过新年而忙碌，有钱没钱照样过新年，就是在平平淡淡中迎来新年，度过新年。“平平淡淡才是真。”新年让人轻松。当我们翻过最后一张日历，我们会说：“一年了。”“又是一年过去了。”“这一年一年的过得真快！”不管我们怎么说，说什么，新年的钟声敲响了，新的一年不请也会破门而至。在我的记忆中，最热闹、最有“年味儿”的新年，是在师范上学时。新年是在学校过，春节则是在寒假中，因此，学校特重视新年，把新年当春节一样过，也贴对联，包饺子，各班级之间相互拜年。我们在教室里开联欢会，一起收听中央人民广播电台播出的新年钟声，一起迎来新一年的第一天。

新年的第一天，我们称为元旦，“元”是开始、第一的意思，“旦”则是天的意思。一年中的第一天，这是多么珍贵、难得、美好啊！“旦”从象形文字讲，是一轮太阳从地平线上腾空升起。有人说，“太阳每天都是新的，今天的太阳和昨天的不一样”。那么，一年中第一天的太阳，则是最新、最美的，也是最奇的。

让我们张开双臂热情拥抱2004年第一天的朝阳！

新年随感

今天是2008年的第二天，新的一年的第一个工作日。

昨天和今天，天气出奇地好，一扫前几天阴霾的天气，灿烂的阳光给这寒冷的冬天带来了温暖。阴天总让人感到压抑，北疆的冬天更加如此，天冷得令人窒息，又逢阴天，就愈发让人透不过气来。

新年的第一缕曙光照射到了塞外寒地，天晴了，天气也不那么冷了。早晨去单位上班的路上，遇到的行人也不像前两天那样，裹得严严实实。由于没有风，袅袅炊烟直直地升起。天气影响人的情绪，好天气，人们的心情也为之一振，精神头儿也显得足。

回首自己过去的一年，总觉得平淡无奇，值得回味的事儿不多，也许平平淡淡才是真吧。现在，到了年终岁尾，一些媒体常常策划感动、温暖十大人物或事件的活动，牵动眼球，提升影响力，有些人物和事件的确让人震撼。我有没有做出什么感动之举，有没有令我感到温暖的事呢？

感动别人的事儿没有，这一年就是按部就班工作，没有做出什么惊天动地的业绩。让我感到温暖的事儿不能说一件没有，比如说得到亲人和朋友的关心、帮助，享受与家人和谐相处的亲情，得到真挚无私的友谊。亲情和友谊有时比什么都重要，情谊无价就是这个道理吧。2007年，我面临着一次人生抉择，就是南迁江苏，并改行到高校任教，是我的一位师范老师动议，我才知道还有这样一次选择。站上大学的讲台也是我不曾有过的梦想，现在机会来临，也不想错过，也想挑战一下自我。再有孩子已大学毕业，留在沪上工作，也想离孩子近一点，现在我们之间远隔千山万水，互相牵挂，看望谁都不是一件容易的事情。由于种种原因至今还没有成行，除了气候和能否适应新工作的需要等原因外，我对故乡、亲人，也有不舍；对辞去官职，也有些犹豫。另外担心的是孤独和寂寞，到那里后，背井离乡，举目无亲，人地两生，真不知周围没有亲人、缺少朋友是怎样的滋味。说到底，亲人和朋友的关怀，是最让我感到温暖的。

妻昨天上街给我新买了一件羽绒服，是我喜欢的样式和颜色，休闲式，深黄色。她让我今天就穿，说新年要有新气象。今天早晨，妻打开窗户通风后说，今天天好像不冷，听了她的话，我上班就没有穿新羽绒服，而是穿了一件棉服，走出楼外，天果然不冷。新衣服虽没穿，心里也是敞亮的，天的确是暖和了，但家人的关心更让我感到温暖如春。

在不知不觉间，新的一年开始了。新的一年到来之际，我接受了很多祝福，我接受这些祝福并向祝福我的人致谢。在新的一年，我希望自己及所有的亲人和朋友开心快乐，身体健康，工作顺利。努力去温暖别人，也被别人温暖着。被别人感动，也想方设法去感动别人。

2008 年来了，这是不同寻常的一年。

让我们一起拥抱 2008 年绚丽辉煌的太阳吧！

有一种感动常使我泪流满面

有一种感动常使我泪流满面。

在抗击“非典”（SARS）的日子里，我常常被感动。每当在电视里看到那些可敬的白衣天使们舍生忘死的精神和为了抢救病人而把生命置之度外的凛然之态时，我就时常掉下泪来。

中央电视台《面对面》节目主持人王志在采访抗击“非典”的英雄时，也常常被感动，他说：“‘非典’已经过去，很多东西已被渐渐淡忘，但许多感动却留下来。”做《护士日记》那期节目，他采访广州某医院护士长张积慧时，王志被感动得流泪，他几次拭泪，节目录制完毕，地面撒落一层纸巾。王志说：“我无法拒绝这个护士长带给我的感动。她和大家一样是个很普通的人，她跟我们一样对SARS也害怕。但是我觉得她不普通的地方在于她超越了这种害怕，所以我觉得她同样伟大。当听到她面对生死说出的词是‘宽容’时，我忍不住泪如雨下。”他跟张积慧说，珠江要发大水了。张积慧和她的护士们看了这期节目了，自己也被感动了，张积慧给王志发来短信：“珠江真的发大水了！”正如王志所说，她们自己感动了自己，也感动了电视机前的每一位观众。

令我们感动的也许是力量，也许是勇气，也许是奋不顾身，也许是坚定的信念。

钟南山、姜素椿、叶欣、李晓红、邓练贤……这些可亲可敬的人，他们或在抗非战役中成为领军人物，或在极限的情况下进行生死试验，或奋不顾身与 SARS 病魔战斗到只剩一口气……

这是一场没有硝烟的战斗，我们可敬的白衣天使们义无反顾冲上去了。真叫是“危难之处显身手”，他们不愧是人民健康的好卫士。

我们的社会仍旧需要见义勇为，需要挺身而出，需要责任，总之，需要英勇。当 SARS 病魔袭来时，钟南山、姜素椿、叶欣挺身站出来了，他们是真英雄。其实英雄也许就在你身边，也许你就是英雄。

SARS 病魔不仅侵袭人的身体，同时也侵袭魂灵，是进是退？是迎头痛击，还是退避三舍？每个人都面临着这样的诘问，每个人都面临着人生的抉择。理想、信念、价值观、人生观，通过 SARS 都可以进行一次检验和历练。

SARS 来袭，使我们进一步审视人间情感，当拜金主义、享乐主义横行时，人间真情少了，人与人更多的是金钱关系。

SARS 来袭，使我们进一步认识什么是责任。现代护士的鼻祖南丁格尔，年轻时立志于护理事业，在 1853 年的一次战争中，由于得到了她的精心护理，伤员的死亡率从 42% 奇迹般地降到 2%。也正是因为有了当代中国白衣天使的这份责任心，“非典”患者的病死率才控制在 3% 以内。

雨过天晴是彩虹，阳光总在风雨后。SARS 过后，置身 SARS 肆虐之地的北京的一位朋友给我发来了这样的短信息，透露出信念和坚定。

“经历了 SARS 的考验，我们的民族日趋走向成熟。我们的人民是伟大的人民，我们的国家是强大的国家，只要和衷共济，只要不屈不挠，只要万众一心，我们就会把一切困难踩在脚下，大步迈向美好的明天。”

又是一年桂子香

没南来前，没有见过桂花，北方没有桂花树。是在毛主席的词“吴刚捧出桂花酒”里，是在“八月桂花遍地开”、“三秋桂子”、郁达夫的“迟桂花”里，知道桂花，认识桂花。但不知桂花究竟是怎样的花，又是怎样的香。南来后的第一个秋天，终于和桂花相遇了。

桂花是很平常不过的花，小小的花一点儿也不起眼儿，挤挤挨挨地缀满枝头。我不知桂花有多少品种，我见到的多是开黄颜色的花，听说是金桂，也偶尔见到过开黄里透红的花，听说叫丹桂，还有一种不太常见的白色的花，叫银桂。一年的金秋，在苏州的一家饭店小住，被阵阵桂花香熏染，写了一首《姑苏闻桂香》：姑苏又遇满城花，畅意风柔少肃杀。古韵新声闻醉酒，诗怡画美水边家。还看到许多丹桂，有感而发，写下《姑苏城遇丹桂花开》：下榻姑苏古巷中，三秋桂子再燃红。芬芳伴梦款款睡，晓起香袭缕缕风。

桂花的香是难以形容的，可以说是奇香无比，桂花盛开时，满城氤氲着沁人心脾的芬芳之气，的确令人沉醉。你仔细搜寻，看不到桂花树，其实城中未见有多少株桂花树，但即便这样，照样暗香浮动，直入鼻孔，想挡也挡不住。我工作的校园里，这两天也是香气扑鼻，但我在路旁的行道树里，并未发现桂花树的身影。有一种疑似桂花树的树种，也有如同桂花的小黄花纷纷坠落，但她没有香气。一株桂花树，竟有如此大的能量，会源源不断地吐露芬芳。桂花开放，总是给我灵感，曾写了一首《咏桂花》：又是一年桂子香，芬芳馥郁沁胸膛。秋来送爽飘然至，恰遇丰收暖日长。还有一首《闻桂花香》：全城弥散桂花香，馥郁芬芳入腹腔。正是一年熟透季，金秋佳境胜春光。《赏桂》是这样写的：三秋桂子有奇香，缕缕丝丝润耳旁。最是弦歌迷醉久，倾听一曲透心房。我住高层建筑，桂花盛开时，花香竟然能直达二十六楼，这不由得让我惊奇、喜悦：家居楼上偶开窗，阵阵芳芬入鼻腔。馥郁涤心轻悦动，谁人不赞桂花香。

记得去年距中秋节还有十天左右，桂花就开了，清楚地记得桂花绽放时恰巧有朋自远方来。祁同学在姑苏城学习，双休日休息，偕夫人（也一同学习）赶过来看我，我陪他们去参观周恩来纪念馆和周恩来故居。周恩来故居里恰好有桂花树，开得正是时候，也芳香得恰如其分，让我们难以忘怀。巧了，今年的同一时间，有朋自远方来，李同学随夫君去沪，转道过来看我，我陪他们去参观周恩来纪念馆和周恩来故居，在周恩来故居，我又见到那株桂花树，指给李同学看，只是桂花还没有绽放她的笑容，连花蕾还见不到。她和桂花有缘，名字里恰巧有一个“桂”字，不知父母起名时是不是因了桂花的奇异的香。由于生长在地处寒地的北方，她也一直未见过桂花树，这次得以相见，也算一睹桂花树的芳容。但天不遂人愿，与桂花最有关联的人却无缘看到桂花盛开，闻得桂花香气，不能不说有些遗憾。她走后不久，看江苏卫视天气预报，主持人说因为今年天热，桂花较往年迟开十天左右。迟至深秋甚或初冬开放的桂花，也是一种美丽。吟咏迟桂花：秋风瑟瑟绽开时，纵是情深露笑迟。频送芳菲谁最喜？浓妆淡抹有人知。

今年桂花开得晚，临近国庆节刚刚静悄悄绽放，把香气肆意播撒，也是给共和国生日送来的礼物吧，让我们伴着这馥郁的气息迎接国庆的到来。

走出来的充实

前几天几位好友聚会时，听到一位熟悉的朋友讲她在国庆长假期间，完成了一次艰苦旅行的故事。

朋友是一位工艺美术爱好者，她本有自己的美发店，但对美的追求却矢志不移，抽暇创作了一幅幅精美的工艺品。她又是一个敢于挑战自我的人，也是个教子有方的人。假日里她突发奇想，带女儿进行一次远足，进行一次“长征”。于是，从凌晨到黄昏，一路艰苦跋涉，战胜了一个又一个困难，终于走到了目的地。

她的女儿是个还在上小学的孩子，她们走的路程有一百多里。那天，天气预报说有雨，这也没有动摇她们的决心，带了雨具，带了四个馒头、两瓶纯净水，就义无反顾地上路了。起点是边城，终点是孩子的姥姥家，位于黑龙江畔一个叫张地营子的村庄。

两个女性，母女二人，女儿还只是十二岁的孩子；一百多里，虽说路途不算长，可也不能说太短。对于今天我们这些在城里住久了的任何人，都不能不说是一个考验。她和她的女儿无所畏惧，几次被过往的客车召唤，女儿执拗地不上车，就是不停地往前走。女儿没有叫一声苦、喊一声累，最艰难时女儿背着妈妈悄悄地流下泪来，可就是没有哭出声。女儿的坚强激励了妈妈，妈妈的抉择影响着女儿。坚持就是胜利，挺住就是希望，到了最后的路程，是母女相搀走完的。当故居的灯光映亮眼帘时，夺眶而出的泪水模糊了母亲的视线……

母亲赢了，孩子赢了，虽然代价是失去了脚指甲，但得到的东西却很多很多，值！

选择行走一百里，虽不能说是惊人之举，但也是匪夷所思的。朋友说她的经历时语气虽平淡、平静，可还是令我们所有的闻听者无不肃然起敬。她走出了充实，走出了人生的不同凡响。

我想朋友走路的初衷也许没有考虑那么多，但对年少的女儿影响却是巨大的。她潜移默化地教女儿勇敢、顽强，教女儿要以坚韧不拔的毅力，一往无前的精神，走人生之长途。我想有这一次经历，她的女儿今后不会再有什么畏惧。

朋友说她很佩服余纯顺，在她上初中时，孤身徒步走中国的壮士余纯顺走到张地营子时，她听了余纯顺的演讲，被感动，被激励。我也是余纯顺的崇拜者，我看了余纯顺风雨徒步行走八年在途中写的日记后，是异常为余纯顺的执着和坚毅钦佩不已的。余纯顺虽没走出罗布泊，但他虽死犹荣，余纯顺的精神是不死的。朋友的这次行走不能不说是余纯顺的壮举一直在影响着她，余纯顺的精神一直在激励着她。

人生的感悟在路上，绝美的风光亦在路上。“走自己的路，让别人去说吧”是一种境界；“走路是一种修炼”，是经历了行走过程中的磨难后的深刻体验；“敢问路在何方？路在脚下”是对走路人的警示和叮咛。

为了远方那处点亮心灵的灯光，为了我们对一切美好事物的不懈追求的热情之火永不泯灭，快踏上征程，大踏步往前走吧！

2011 年的第一场雪

2011 年的第一场雪，也是去年入冬以来的第一场雪，终于降落下来，从昨晚 10 点左右开始一直到今天上午 10 点左右结束，也哩哩啦啦下了十多个小时。这是伴随兔年来临从天而降的瑞雪，对久旱的农田，是及时雪。

早晨听本地的新闻，是进行了人工增雪，不然不会有这么大，这么给力。

按规定的时间，今天去单位报送材料。还在假期，单位偌大的院落鲜见人迹，只有后勤人员默默扫雪。在办公楼的院落里，在楼上走廊候人时，在居室里，忙里偷闲赏雪，拍下了几张雪景。对于习惯了冬季看雪的我，南来后，一个冬天能看到一两次雪就欣喜异常。南方不比北疆，雪是站不住的，雪霁天晴，雪很快会融化殆尽，只有阴面的雪能存留些时日。因此北地的人，对雪习以为常，见得多，几乎长达半年时间都与白雪相伴，也就没有了那般兴高采烈。毛泽东是地地道道的南方人，早年除在北京短暂求学外，上学、闹革命都是在南方，后来长征北上到了陕北，才真正领略了“北国风光”。后来离开延安，东渡黄河，适逢冬季大雪纷飞时，登高远望，见到了壮观的景色，诗兴大发，吟出了“千里冰封，万里雪飘。望长城内外，惟余莽莽，大河上下，顿失滔滔。山舞银蛇，原驰蜡象……”的颂雪名句。眼前如此多娇的江山，让诗人发思古之幽情，但历代英雄豪杰，已成为历史，一切都成往事，“数风流人物，还看今朝”。写出“忽如一夜春风来，千树万树梨花开”

的岑参，是河南南阳人，他是出征西北边塞，见到了与家乡迥然不同的景致，才诗思泉涌，成就了他的诗名。

正所谓熟悉的地方没有景色，因为司空见惯，因为习以为常，因而麻木。

一个人的话剧史

——写在话剧进入中国110周年之际

听 话 剧

对话剧最初的认知，是从收音机里。

我对话剧的了解，对话剧这个艺术形式熟知，是通过广播。

小时候没有电视看，住在大森林里，也几乎与舞台剧无缘。

家里是二十世纪七十年代初期买了收音机。收音机那时也是紧俏物资，说不上多久，供销社才进货几台，无法售卖，供销社就采用抓阄的形式，大人孩子起大早就到供销社门前排队，等到上班时间，然后就开始抓阄，能抓到自然兴高采烈。忘记是我们家是怎么抓到的，那次总共进了四台。抓到阄后，再凭阄进店里买，然后一家人像是抱个宝贝，小心翼翼地抱回家。然后拆封、调试，去山里砍伐一根又高又直的松木杆，落叶松的，做天线，否则接收不到信号。那个时候竟然可以收到好多电台频率，有中央台、东北三省的台，还有几个当时分属黑龙江、吉林、辽宁的蒙古族盟台的信号特别清晰，分别是呼伦贝尔、哲里木等人民广播电台。信号最清晰的是苏联台，对华中文广播有莫斯科广播电台和红旗广播电台。后来听说有干扰，但不知为何，还是那么清晰，信号极强，稍微开一点音量，声音就特别大，当时都是偷偷听，因为那是敌台。就是在苏联的广播节目里，我第一次听到了巴金、老舍、曹禺、赵树理、田间等作家、诗人的名字。

那时播放最多的文艺节目是样板戏、革命歌曲、广播剧、电影录音剪辑，再有就是话剧的实况录音。

最早听到的一部话剧是反映建设南京长江大桥的，忘记话剧的名字了。当时的话剧，肯定会有表现两条路线斗争的内容，人物里一定会有反革命分子或是走资本主义道路的人。

后来，听到的话剧逐渐多了起来，如《霓虹灯下的哨兵》，还有新排演的话剧《丹心谱》《报春花》《救救她》《于无声处》《陈毅市长》《姜花开了的时候》《血总是热的》等。其中《丹心谱》是北京人艺新时期恢复话剧演出排的第一部作品，是一位酷爱话剧的医务工作者苏叔阳写的剧本，由郑榕、于是之等表演艺术家演出。《于无声处》是业余作者宗福先的处女作也是成名作。《陈毅市长》是沙叶新的作品。依稀记得《姜花开了的时候》，是表现解放战争的戏。

北京人艺复出后，那些经典剧目都复排了，有曹禺的《雷雨》《日出》，老舍的《龙须沟》《茶馆》，郭沫若的《屈原》《蔡文姬》，还有《江姐》《六号门》等话剧电台都播放了实况录音。播放次数最多的是《蔡文姬》，这也是我最喜欢听的话剧，诗人郭沫若的话剧台词也如诗一样优美。人艺的那些艺术家把声音演绎得那般炉火纯青，惟妙惟肖，听了真是享受。当时是播放演职员名字的，某某角色由某某扮演，因此记住了这些艺术家的名字：郑榕、刁光覃、朱琳、蓝天野、董行佶、于是之、童超、苏民、英若诚……记得《蔡文姬》里的蔡文姬是朱琳扮演，刁光覃扮演曹操，董行佶扮演的是曹丕，导演最初是大名鼎鼎的焦菊隐，“文革”结束复排是由演员改行做导演的苏民导演（其子濮存昕堪称子承父业）。朱琳、刁光覃的声音如同有一股魔力一般吸引我。也是在收音机里听到董行佶朗诵郭小川的诗《团泊洼的秋天》《昆仑山的演说》，那也是百听不厌，特别是当时我听到朗诵《昆仑山的演说》，感觉他就是站在昆仑山上朗诵一样，俯瞰八方，心胸开阔。

国外的话剧听到的少，也是北京人艺排演的话剧《伊索》，在广播里经常播放，我也就听过多次，有些对白都记得清清楚楚，如伊索说的“去把大海喝干”，还有他讲的狐狸与葡萄的故事。这个剧的导演是陈颙，主要演员是吕齐、顾威、苏民、吕恩等。人艺在1959年首演，1979年复排，我听到的就是这个复排的录音。听那精彩绝伦的声音真是听觉过年一样，让你无法想象艺术家们是怎么通过声音就把人物的性格刻画得入木三分，让人沉醉。

还听过一部当时名字很有浪漫色彩的话剧《初恋时，我们不懂爱情》，当时好像有实验性质，觉得与以往的话剧形式不太一样。

以后李龙云的《小井胡同》、刘锦云的《狗儿爷涅槃》、何冀平的《天下第一楼》，以及后来孟京辉的小剧场话剧《恋爱中的犀牛》等上演，都是在报上看到的消息，没有听过录音。也许广播电台播过，但电视出现，已基本不听广播，因此即便播了也不知晓。

最初听不惯话剧，特别是“文革”期间的话剧，比如听到的第一部关于南京长江大桥建设的话剧，觉得话剧基本靠喊，吵得特别厉害，听不清，乱糟糟的，没有什么审美享受。及至听了北京人艺的话剧后，才真正体会到话剧的艺术魅力。现在想来，喊也正常，那时音响设备差，没有胸麦，不大声喊，下面的观众特别是后排的观众怎么听清？

不知从什么时候，收音机听得少了，后来就基本不听了，也许是因为电视的出现与普及。这样，听话剧就成了往事。也不知后来广播里还播不播话剧的实况录音了。

看话剧

第一次看话剧，是在大森林深处，那是在“文革”初期的一个冬天。黑河地区文工团来我生活的林区演了一场话剧《槐树庄》，这部话剧也是“文革”前创作的，但也许是表现了两条路线的斗争，没有打入冷宫。

也没有像样的剧场，是在条件简陋的职工俱乐部里演的。当时年纪小，别的内容没怎么记住，倒是记住了剧中一位叫崔老坤的人物，然后小伙伴把这个名字安在一位比我高一年级的崔姓同学头上，从此她有了一个绰号，并且一直被叫了很久。

第二次看话剧是 1975 年秋天，记得天有些凉。当时我正在爱辉县林业中学上高中，林业中学设置在墨尔根至瑷珲的古驿道其中的一个驿站二站，演出是在三站，当时那里有驻军部队。沈阳军区政治部宣传队（1977 年 7 月撤销宣传队，成立沈阳军区政治部话剧团）下连队慰问演出，当然也演给老百姓，这样就在三站林场外面的一处空地搭了简易舞台，我们师生坐两挂马车，赶了三四十里路去观看。

话剧的名字还记忆犹新，叫《苹果树下》，是表现辽沈战役期间，战士们路过苹果园，又饿又渴，但就是没有一个人摘下来吃，表现当时的民主联军战士秋毫无犯、模范遵守“三大纪律八项注意”的故事，诠释当时我们熟知的一段伟人的话：锦州那个地方出苹果，可打辽沈战役的时候，我们的战士一个也不吃。

记得这是一部男人戏，好像没有女性形象。戏里是否有表现军人与百姓的鱼水深情、老百姓送苹果给战士们的情节，忘记了。应该是独幕话剧。

看完话剧，我们依旧是坐马车再赶几十里路返回，到学校已是午夜了。

这是第一次看到有较高专业水准的话剧演出，不过不是在剧场，是在露天观看，因此难以忘怀。

粉碎“四人帮”后，在黑河工人文化宫看过一次黑河地区文工团排演的当红话剧，是《报春花》还是《救救她》，记不太清楚了。

再一次看话剧，是在北京。是二十世纪九十年代初，当时我在地委宣传部工作，一次去京参加新华社《半月谈》杂志举办的通讯员培训班，学习之余，在一个晚上，杂志社安排我们一行坐车到了一个剧场看话剧。进去了之后才知道，我们到的是北京人艺的剧场，观看北京人艺演出的话剧《李白》。这让我兴奋不已，我在收音机熟悉的北京人艺，就这样神奇地出现在我面前，能够现场观看北京人艺艺术家的演出，这在已习惯了在广播里听他们演出的我来说，简直如同梦里。

从剧场里发的一个宣传折页上得知，《李白》是郭启宏编剧，艺术家苏民导演，也是北京人艺重点打造的剧目，濮存昕主演，他饰演李白，剧中还有当时尚不出名的陈小艺。濮存昕把李白狂放、浪漫的诗人气质，呈现得淋漓尽致。我是第一次在剧场里，享受了一次视听盛宴。

此后，就再也没有机会走进剧场观看话剧，因我在的小城，地区文工团早已改成市民族歌舞团，以歌舞为主，不再排话剧，后来又改成人民艺术剧院。有一年倒是排了一部话剧《北疆哨位》，是表现“黑河好八连”指战员戍边的故事，不过编剧、导演、主演都是外请的，是为了评奖而创作，其时我在电视台，台里派人给录制视频版，回来制作时我看了，但也没有留下深刻印象。

收音机里听不到话剧了，但随着电视的登堂入室，通过电视，观看话剧成为必然，在电视上看过《茶馆》《雷雨》《日出》《万水千山》《霓虹灯下的哨兵》等。

时隔多年，再度走进剧场，是刚刚落成不久的大剧院，看了开心麻花剧团演出的《李茶的姑妈》。我觉得这严格讲不是话剧，好像应该称之为舞台剧，属于喜剧或滑稽剧，宣传就说它是爆笑喜剧。不管怎么说，这是继话剧《李白》之后我又一次到剧场看剧，一转眼二十五六年了。我所在的城市落成不久的大剧院，堪称高大上，归属北京保利剧院旗下，经常会有音乐会、歌剧、话剧、戏剧等高雅艺术演出，送到家门口的艺术演出，却没有创造条件去观看。过了一段时间，又去看了一次《羞羞的铁拳》，依旧是开心麻花剧团演出的舞台剧。有机会还真得多进剧院，多看看话剧，当然也包括其他艺术品种。

演话剧

做主演，演过两次话剧。

年少时排节目次数已经无法说清，那时各单位都有毛泽东思想宣传队，从小学到中学再到高中毕业参加工作最初的几年，演过无数次节目。节目多是表演唱、三句半、对口词、山东柳琴、天津快板、小合唱等形式，参演话剧较少。

第一次是在童年时代，是一个忆苦思甜的小话剧，大约是1967、1968年的冬天，上小学一二年级。同学的父亲是林场的副书记，他在抗美援朝时，是中国人民志愿军的一名文艺兵，他扮演父亲，我演的是一个叫战魁的苦孩子。当时全国正搞忆苦思甜活动，记得一位叫×战魁（姓什么忘记了，山东、河北哪个省的人也忘记了）的人，报上发表了他童年受苦受难经历的忆苦文章，也被编入学习材料里，我们都学过，故事感人，看了让人无比痛恨万恶的旧社会。场里的文化人把这一真人真事改编成小话剧，同学的父亲是场领导，自然是组织者，加上他在志愿军做过文艺工作，是内行，用今天的话来说他应该也是导演。依稀记得他指导还不到十岁的我，怎么来演好小战魁。具体情节都记不大清楚了，但第一次登台演话剧而且还是个悲剧，还是有一些印象的。

第二次演话剧，是上高中时，剧名是《抗寒的种子》，时间久了，剧情记不太清楚了，大概是表现南方一所大学培育良种的故事，是紧跟当时形势之作，批判资产阶级教育路线回潮，提倡开门办学，剧中有所谓两条路线的斗争。当时年少，不懂此剧还是有内幕的，矛头是有所指的，为写这篇文章，翻查资料得知：1973年11月，上海高校举行文艺会演，复旦大学演出了独幕话剧《抗寒的种子》，表现某大学生物系学员下乡参加教育革命实践，通过同一位“发表关于加强基础理论教学文章”的章教授做斗争，培育出“抗御西伯利亚寒流”的种子。

《抗寒的种子》的剧本发表在《朝霞》上，我们学校订了当时好像是全国唯一的文学杂志《朝霞》，老师看到就带着校文艺宣传队排了这部话剧。我们自然不知道这部剧的内幕，当时可供排演的剧目也很少，就阴差阳错排了它，所幸我们只是在校内演出，也不会产生多么大的影响。这样，主演《抗寒的种子》，就在我短暂的话剧演出史上（以后再也没有机会演话剧）留下那个时代的印迹与回忆。

我扮演主人公，主人公的名字也记不得了，是按照当时的“三突出”创作原则塑造的一位“反潮流”的大学生，记得当时也演得“正气凛然”。导演是才华横溢的吴守垣老师，他当时教我们物理和化学，也是一个文艺青年。酷爱摄影的他还拍了剧照，多年以后在参加这部话剧演出的G同学那里见到过。吴老师把我拍得又高又大，大家众星捧月一样把我围在中间，我在那里“慷慨陈词”，一脸凝重，记得当时也是G同学说我演得“那么严肃”。只是遗憾，又过了几年，再去同学处找这张照片想要来复制留存，可惜这张照片丢失了，怎么找也没有找到，不由得扼腕长叹。再后来问询拍摄者吴老师和其他参加话剧演出的同学，都没有找到这张照片，一个少年时代参加话剧实践的历史瞬间找寻不到了，那也是一个特殊历史时期的证明。

后来，文艺宣传队成为过去时，我也就再也没有登台演过话剧。

邂逅话剧大导演

前些年，家乡黑龙江的话剧在全国还是占有一席之地的，不少作品还在全国获奖，其中有《地质师》《半江瑟瑟半江红》《淘金大船》《风刮卜奎》等。在大庆工作的杨利民编剧的话剧作品获奖最多，《淘金大船》是从黑河考入省城的上海知青梁国伟编剧的。哈尔滨话剧院还是很有实力的，排了很多大型话剧，还出了杜雨露、程昱、彭玉等后来在全国有影响的话剧演员，不过后来他们都转行拍影视剧了。

有一年，哈尔滨话剧院排演古希腊的话剧，从中央戏剧学院请来了罗锦麟做导演，他是坐火车由京去哈，我恰巧与他在一个卧铺车厢，而且是对面铺，与他聊了一路，获益匪浅。以我对话剧及影视了解的一些皮毛，也跟他胡侃一气，他却对我颇多褒奖，赞赏我的文艺知识面宽。我也不客气，还跟他提出考他们学校读研的请求，当然一面之缘，不免唐突，当时只知道他是中戏的学者，别的情况也不甚了了。到哈尔滨后他被哈尔滨话剧院的人接走了，也就再也没有了联系。他到哈是受邀来导古希腊悲剧作家索福克勒斯创作的话剧《安提戈涅》，这部作品被公认为是戏剧史上最伟大的作品之一，当然这是随后在《黑龙江日报》看到该话剧的演出广告及正式上演那天的新闻报道才知道的。

后来再一次去北京，到中央民族大学看我的同学张林刚，晚间在他家小聚。那时他家住的是筒子楼，请来他邻居一起喝酒，邻居女主人与我同学夫妇是同事，邻居女主人的夫君刘伟老师在中央戏剧学院导演系任教。席间我跟他说起几年前在火车上与罗锦麟老师的邂逅，他告诉我罗老师是他们系主任，才知道这是一位大家。那时没有百度，对人的了解渠道少，刘老师说罗锦麟主任的父亲是莎士比亚翻译大家罗念生先生。原来如此，我在火车上巧遇的是名门之后！罗锦麟本身也是戏剧导演艺术家，戏剧泰斗，特别擅长导演古希腊戏剧，被誉为“希腊文化大使”，这是最近才知道的。

与这样大腕儿导演的同行一路，也是我与话剧结缘的一个插曲，那也是一次难以忘怀的邂逅。

跋

我是一个业余作者，没有更多的创作时间，另外也还不够勤奋，因此也做不到新作迭出。收入本书的散文与随笔是陆陆续续写的，时间跨度大概有二三十年，当然本书是以近十多年来创作的作品为主体。

其实我要感谢博客，十多年前，开始了博客时代，我也在原工作单位一名年轻的同事立波的帮助下，在新浪上申请开通了博客。开博了，有了自己的一片园地，就要时常打理，就要逼着自己更新，这样就坚持了几年，写了一些散文，包括随感、游记等。特别是南来以后，初到一个新的环境，人地两生，假期出去旅行以及写博文，就成了排遣孤独与寂寞的方式。游记部分已经出版了《大地上行走》，现在又把随笔散记部分整理出来交给出版社。因此，之前写了一些文字，还真的与博客有关，或者说要感谢博客，正是因为写博客，要迅速更新，才使作品短小，这也正是写出许多被吴光辉先生所称道的微散文的主要原因。当然这也和微时代的到来有关。近几年微博、微信的出现，使博客顷刻边缘化，博客热骤然降温。本书取名《分界》，也和我的工作、人生经历有关。从地理上来讲，我原来工作生活在人口分界线的起始点城市，后来由北到南，调入自然地理分界线上的一个重要节点城市工作生活；从人生来讲，我近知天命之年从一名官员转行到高校做学者，这是跨界，也是人生的一个重要分界。本书中的大多数文字，都是与地理分界以及人生分界有联系的。

我对文化类随笔散记颇感兴趣，也和我的职业与工作经历有关。除了做中学老师的几年，在市委办公室从事几年秘书工作，以及在企业和高校做了时间不是很久的办公室主任工作之外，其余大部分工作都与文化有关，比如在企业党委宣传部工作，在市委宣传部门工作，然后是较长时间在媒体工作。这样对企业文化、城市文化、地域文化、边疆文化、少数民族文化等，有较多的关注与接触，也产生兴趣，也因此忙里偷闲写了《带你游黑河》等书。这也是十多年前南来到高校工作后，把自己的主要研究方向确定为区域文化产业的一个重要原因。在高校，除进行新闻传播以及文化产业方面的教学与科研外，也抽暇写一些文化方面的小文，当然也包括校园文化方面的。感谢我原来工作的城市的党报，曾给我开了较长一段时间的专栏"海兰漫笔"，也催促着我写新的作品。南来后工作的城市的广播电视报，也曾约我开了短暂的专栏，也许看我发稿子不及时，专栏编辑没有和我沟通就突然停掉了。近年，还是陆陆续续写了一点散文、随感。给报纸写专栏文章，文字也不能多，这也是写出许多"微散文"的原因之一。也许和长期在宣传部门、新闻媒体工作，搞新闻报道有关，有的作品就带有新闻作品的痕迹，把新闻作品与文学作品的各自优势与特色融合到一起，这也是一种跨界吧。

文学写作对于我而言，一直是一个美好的梦想，年少时就开始了对缪斯女神的狂热追求，一直到现在，依然热情不减，特别是在工作繁重、任务繁杂的情况下，抽时间搞业余写作也是一种调节、享受和坚守。

在此感谢著名散文家吴光辉先生在他繁忙的创作之余为我写序，我与他相识也是得益于新浪博客，南来后他也给我创作上许多关心与帮助；感谢编辑们的辛勤劳动；感谢读者的支持；感谢家人的付出。

2018 年 9 月 16 日于淮上

图书在版编目(CIP)数据

分界 / 柳邦坤著. -- 北京 : 中国文史出版社，2021.1

(跨度新美文书系)

ISBN 978-7-5205-2524-4

Ⅰ. ①分… Ⅱ. ①柳… Ⅲ. ①散文集-中国-当代 Ⅳ. ①I267

中国版本图书馆 CIP 数据核字(2020)第 219061 号

责任编辑：牟国煜

出版发行：中国文史出版社
社　　址：北京市海淀区西八里庄路 69 号院　邮编：100142
电　　话：010-81136606　81136602　81136603（发行部）
传　　真：010-81136655
印　　装：廊坊市海涛印刷有限公司
经　　销：全国新华书店
开　　本：720×1020　1/16
印　　张：17.5　　字数：229 千字
版　　次：2021 年 1 月第 1 版
印　　次：2021 年 1 月第 1 次印刷
定　　价：58.00 元